Rauch über Schloss Hartheim

Erzählung

Katharina Kutil

Dorante Edition

Rauch über Schloss Hartheim

Erzählung

Katharina Kutil

Diese Arbeit wurde gefördert im Rahmen der Kunstförderung des

≡ **Bundesministerium**
Kunst, Kultur,
öffentlicher Dienst und Sport

Bibliografische Information durch die Deutsche Nationalbibliothek: Die Deutsche Nationalbibliothek verzeichnet diese Publikation in der Deutschen Nationalbibliografie; detaillierte bibliografische Daten sind im Internet über http://dnb.d-nb.de abrufbar.

herausgegeben durch das Literaturpodium, Dorante Edition
Berlin 2021, www.literaturpodium.de

Foto auf der Vorderseite: Karl Schuhmann
(mit freundlicher Unterstützung – Lern- und Gedenkort Schloss Hartheim und Günter Schuhmann, http://www.schloss-hartheim.at)

Herstellung und Verlag: BoD – Books on Demand, Norderstedt
ISBN: 978-3-7534-5347-7

1.

Das satte Grün der Wiesen und Felder zog an ihm vorbei. Der Himmel war strahlend blau, die Sonne spielte in den Blättern der Bäume und warf seltsame Schatten auf den Boden, so als ob ein Maler zu seinem Zeitvertreib den Pinsel machen ließ, was er wollte. Die Natur gab ein kräftiges Lebenszeichen von sich, einladend, sanft, wohltuend nach dem langen, kahlen Winter, der mit seiner Eintönigkeit alle Lebensgeister erlahmen ließ. Der Autobus, der eigens für die Klassenfahrt angemietet worden war, hielt vor dem schön restaurierten Schloss, Frau Professor Schubert erhob sich und nahm das Mikrophon des Busfahrers zur Hand: „Bleibt bitte noch sitzen, denn bevor wir das Schloss besichtigen, möchte ich Euch noch einige Details über Hartheim erzählen. Im Jahr 1898 überschrieb der damalige Besitzer Camillo Heinrich Fürst Starhemberg das Schlossgebäude, die Nebengebäude und einigen Grund dem Oberösterreichischen Landeswohltätigkeitsverein. Durch weitere Spenden war man in der Lage, eine seiner Zielsetzung entsprechende – wie man es damals nannte – „Idioten-Anstalt" zu errichten. Daraufhin wurden zwischen 1900 und 1910 umfangreiche Restaurationen und Anpassungen vorgenommen, um das Gebäude als Pflegeanstalt für geistig behinderte Menschen nutzen zu können. Im Frühjahr 1939, also nach der Machtübernahme Adolf Hitlers, wurde der Landeswohltätigkeitsverein aufgelöst. Der Pflegebetrieb wurde aber vorerst weiter aufrechterhalten. Erst im März 1940 wurden die Pfleglinge und das Personal verlegt, um das Heim zu einer Euthanasie-Anstalt umzubauen. Das äußere Erscheinungsbild des Schlosses blieb davon unberührt. Im Erdgeschoss des Ostteils wurden eine Gaskammer, der Leichenraum und ein Verbrennungsofen errichtet. Als man damit fertig war, begann eines der grauenvollsten Kapitel des Dritten Reiches. In Schloss Hartheim wurden im Rahmen der Aktion T4 im Schnitt 20 bis 60 Menschen pro Tag getötet und verbrannt, nach sechzehn Monaten belief sich die Zahl der Opfer auf 18.269 Personen. In der Euthanasieanstalt arbeiteten während der Zeit der Aktion T4 ungefähr 70 Personen, die meisten von ihnen wohnten auch im Schloss. Die Tötung fiel in die Zuständigkeit der Mediziner, der Gashahn der Gaskammer musste laut Vorschrift von einem Arzt bedient werden. Das war aber nicht immer der Fall. War keiner der Ärzte anwesend, so kam es nicht selten vor, dass auch das Pflegepersonal oder einer der

Heizer den Gashahn aufdrehte. Nun stehen wir wieder vor der Frage, die wir uns schon beim Thema Konzentrationslager gestellt haben: Wie konnten Menschen in solchen Anstalten – und Hartheim war nur eine von vielen – einer solchen „Arbeit" nachgehen, wie konnten sie es vor sich selbst verantworten, was sie tagtäglich an Verbrechen begingen, dass sie Unschuldige bewusst töteten, weil man diese als sogenanntes „Unwertes Leben" bezeichnete? Bis heute forscht man in dieser Richtung, aber es wird immer schwieriger, konkrete Antworten zu finden, denn es leben kaum noch Zeitzeugen und wenn sie an solchen Gräueltaten beteiligt waren, wollen einige dies nicht zugeben und behaupten, es sei alles ganz anders gewesen oder sie könnten sich nicht erinnern. Und das obwohl es genügend Beweise für diese schrecklichen Taten gibt. Natürlich tat die NS-Führung einiges, um den Angestellten das Wegsehen zu erleichtern. Alkohol wurde reichlich ausgeschenkt, es gab gemeinsame Kinoabende und Ausflüge – in denselben Bussen, in denen die Opfer in die Tötungsanstalt gebracht wurden. Die gute Bezahlung mag verlockend gewesen sein. Der Frauenanteil der Belegschaft war groß – es gab auch Pärchen in der Belegschaft, sogar Ehen wurden geschlossen. Rekrutiert wurde das Pflegepersonal meist über das Arbeitsamt.

Die Professorin sprach noch weiter – über die Gedenkausstellung „Wert des Lebens", doch Pascal hatte seine Ohren auf Durchzug gestellt. Er ertrug diese Einzelheiten nur schwer und bei dem Gedanken, die Gedenkstätte Hartheim zu besuchen wurde ihm übel. Er hatte Angst davor. Und er verstand nicht. Wie konnten Menschen so grausam anderen gegenüber sein? Es überstieg alles Fassbare, Pascals Fantasie reichte nicht aus, um Erklärungen zu finden. Gab es überhaupt Argumente, die diese Gräueltaten logisch verständlich machten? Diese Verrohung der Menschen war etwas, das Pascal zutiefst ängstigte und eines war ihm klar – es konnte wieder geschehen. Was heißt „konnte"? Es geschah doch schon wieder, dass Menschen weggesperrt und gefoltert, auch ermordet wurden, weil sie anderer Gesinnung waren, weil sie ihre Meinung gegen eine diktatorische Regierung laut ausgesprochen hatten. Auch wenn er in seinem Geschichtsbuch zurückblätterte gab es keine Anzeichen, dass der Mensch jemals im Stande war, andere einfach sein zu lassen. Wenn jemand gegen den Strom schwamm, sich nicht der Masse anschloss, war er verdächtig. Eigentlich hatte die Menschheit nichts aus der Geschichte gelernt. Nachdenklich betrachtete er den

leeren Platz neben sich. Diese Welt war so laut, so schnell und sehr oft auch zu aggressiv. Manchmal ertrug Pascal es nicht mehr und musste sich für einige Tage ganz zurückziehen, nur für sich sein, weil ihm diese Welt zu viel wurde. Wenn er so nachdachte … es sah nicht so aus, als hätte es die so oft erwähnte „gute alte Zeit" wirklich gegeben. Die Wahrheit sah doch so aus, dass man heute alles mitbekam, was geschah – ob man wollte oder nicht. Alle Medien – Radio, Fernsehen, Internet – beschallten die Menschen, es gab kein Entkommen. Früher, da las man in der Zeitung, wenn man wollte, man konnte wählen, was man wissen wollte und was nicht – dadurch kam einem die Welt wohl besser vor als sie war, weil man nicht alles wusste. Pascal rieb sich nervös die Hände, er fühlte sich sehr unbehaglich, fast so als würde er eine Grippe bekommen. Um der heutigen Klassenfahrt zu entgehen, hatte er seine Eltern sogar gebeten, ihm eine Entschuldigung zu schreiben. Magen-Darm-Grippe hatte er vorgeschlagen, das war etwas, das man einfach so bekommen konnte und das schnell wieder verschwand, also eine gute Ausrede für ein kurzes Fernbleiben vom Unterricht. Er hatte versucht seinen Eltern klar zu machen, dass ihm die Aussicht, an einen Ort zu fahren und da herumzugehen wie ein Tourist, an dem tausende Menschen qualvoll umkamen einfach zu viel war. Er spürte die Ablehnung körperlich. Leider waren seine Eltern nicht zu über-zeugen, ja, sie konnten nicht begreifen, was Pascal so fürchtet, dass ihm schlecht wurde. „Pascal", hatte sein Vater gesagt und war ihm da-bei mit der Hand durch sein dichtes, schwarzes Haar gefahren, „es ist wichtig, sich dieser Vergangenheit zu stellen und sie niemals zu verges-sen. Nur so können wir verhindern, dass Derartiges wieder geschieht." Pascal verdrehte innerlich die Augen. Wie oft hatte er das schon gehört und gelesen? Man musste sich doch nur in der Welt umsehen um zu wissen, dass alles Mahnen, jedwede Aufarbeitung, die Erinnerungen der Opfer der Nazigrausamkeiten zu nichts anderem geführt hatten, dass die Menschen einfach weitermachten, als ob nichts geschehen wäre. Es gab noch immer oder schon wieder Antisemitismus, Rassismus – das Morden nahm kein Ende. Wie konnte sein Vater davor die Augen verschließen?
„Aber es geschieht doch schon längst wieder, dass Menschen in Lager gesperrt werden."
„Ich weiß. Umso wichtiger ist es, dass man die Jugend aufklärt. All dieses Leiden und Morden darf sich nicht wiederholen. Und darum möchte ich, dass du mitfährst."

Widerwillig hatte der achzehnjährige Pascal seinen Rucksack genommen und trottete in Richtung Schule. Er könnte immer noch schwänzen – und dann sagen, er hätte den Bus verpasst. Irgendetwas würde ihm schon einfallen. Er kam aus einer Familie, in der es keine Nazis gegeben hatte. Eine Großtante, die Pascal aber nicht mehr kennenlernte, versteckte sogar eine jüdische Familie während der NS-Zeit. Nein, er musste sich seiner Vorfahren nicht schämen, sie hatten sich im Kleinen widersetzt, hatten getan, was möglich war, ohne selbst verhaftet oder womöglich hingerichtet zu werden. Manchmal fragte sich Pascal, wie er damals wohl entschieden, gehandelt hätte? Mit dem Wissen im Nachhinein … selbst damit konnte er sich nicht sicher sein. Wenn alle um einen herum … wenn ein ganzes System im gleichen Schritt marschierte … Hätte er den Mut gehabt: „Nein!" zu rufen? Mit Schaudern musste er an die Geschwister Scholl denken. So jung, so mutig und bereit, ihr Leben zu geben. Mit Flugblättern kämpften sie im Deutschland der 1940er Jahre gegen das Nazi-Regime und die Politik Hitlers – dafür wurden sie 1943 zum Tode verurteilt. Stimmen, die nie hätten verstummen dürfen und gerade in der heutigen Zeit sollten sie wieder gehört und auf keinen Fall vergessen sein. Wieviel Mut es dazu brauchte, sich in Hitlers totalitärem und tödlichen System gegen eben dieses zu stellen, konnte Pascal nicht ermessen, es überstieg bei weitem seine Vorstellungskraft. Er blickte wieder auf den leeren Sitzplatz neben sich. Sie fehlte ihm. Wäre sie hier, mit ihr hätte er darüber sprechen können und vermutlich hätte sie ihm mit einer Ausrede geholfen, die so gut durchdacht war, niemand hätte etwas dagegen sagen können. Doch sie war nicht hier, eine Tatsache an die Pascal sich schwer gewöhnen konnte. Seine engste Vertraute … einfach fort.

„Pascal!", hörte er die Stimme seiner Professorin und musste feststellen, dass er so in Gedanken versunken war, dass er nicht bemerkt hatte, dass seine Klassenkameraden schon ausgestiegen waren und er alleine im Bus saß. Er eilte den anderen hinterher, einen Kloß im Hals vor lauter Unbehagen, was er nun wohl zu sehen bekommen würde. Zu Pascals Erleichterung begannen sie nicht gleich mit der Führung, so hatte er ein wenig Zeit, sich an die beklemmende Atmosphäre, die immer noch im Schloss herrschte zu gewöhnen. Ein älterer Herr führte die Schüler in einen Raum, in dem Stühle und ein Fernseher standen und meinte, als Einleitung wäre es immer gut, sich die 30minütige Dokumentation „Hartheim – behindert, ausgegrenzt, getötet" anzusehen. Und damit startete er den Film. Die Klasse hörte aufmerksam zu – bis auf die üblichen Störenfriede, die einfach nicht ihren Mund halten konnten und Scherze machten. Frau Professor Schubert wies sie scharf zurecht – dann war es still. Die Dokumentation über die Tötungsanstalt Hartheim war sachlich, aber eindringlich und Pascal folgte ihr gespannt. Eigentlich lag ihm das Thema Euthanasie nicht, es bereitete ihm Übelkeit, schreckte ihn ab. Er fand es zu entsetzlich, um sich damit auseinanderzusetzen. Selbst besagte Tante erzählte erst nach dem Krieg ihrer Familie von den versteckten Juden – davor wäre es zu gefährlich gewesen, ein falsches Wort und alles hätte auffliegen können – doch wenn man nichts davon wusste … Hundertprozent glaubwürdiges Dementi. Wie schlimm musste es sein, wenn man wusste, dass man jemanden in der Familie gehabt hatte, der zum Beispiel bei der SS war? Doch er schweifte ab, konzentrierte sich wieder auf die Dokumentation und es lief ihm kalt über den Rücken: Wenn die Opfer in Schloss Hartheim angekommen waren, mussten sie sich ausziehen und an einem Arzt vorbeimarschieren. Dieser sah ihnen in den Mund und wenn sie Goldzähne hatten, markierte er sie und dann schrieb er bereits irgendeine Todesursache auf einen Meldebogen. Diese angebliche Todesursache wurde dann den Verwandten schriftlich mitgeteilt. Die entsetzliche Wahrheit aber war, dass diese armen Menschen, sobald der Arzt mit ihnen fertig war, sofort vergast wurden. Pascal biss sich auf die Lippen. Das war noch schlimmer als er erwartet hatte. Nicht umsonst hatte er sich gegen diese Exkursion gesträubt und hatte nicht mitfahren wollen – seine Augen brannten, er schloss sie für einige Augenblicke. Eine kleine Insel in seinem Inneren gab ihm dann doch die Kraft sie wieder zu öffnen.

Als der Film zu der Stelle kam, an der ein Foto des Anstaltspersonals vor einem der Transportbusse gezeigt wurde – da stockte Pascal das Blut in den Adern. Er spürte, wie ihm schwindlig wurde, sein Atem setzte aus, alles drehte sich um ihn. Das Nächste, an das er sich erinnern konnte war, dass er auf dem Boden lag, seine Klassenlehrerin und einige Schüler hatten sich über ihn gebeugt.

„Pascal, was ist los?", fragte Frau Professor Schubert besorgt. Doch er war unfähig zu antworten, wollte nur aufstehen und diesen Raum, dieses Schloss verlassen! Man half ihm hoch, wacklig stand er für einige Sekunden auf seinen Beinen – dann rannte er weg. Hinaus! Nur hinaus! Er hört die Stimme von Klaus, der seinen Namen rief, doch die

Stimme war so weit entfernt und er konnte nicht zurück, unmöglich. Pascal rannte und rannte, fand den Ausgang, lief weiter, sah in der Ferne einen Wald, dorthin wollte er! Völlig außer Atem erreichte er den Waldrand, ließ sich auf den Boden fallen, vergrub sein Gesicht in dem tröstlich weichen Moos und weinte hemmungslos. Die Minuten vergingen, er konnte sich nicht beruhigen. Irgendwann hörte er, dass in der Ferne sein Name gerufen wurde, aber er reagierte nicht. Niemals und niemandem konnte er erzählen was ihm so den Boden unter den Füßen weggezogen hatte. Und er wusste, er würde diesen Anblick nie vergessen: Einer der Männer auf dem Foto – war sein Großvater.

Es gab nicht den geringsten Zweifel. Pascal kannte die alten Familienaufnahmen ganz genau, denn er hatte sie wieder und wieder angesehen. Die Kindheitsbilder seiner Eltern und die Jugendfotos seiner Großeltern. Und darum wusste er mit absoluter Gewissheit, dass es sich um keinen Irrtum handeln konnte. Sein ganzes Weltbild war von einer Sekunde auf die andere durcheinandergeraten. Alles, woran er glaubte, geglaubt hatte, stand in Frage. Sein Großvater, dieser sanfte und freundliche Mann, war ein Mittäter! Er hatte dazu beigetragen, dass tausende Menschen ermordet worden waren. Menschen, die niemandem etwas getan hatten, auf Hilfe und Mitgefühl angewiesen waren und die in blindem Vertrauen, dass man es gut mit ihnen meinte, in die Gaskammer gingen und dort einen schlimmen, leisen Tod erlitten. Und niemals, nicht ein einziges Mal, hatte er ein Wort darüber verloren! Keine Andeutung, kein Kommentar. Von der NS-Zeit hatte er immer nur als „böse Zeit" gesprochen und wie schwer es gewesen war, sich diesem totalitären System wenigstens einigermaßen zu entziehen. Alles Lüge! Lüge, Lüge, Lüge!!! Sein geliebter Großvater war schuldig! Geliebter Großvater? Pascal schluchzte erneut auf. Wie konnte er diesen Mann noch lieben? Dieses ... Monster! Er erschrak vor seinen eigenen Gedanken.

Sein Opa, der ihm Märchen vorgelesen, stundenlang mit ihm gespielt hatte. Wie war das möglich? Stets wirkte er so ruhig, ausgeglichen und fröhlich – und das mit dieser Vergangenheit im Hintergrund. Unvorstellbar! Hatte die Großmutter davon gewusst? Und Pascals Vater? Hatte der eine Ahnung davon, was sein Vater getan hatte? War Pascal von allen angelogen worden oder hatte der Großvater alle angelogen? Und noch eine Frage tauchte aus der Tiefe seiner Seele auf: Wenn jemand an diesen Verbrechen beteiligt war ... wie konnte dieser Mensch mit solch einer Schuld leben? Pascal wusste nicht, wieviel Zeit vergangen war, doch irgendwann fühlte er sich wieder dazu im Stande zurückzugehen. Aber nicht in das Schloss. Nie wieder wollte er Schloss Hartheim betreten. Er kehrte zum Autobus zurück und fand ihn verschlossen vor. Vermutlich war der Fahrer in eines der Gasthäuser gegangen. Pascal war das nur recht. Er wollte nicht reden. So setzte er sich ins Gras, hing seinen Gedanken nach und versuchte zu verdauen, was er gesehen hatte. Wenn sie jetzt da wäre ... sie, die einzige Person, die er jetzt sehen, mit der er sprechen wollte. Er betete, dass ihn die anderen, wenn sie zurückkamen, nicht mit Fragen löcherten, ihn in Ruhe ließen – es war ihm unmöglich über diesen Vorfall mit anderen zu sprechen. Musste Pascal aber, als seine Klasse wiederkam. Frau Professor Schubert zog ihn beiseite, seine Mitschüler musterten ihn und tuschelten.

„Was war denn da drinnen los, Pascal?"

Was sollte er sagen? Dass sein Großvater ein Nazi und Verbrecher war? Nein. Dieses schreckliche Geheimnis musste er für sich behalten.

„Es war nur mein Kreislauf, Frau Professor."

„Du hast uns einen ganz schönen Schrecken eingejagt. Warum bist du nicht zurückgekommen?"

„An der frischen Luft ging es besser", log Pascal. Seine Professorin gab sich damit zufrieden, sie bestiegen alle den Bus und traten die Heimfahrt an. Pascal war außerstande, sich an den Unterhaltungen seiner Klassenkameraden zu beteiligen. Schon gar nicht wollte er hören, was sie über Schloss Hartheim erzählten. Er holte seine Kopfhörer aus dem Rucksack und hörte Musik. Wobei er gar nicht richtig hinhörte. Immer wieder wanderten seine Gedanken zu diesem Foto und zu seinem Opa zurück.

Wieder fiel sein Blick auf den leeren Sitzplatz, der ihm nun noch verlassener vorkam als bei der Hinfahrt. Sie würde ihn verstehen, so wie sie einander immer verstanden hatten. In diesem Augenblick fehlte sie ihm so sehr, dass es körperlich weh tat. Ihm wurde erneut schlecht und er betete, dass er sich nicht übergeben musste. Zum Glück hielt er bis zu Hause durch.

Wortlos betrat er das elterliche Wohnhaus und schlich in sein Zimmer, hoffentlich wollten die Eltern nicht wissen, wie die Exkursion war. Was sollte er denn sagen? Lügen. Warum? Um sich selbst zu schützen? Nein. Um seinen Großvater zu schützen. Aber hatte seine Familie nicht die

Wahrheit verdient? Und was war die Wahrheit? Nur einer kannte sie – und er hatte sie sein ganzes Leben lang verheimlicht.

Beim Abendessen war Pascal sehr schweigsam, wich den Fragen der Eltern aus und versuchte krampfhaft seine Nervösität und Angst zu unterdrücken. Trotzdem wippten seine Beine unter dem Tisch rasend schnell auf und ab, seine Finger umklammerten das Besteck so fest, dass seine Knöchel weiß wurden. Sobald es möglich war, zog Pascal sich bald auf sein Zimmer zurück. Er setzte sich auf sein Bett und starrte auf den Fußboden, folgte mit den Augen der Maserung des Holzes, als wäre sie eine geheime Schrift, in der er die Antwort auf seine Fragen finden würde. Schließlich stand er auf und zog seinen Pyjama an, öffnete weit das Fenster und sog gierig die kühle Nachtluft ein. Dann legte er sich hin, schloss die Augen und hoffte auf die Pause für sein gequältes Bewusstsein durch den gnädigen Schleier des Schlafes, der sich über ihn legen würde. Während so lag und in sich hineinhörte, merkte er, dass sein Herz schneller und schneller schlug. Pascal wälzte sich von einer Seite auf die andere – allein, der Schlaf wollte nicht kommen und ihn erlösen. In seinem Kopf hämmerten dieselben Fragen, die ihn schon den ganzen Tag über verfolgt hatten. Vielleicht war es am besten nicht mehr daran zu denken, es wegzuschieben. Wütend schlug er mit der Faust auf sein Kopfpolster. Was für ein Unsinn! Er konnte doch nicht so tun, als wäre nichts gewesen. Er hatte Fragen, dringende Fragen und er wollte Antworten. Aber würde er den Mut aufbringen, seinen Opa zur Rede zu stellen? Allein die Vorstellung vor ihm zu stehen und mit seinem Wissen herauszuplatzen, kam ihm surreal vor. Es war unmöglich, es war unaussprechbar und unfassbar. Schließlich sah er ein, dass er in dieser Nacht keinen Schlaf mehr finden würde. Bewegung half immer, wenn er sich schlecht fühlte, so stand er auf und schlich sich aus dem Haus in den Garten, dann hinaus auf die Straße. Nach zwei Stunden kam er wieder zurück, unsagbar müde und erschöpft. Wieder legte er sich ins Bett, schloss die Augen. Er konnte nur warten, dass es Tag wurde und er aus der Dunkelheit ins Sonnenlicht steigen konnte. Wenn es hell war, kam ihm die Welt immer besser vor. Diese Nacht und sein Wissen lagen wie ein tonnenschwerer Fels auf seiner Brust.

Die nächsten drei Tage fühlte Pascal sich einfach nur krank und elend. Er war so in sich versunken, dass er seine Umwelt kaum wahrnahm.

Er dachte stundenlang nach – über das Vergessen zum Beispiel. Das war ein interessanter Gedanke, warf aber neue Fragen auf. Konnte man seine Vergangenheit vergessen? Oder war das eine Verdrängung? Aber man wusste doch über sich selbst Bescheid. Wusste, was man getan, was unterlassen hatte. Es gab Begriffe wie Anstand und Moral. Ethik, Respekt und Würde. War es möglich, all das über Bord zu werfen? Oder legte sich mit dem Alter ein gnädiger Schleier des Vergessens über die eigenen Untaten? Durfte man das zulassen? War es nicht des Menschen Aufgabe der Wahrheit auf den Grund zu gehen? Jetzt, wo sein Weltbild so durcheinandergeraten, alles in Frage gestellt war, musste Pascal wieder Boden unter die Füße bekommen. Es war nun eine Tatsache, dass sein Großvater ihm Werte mit auf den Lebensweg gegeben hatte, die auf Lug und Trug aufbauten. Was war in seinem Opa vorgegangen, dass er zum Mittäter geworden war? Eine einzelne, persönliche Entscheidung? Gruppenzwang? Unwissenheit? Aber als er dann wusste, was in Hartheim geschah – hätte er da nicht reagieren, handeln müssen? Oder hatte der Großvater Angst um sein eigenes Leben gehabt?

Pascal dachte wieder an die Geschwister Scholl. Es war gefährlich anderer Meinung zu sein, überhaupt eine Meinung zu haben. Am besten war doch, mit der Masse mitzulaufen und nicht aufzufallen – in dem Wissen, dass einem Schlimmes drohte, wenn man zu individuell war. Angst ist oft der Ratgeber, auf den man am ehesten hört – obwohl sie ein schlechter Ratgeber ist. Hatte sein Opa Angst gehabt? So hatte er auf dem Foto aber nicht ausgesehen. Er hatte gelacht und der Sprecher sagte, dass die Angestellten von Hartheim gemeinsam mit den AufseherInnen des KZ Mauthausen in den Bussen, in denen sonst die Opfer transportiert worden waren, Ausflüge gemacht hatten. Die mussten doch gewusst haben, wer sonst in diesen Autobussen saß und was dann mit diesen Leuten passiert war! Und da konnte man feiern und Spaß haben? Was waren das für Menschen? Das fragte Pascal sich wieder und wieder. Konnte man sie noch als Menschen bezeichnen? Hatten alle Leute solche Schattenseiten in sich? Er selbst vielleicht auch? Das mochte er nicht glauben. Und doch war es einfach und sehr verlockend aus dieser Distanz andere zu verurteilen und zu meinen, dass man selbst das Richtige getan hätte. Das Richtige ... was war richtig und falsch.

Manchmal tat auch Pascal Dinge, von denen er überzeugt war, dass sie gut und richtig waren. Und danach das große Staunen, wenn sich jemand über sein Verhalten beschwerte. Eigen- und Fremdbild ... keine leichte Sache und sie überlappten selten diese beiden Pole.

Nach der Trauer und der Fassungslosigkeit kam die Wut. Eine derart mächtige, brennende, tobende Wut, dass Pascal es schließlich nicht mehr aushielt. Er war angelogen worden und nun wollte er reinen Tisch machen. Sein Großvater war ein sehr alter Mann, wer weiß, wie lange Pascal noch die Möglichkeit hatte, diese Geschichte mit ihm gemeinsam zu besprechen? Gleichzeitig hatte er wieder Angst vor dieser Konfrontation. Nichtsdestotrotz war er sich zu hundert Prozent sicher, dass der Mann auf dem Foto sein Opa war, da gab es keinen Zweifel. Sollte er seine Eltern ins Vertrauen ziehen? Aber wer weiß, was für eine Familienkrise er damit auslösen würde? Oder mit Klaus sprechen? Der würde ihm sicher auch zuhören, doch Pascal wollte nicht, dass jemand davon erfuhr. Nur der einen hätte er sich anvertraut. Der einen, die nicht hier war und die seit Monaten kein Lebenszeichen von sich gegeben hatte. Nein. Es herrschte Schweigen zwischen ihnen, ein Schweigen, das ihm im Herzen weh tat und von dem er nicht wusste, was es ausgelöst hatte. Doch selbst wenn sie hier wäre ... diesen schweren Gang musste er alleine gehen. Es war eine Sache von Mann zu Mann. Pascal und sein Großvater. Sie hatten diesen Kampf um eine verlogene Vergangenheit auszufechten. Das Wann und das Wie galt es noch zu klären. Doch dieser Entscheidung wurde Pascal enthoben, denn eines nachmittags drückte ihm seine Mutter ein Paket mit drei neuen Hemden in die Hände und bat ihn, sie dem Großvater vorbeizubringen. Sofort zog sich Pascals Magen zusammen. Ja, er wollte die Konfrontation und die Wahrheit, wusste aber eben immer noch nicht, wie er vorgehen sollte. Und so tun, als wäre nichts gewesen, das würde ihm nicht gelingen. Also den Stier bei den Hörnern packen. Er schwang sich auf sein Fahrrad und keine fünfzehn Minuten später stieg er vor Großvaters Haus wieder ab – da öffnete sich bereits die Haustüre und der kleine, alte Mann trat strahlend heraus: „Pascal, Bub, du hast dich ja schon so lange nicht anschauen lassen. Komm herein, ich mache uns einen Kaffee."

Aber Pascal war nicht in der Lage, auch nur einen Schritt vorwärts zu machen.

„Was ist los mein Junge, du bist so ernst?"

„Ich habe eine Frage an dich."

„Ja, bitte, du weißt doch, dass du mich alles fragen kannst."

Jetzt musste Pascal allen Mut zusammennehmen.

„Ich habe ein Foto von dir gesehen."

„Ja und? Es gibt viele Fotos von mir. Welches meinst du?"

Pascal holte tief Luft – jetzt war es soweit.

„Ich meine das vor Schloss Hartheim."

„Schloss Hartheim? Sagt mir nichts. Wo soll das sein?"

Wut kam in seinem Enkelsohn auf: „Du weißt ganz genau, wo das ist. Du hast dort gearbeitet. Oder lass es mich genauer sagen. Du hast mitgeholfen sogenanntes „unwertes Leben" zu vergasen."

Der alte Mann sah ihn verwundert an: „Ich weiß nicht, was du meinst."

„Es gibt dieses Foto und man sieht es in einer Fernsehdokumentation von 1990. Ich habe dich sofort erkannt. Warum hast du nie darüber gesprochen, dass du in einer Tötungsanstalt gearbeitet hast?"

Pascal sah, dass sein Großvater blass im Gesicht wurde und sich an der Hausmauer abstützte.

„Ach, Schloss Hartheim, da bin ich nur ganz kurz gewesen. Das hatte ich schon wieder vergessen."

„Das glaube ich dir nicht! Wie kann man vergessen, dass man an dieser Vernichtungsmaschinerie beteiligt war? Du hast uns alle angelogen!"

„Mäßige deine Zunge, junger Mann! Ich habe ein anständiges Leben geführt und nichts getan, wofür ich mich schämen müsste."

„Wie kannst du mit dieser Schuld leben und auch noch so tun, als wüsstest du von nichts?"

„Mein Gott ja, ich habe ein-, zweimal den Bus von denen gefahren, weil ein Chauffeur ausgefallen war. Da ist doch nichts dabei."

Pascal konnte nicht glauben, was er da hörte. Belog der Mann sich selbst oder nur ihn, seinen Enkel?

„Opa, sag mir die Wahrheit. Was hast du damals getan? Wie lange hast du in Schloss Hartheim gearbeitet? Soweit man so etwas Arbeit nennen kann."

„Wie meinst du das?"

„Opa, in Schloss Hartheim wurden behinderte Menschen, Zwangsarbeiter und KZ-Häftlinge vergast! Und du willst davon nichts wissen?"

„Das ist ein böses Gerücht! Man hat sich in Schloss Hartheim um die Leute gekümmert. Von Vergasungen weiß ich nichts."

„Das gibt es doch nicht. Zeitzeugen haben in dieser Doku erzählt, dass man es im ganzen Ort gerochen hat, wenn wieder Leichen verbrannt worden sind. Und dass sich alle gewundert haben, dass immer neue Menschen eingeliefert wurden, aber niemals sah man, dass auch jemand wieder entlassen worden war."

„Alte Lumpen sind verbrannt worden, weiter nichts. Die Leute lügen."

„Ich glaube, dass du lügst! Du hast uns alle belogen, deine ganze Familie. Und du belügst dich selbst!"

„Pascal, so etwas Schreckliches würde ich nie tun und habe ich auch nie getan. Es gibt nichts, wofür ich mich schämen müsste und ich habe auch noch nie gelogen. Von diesen Verbrechen weiß ich nichts und mir ist nie etwas Verdächtiges aufgefallen. Ja, vielleicht fielen manchmal harte Worte – es war aber auch eine harte Zeit. Doch ich erinnere mich kaum mehr daran."

„Denkst du denn nie an diese Zeit zurück? Jetzt, wo man die Wahrheit über diese Tötungsanstalten weiß?"

Der Großvater schwieg eine Weile. Dann sagte er leise: „Manchmal kann ich nachts nicht schlafen. Dann liege ich wach und erinnere mich und sage mir genau das, was ich dir eben erzählt habe. Warum bist du hergekommen? Um einem alten Mann ein schlechtes Gewissen zu machen?"

„Für dein Gewissen bist du selbst verantwortlich. Ich bin gekommen, weil Mama dir neue Hemden schickt."

„Leg sie auf die Bank und dann geh." Damit drehte der alte Mann sich um und verschwand in seinem Haus. Pascal tat wie ihm geheißen. Dann radelte er langsam nach Hause. Gedankenverloren. Was sollte er glauben? Immer noch am meisten seinen eigenen Augen, die ihm einen lachenden und zufrieden dreinblickenden jungen Mann auf einem eindeutigen Foto gezeigt hatten.

Pascal kannte sich nicht aus und verstand seine kleine Welt nicht mehr. Er konnte sich einfach nicht vorstellen, dass sein Opa vergessen hatte, was damals geschehen war. Verdrängt, ja. Aber nicht vergessen. Und wenn er sich nachts seine eigenen Lügen vorsagen musste, so sprach das doch Bände. Wie sollte er nun damit umgehen? Pascal hatte nicht den Eindruck, dass ein weiteres Gespräch mit seinem Großvater zum jetzigen Zeitpunkt irgendeinen Sinn machte. Er ging in den Garten und setzte sich unter den Pfirsichbaum, da wo er so oft mit ihr gesessen und geredet hatte. Sein Kopf wollte schier zerbersten vor lauter quälenden Fragen. Sie hätte ihm geholfen zu verstehen oder nach einer Antwort zu suchen. Pascal legte sich auf den Rücken in das weiche Gras und sah ein paar harmlosen Schäfchenwolken zu, die sich am Himmel zeigten.

Was geschah mit den Dingen, die jemand verdrängte? Sie verschwanden doch nicht einfach, lösten sich nicht in Nichts auf. Was auch immer sein Opa getan hatte, es war in ihm und er lebte seit Jahrzehnten damit. Wie ging das? Vor Pascal tat sich eine Welt von Fragen auf, die ihn verwirrte und durcheinanderbrachte. Er wollte Antworten finden und ihm war klar, dass er das alleine tun musste. Von einem war er felsenfest überzeugt: Nicht verdrängen, nicht vergessen. Erinnerung sollte bewahrt werden. Hinsehen, nicht wegschauen. Da fiel ihm plötzlich ein Gedicht ein, dass ihn, seit er es zum ersten Mal in der Schule gelesen hatte, gepackt und nicht mehr losgelassen hatte. Wie ging es doch gleich? Von dieser Frage getrieben, lief er ins Haus, auf sein Zimmer und blätterte in seinem Deutschbuch. Und da stand es. Der Titel lautete „Gegen Vergessen", der Dichter war Erich Fried. Immer schon hatten die Gedichte Frieds Pascal begeistert – diese Sprache, die sich in seine Seele brannte, sich mit ihr verwob, diese Worte, die nicht mehr aus seinem Geist entschwinden wollten. Was für ein genialer Mann war das gewesen! Und dieses Gedicht war sein bestes.

Und nicht nur das – in dem Augenblick als er es erneut gelesen hatte, wurde es zu Pascals Antriebsmotor, seiner Triebfeder. Er würde viel lernen und verstehen, tief schürfen müssen. Doch er war bereit dazu. Erinnern und gedenken – ja. Verdrängen – nein! Laut sagte er: „Ich werde mich der Herausforderung stellen."

Zuerst musste er mehr über die Geschichte von Schloss Hartheim erfahren. Dann über den psychologischen Aspekt von Verdrängen, Vergessen und von Abwehrmechanismen.

Pascal war bereit, in die Abgründe der Seele zu steigen und verstehen zu lernen. Aber war er auch bereit, dem was er als „das Böse" bezeichnete ins Gesicht zu sehen? Mit einem Wort: das wahre Antlitz seines Großvaters kennenzulernen? Lange dachte er darüber nach, aber ihm wurde immer mehr bewusst, dass er sein nunmehriges Wissen nicht einfach so beiseiteschieben konnte. Jedes Mal, wenn er seinen Opa künftig treffen, ja wenn auch nur die Sprache auf ihn kommen würde, hätte er jenes Wissen und diese entsetzlichen Bilder vor seinen Augen.

Er verstand auch nicht, dass ihm der alte Mann einfach ins Gesicht lügen konnte. Ja, da war jener kurze Anflug von Blässe und das Festhalten an der Hausmauer gewesen. Konnte man das als Schuldeingeständnis werten? Oder war es nur der Schock, dass sein Enkel ihn solcher Taten verdächtigte? Aber das Foto stand als Beweis zwischen ihnen. Und der Großvater hatte auf diesem Bild alles andere als ahnungslos und unbeteiligt ausgesehen. Es war eine Gruppenaufnahme gutgelaunter Menschen. Das war ein Faktum, das nicht von der Hand zu weisen war. Pascal setzte sich an seinen Computer und forschte im Internet nach, was es an Literatur über Schloss Hartheim und Euthanasie allgemein gab. Viele Menschen hatten sich schon damit beschäftigt. Aber waren sie auch Betroffene, so wie Pascal? Er überlegte, ob er sich ein Buch bestellen sollte. Doch schon bei der Vorstellung noch mehr Fakten zu kennen, wurde ihm wieder übel. Andererseits musste er Genaueres wissen, sich damit auseinandersetzen. Es war ihm nicht wohl dabei, aber er bestellte eines der Bücher. Und wenn er schon einmal am PC saß, konnte er doch gleich weitersuchen – er gab das Wort „Verdrängung" ein. Bei Wikipedia fand er folgenden Eintrag: „Als Verdrängung wird in der Psychoanalyse ein angenommener psychologischer Abwehrmechanismus bezeichnet, durch den tabuierte oder bedrohliche Sachverhalte oder Vorstellungen von der bewussten Wahrnehmung ausgeschlossen würden. Verdrängung wird hier als gewöhnlicher, bei allen Menschen auftretender, Vorgang aufgefasst. Das Konzept der Verdrängung geht auf Sigmund Freud zurück und gilt als zentraler Bestandteil der psychoanalytischen Theorie."

Von der Psychoanalyse und Sigmund Freud hatte er im Psychologieunterricht gehört. Kein einfacher Stoff, das wusste er noch. Sie hatten die „Wiener Schule" durchgenommen, was die Bezeichnung für unterschiedliche Richtungen der Tiefenpsychologie war. Die erste Schule war die Psychoanalyse nach Sigmund Freud. Die zweite die Individualpsychologie nach Alfred Adler und die dritte die Existenzanalyse von Viktor E. Frankl.

Adler beschäftigte die Frage, was der Mensch aus seinen Erfahrungen macht. Ja, im Fall von Pascals Großvater war das eine berechtigte, aber irgendwie auch sinnlose Frage. Denn er schien nichts daraus gemacht zu haben. Nun, so überlegte Pascal, könnte man auf die Idee kommen, dass sein Opa deshalb so ein netter und liebevoller Familienmensch war, weil er so Schreckliches mitangesehen hatte und deshalb der Wert und der Zusammenhalt der Familie ihm sehr am Herzen lagen. Möglich wäre es. Blieb aber immer noch die Tatsache, dass er sich bezüglich seiner Vergangenheit in Schweigen gehüllt hatte und auch jetzt noch nicht dazu stand.

Frankls existenzanalytische Psychotherapie sollte dem Menschen helfen mit innerer Zustimmung zum eigenen Handeln und Dasein leben zu können. Hatte der Großvater diesen Weg gewählt? Hatte er reflektiert und seinem Handeln zugestimmt – vielleicht weil er in der damaligen Situation keinen anderen Ausweg sah, als diese Arbeit anzunehmen? Eine Weigerung hätte ihn eventuell in Gefahr gebracht. Aber da blieb dieses Lachen auf dem Foto und das ging Pascal nicht aus dem Sinn. Lachen bedeutet doch, dass man etwas gut und schön findet, sich freut. Es ist etwas Positives, Zustimmendes. Wenn er dienstverpflichtet worden war, hätte er auch „einfach" seiner Arbeit nachgehen können, obwohl er sie für verwerflich erachtete. Dann hätte er aber wohl auch darüber gesprochen und nicht so ein Geheimnis daraus gemacht. Seine Großeltern hatten sich erst nach dem Ende des Krieges kennengelernt und geheiratet. Die Chance bestand also, dass Oma auch nie etwas davon erfahren hatte.

Die Existenzanalyse kümmerte sich neben der Reflexion der Sinnfindung vermehrt um die Aktivierung der psychischen und personalen Prozesse wie Wahrnehmung, Verarbeitung und Haltung, dem Selbstbezug, der Emotionalität, der Begegnung, dem Dialog und der Person. Ja und der Motivation. Was hatte den alten Mann dazu motiviert mitzumachen? Waren es wirklich Zwang und Angst oder war Pascals Großvater tatsächlich der inneren Überzeugung, dass es so etwas wie ein „unwertes Leben" gab, welches vernichtet werden musste? Könnte ein reflektierter Mensch mit solch einer Schuld einfach munter in den Tag hineinleben und so tun, als wäre nichts gewesen? Zu viele Fragen und keine Antworten. Pascal hatte sich zwar für diese Themen sehr interessiert, erinnerte sich aber noch gut daran, dass es ihm sehr schwergefallen war, die Auszüge aus Freuds Schriften, die sie damals gemeinsam im Unterricht besprochen hatten, zu verstehen. Trotzdem sagte ihm sein Bauchgefühl, dass er sich diesen Stoff noch einmal näher betrachten sollte. Da war doch, wie hieß es doch gleich, was sie gelesen hatten … „Das Ich und das Es", genau. Und Anna Freud hatte etwas über Abwehrmechanismen geschrieben. Er stand auf, und durchsuchte seine Unterlagen, fand schließlich die Liste, die

Anna Freud und der Operationalisierten Psychodynamischen Diagnostik folgte. Pascal las sie aufmerksam durch und schrieb jene Punkte heraus, von denen er meinte, dass sie bei seinem Großvater der Fall sein könnten: Da war zunächst die Verdrängung – ein Abwehrmechanismus, der vor allem die Aufgabe hat, das Ich vor einem bedrohlichen Einfluss zu schützen. Sie löscht keine Erinnerungen aus, sie erschwert nur die bewusste Erinnerung an ein Erlebnis. Unerwünschte Es-Impulse, die ein Gefühl von Schuld hervorrufen, werden durch Ich und Über-Ich in das Unbewusste verdrängt. Nun, das wäre eine Möglichkeit, das konnte Pascal sich vorstellen. Dass nämlich der Großvater zwar verdrängte, aber die Erinnerung konnte er nicht auslöschen. Was er getan hatte, waren nun einmal Tatsachen. Und wenn die Schuld hochkam – vielleicht nachts, wenn er mal nicht schlafen konnte oder eine Fernsehsendung über die NS-Zeit sah, dann verdrängte er sie wieder in seinem Geist. Von dort aus könnten sie allerdings in Träumen, Fehlleistungen und Ersatzhandlungen wieder zutage treten. Wahrscheinlich geschah das schon ganz automatisch und machte so den bewussten Zugang zum verdrängten Inhalt unmöglich. Das würde allerdings bedeuten, dass Pascal bei seinem Großvater eine Türe geöffnet haben könnte. Vielleicht half es ja, wenn man bewusst darauf angesprochen wurde, doch in diese tiefen Schichten der Psyche hinabzusteigen? Aber war das ohne einen Analytiker überhaupt möglich? Um das zu beurteilen, kannte sich Pascal zu wenig aus. Interessant war auch, was da zum Thema Verleugnung stand. Im Unterschied zur Verdrängung wird nicht ein konfliktreicher innerer Wunsch abgewehrt, sondern ein äußerer Realitätsausschnitt verleugnet. Das war doch eindeutig bei Opa so! Er leugnete, was er getan hatte. Vielleicht waren ja Verdrängung und Verleugnung gleichzeitig am Werk? Wie sollte er das nur herausfinden? Sein Großvater würde niemals einen Analytiker aufsuchen, denn dann müsste er sich ja seiner Vergangenheit stellen und das wollte er bestimmt nicht. Dann würde das ganze Gebäude aus Lügen und Verdrängung, das er sich über Jahrzehnte aufgebaut hatte, in sich zusammenstürzen.

Pascal starrte aus dem Fenster. So vieles war möglich, manches wahrscheinlich. Und wenn er selbst Kontakt zu einem Analytiker aufnehmen würde – was sollte der denn ausrichten, wenn er den Großvater nicht kannte und sich nur auf die Erzählungen des Enkels verlassen musste? So funktionierte eine Analyse mit Sicherheit nicht. Aber Fragen könnte er stellen. Nur waren Analytikerstunden bestimmt teuer und Pascal hatte nur sein Taschengeld. Die Eltern wollte er nicht fragen, denn sie würden sicher wissen wollen, wozu er es brauchte. Und genau das wollte und konnte er zum jetzigen Zeitpunkt nicht verraten. Ob er es überhaupt jemals sagen würde, stand in den Sternen. Das zu entscheiden – soweit war Pascal noch nicht. Sollte er Klaus um Geld bitten? Nein. Er wollte seinen besten Freund nicht in diese Sache mit hineinziehen. Und wer weiß, wann Pascal das Geld zurückzahlen konnte?

Er wandte sich wieder seinem Computer zu, suchte, forschte weiter und fand dann noch einen interessanten Eintrag. In diesem ging es darum, dass rational-logische Handlungsmotive als alleinige Beweggründe für Handlungen angegeben oder vorgeschoben werden. Gefühlsmäßige Anteile an Entscheidungen werden ignoriert oder unterbewertet – zum Beispiel die Rassenideologie im Nationalsozialismus. Abgewehrt werden hier die emotionalen Bedürfnisse der Ausgrenzung und Vernichtung Unliebsamer.

Zugegeben, die Angst vor negativen Konsequenzen könnte ein rational-logisches Handlungsmotiv sein.

Seufzend stand Pascal auf und beschloss eine Runde Joggen zu gehen. So gern wollte er begreifen, verstehen. Vielleicht auch verzeihen – aber ohne die ganze Wahrheit zu kennen, war das nicht möglich. Er musste diesen inneren Druck, unter dem er stand, auf ein erträgliches Maß reduzieren. Beim Laufen konnte er auch immer gut sein Hirn auf Leerlauf schalten, das war genau das, was er jetzt brauchte. Er lief etwa eine Stunde, versuchte alle bewussten Gedanken zu verdrängen, denn er brauchte eine Pause von all dem Mist, der in ihm gärte. Abschalten, ein wenig Ruhe haben …

Diesmal gelang es ihm nicht so wie sonst, trotzdem fühlte er sich danach etwas besser und beschloss, vorerst in Sachen Hartheim zu recherchieren. Die ganze Psychologie, die er sich vorhin durchgelesen hatte, schwirrte nun wie ein außer Kontrolle geratener Kreisel in seinem Kopf herum.

Nachts schlief er schlecht, träumte von dem langen Gang, in dem die nackten Menschen vor dem Arzt Schlange standen – nicht ahnend, dass ihr Schicksal längst besiegelt war. Dazwischen tauchte immer wieder das lachende Gesicht des Großvaters auf. Gegen zwei Uhr fuhr er aus dem Schlaf, saß kerzengerade in seinem Bett, schweißgebadet.

Pascal ging in die Küche, trank ein Glas Wasser – und hatte Angst sich wieder hinzulegen, wieder einzuschlafen, erneut zu träumen. Er ging in den Garten hinaus und sah in den Sternenhimmel dieser lauen Sommernacht. Auf einmal hatte er das starke Bedürfnis zu seinem Opa zu gehen. An Schlaf war ohnehin nicht mehr zu denken, also machte er sich auf den Weg. Er hatte zwar nur seinen Trainingsanzug übergezogen, aber das war ihm gleichgültig. Um diese Zeit war in dem kleinen Ort ohnehin niemand auf der Straße. Pascal nahm die Abkürzung über den Friedhof. Seltsamerweise und gegen seine Erwartung beunruhigte ihn das nicht, im Gegenteil, der Ort erfüllte ihn mit Frieden. Am Grab seiner Großmutter blieb er stehen, strich mit der Hand sanft über den Grashügel. Auch sie fehlte ihm. Mit ihr hätte er vielleicht auch sprechen können. Denn sie war eine gütige, liebevolle Frau, die sich alles anhörte – ohne zu verurteilen. Dann hatte sie aber doch ganz klar ihre Meinung gesagt. Dabei war sie niemals verletzend geworden. Was hätte sie ihm gesagt? Was geraten? Alles graue Theorie. Langsam ging er weiter, kletterte über die kleine Friedhofsmauer. Wenige Minuten später stand er vor dem großelterlichen Haus. Zu seiner Überraschung brannte Licht und durch die Fenster konnte er seinen Großvater herumgehen sehen. Es wirkte ziellos. Mal zog er an den Vorhängen, schloss sie, öffnete sie kurze Zeit später wieder. Er machte einen verwirrten Eindruck und Pascal sorgte sich um ihn. Unter normalen Umständen hätte er jetzt einfach angeklopft und gefragt, was denn los sei? Doch er konnte nicht. Hatte er mit seinen Fragen eine Lawine in dem alten Mann losgetreten?

Pascal setzte sich auf die Gartenbank und erinnerte sich an die Zeit, bevor er diese Entdeckung gemacht hatte. Sein Opa war in seiner Kindheit sein engster Vertrauter, hatte ihm so viel beigebracht, Geschichten erzählt, mit ihm gelernt … und hatte ihm einen hohen moralischen Standard mit auf den Weg gegeben. War er nun immer noch derselbe Mann für Pascal oder ein Fremder? Woher stammten seine Grundsätze? Aus der Erkenntnis, dass er sich schuldig gemacht hatte? Oder waren es seine tatsächlichen Ansichten, immer schon gewesen und er hatte sich als junger Mann „nur" verleiten lassen, war dem Herdentrieb gefolgt, wollte kein Außenseiter sein? Wut stieg in Pascal auf – diesmal auf sich selbst. Denn seine Gedanken drehten sich im Kreis, immer nur dieselben Fragen, auf die er keine Antwort fand. Verurteilte er seinen Großvater zurecht? Wie sollte er das denn erfahren, wenn ihm dieser Antworten verweigerte? Nein, so konnte es nicht weitergehen. Morgen oder übermorgen musste das Buch über Schloss Hartheim in der Post sein und vielleicht half ihm das, auch wenn er einen inneren Widerstand verspürte in das Buch hineinzusehen, etwas voranzukommen, konkretere Fragen zu stellen.

Pascal ging wütend nach Hause und tat in jener Nacht wieder kein Auge zu.

Der folgende Schultag zog sich wie ein Strudelteig. Einerseits weil Pascal gänzlich unausgeschlafen war und dann, weil er immer daran denken musste, ob das Buch heute in der Post sein würde. Auch der längste Tag nimmt einmal ein Ende und als Pascal gegen 16 Uhr nach Hause kam, galt seine erste Frage der Post. War ein Paket für ihn angekommen? War es nicht – klar, wenn man ungeduldig auf etwas wartete, dauerte es immer so lange, dass man meinte, es nicht mehr auszuhalten. Doch untätig herumsitzen wollte er auch nicht, darum beschloss er sich erst einmal im Internet schlau zu machen. Vielleicht war das gar nicht so schlecht – ein sanfter Einstieg, damit ihn das Buch dann nicht mehr ganz so aus der Fassung bringen konnte.

Die Geschichte des Schlosses vor 1940 interessierte ihn wenig – er klickte weiter: Im Frühling 1940 führte man innerhalb weniger Wochen Umbauarbeiten durch, um das Schloss in eine Euthanasie-Anstalt umzubauen; die Bewohner wurden zu diesem Zeitpunkt in andere Pflegeanstalten im Gau Oberdonau verbracht. Sie waren dann auch die ersten Opfer der Tötungsanstalt Hartheim. Am 20. Mai 1940 erreichte der erste Transport Hartheim. Zwischen 1940 und 1944 wurden an diesem grauenvollen Ort rund 30.000 Menschen mit körperlicher und geistiger Behinderung, psychisch kranke Menschen, Zwangsarbeiter und Häftlinge aus den KZs Mauthausen, Gusen und Dachau ermordet.

Der medizinische Leiter der Anstalt war der Linzer Psychiater Dr. Rudolf Lonauer. Er bestimmte die Todesursache, drehte den Gashahn auf, führte die „Krankenakten" und vertrat die Anstalt nach außen hin. Die Pflegeanstalt Niedernhart in Linz fungierte als Zwischenstation für Opfer auf dem Weg nach Hartheim, auch dieser Anstalt stand er vor. Rudolf Lonauer beging im Mai 1945 Selbstmord. Aber nicht nur das. Bevor er selbst Hand an sich legte, tötete er seine Frau und seine beiden Kinder. Pascal lehnte sich zurück. Der Mann hatte sich also seiner Verantwortung entzogen. Wohl in dem Wissen, dass man ihn verurteilen würde, für das was er getan hatte. Sein Stellvertreter Dr. Georg Renno tauchte nach 1945 unter, 1961 wurde er aber verhaftet und 1967 angeklagt. Das Verfahren wurde 1970 aufgrund des schlechten Gesundheitszustandes Rennos eingestellt und er starb 1997 in Freiheit.

Es waren ungefähr 60 bis 70 Personen in der Tötungsanstalt Hartheim beschäftigt. Und einer von ihnen war Pascals Großvater. Da gab es Pflegerinnen, die natürlich den meisten Kontakt zu den Opfern hatten und sie meist auch schon bei den Busfahrten begleiteten. Dann gab es Angestellte, die für den administrativen Teil der Arbeit zuständig waren. Sie stellten die Todesurkunden aus und versandten Beileidsschreiben und die Urnen – denn die Opfer wurden, nachdem sie den Gastod erlitten hatten, möglichst schnell verbrannt. Diese Leute wohnten, wie er ja schon wusste, großteils auch im Schloss. Für Pascal ein unvorstellbarer Gedanke. Er hätte in diesem Horrorschloss keine Nacht ein Auge zugetan – vor allem mit dem Wissen, welche „Arbeit" ihm am nächsten Tag wieder bevorstand. Natürlich mussten die Angestellten bei Laune gehalten werden. Zum Beispiel fuhr man zum Haus Schoberstein in Weißenbach am Attersee. Abends veranstaltete man Feste bei denen auch reichlich Alkohol floss.

Wieder musste Pascal eine Pause machen. Feierten sich diese Unmenschen, für das was sie taten? Sollten sie dadurch belohnt werden? War es ein Ausgleich zu ihrem Tagewerk? Er konnte es drehen und wenden wie er wollte – es war abstoßend. Ihm war wieder schlecht und er ging in die Küche, holte sich ein Glas Wasser, trank es in einem Zug leer, aß eine Banane. Nicht weil er Hunger hatte, sondern weil er seinem aufgewühlten Magen etwas zu tun geben wollte. Anschließend ging er wieder nach oben in sein Zimmer. Eigentlich sollte er seine Hausaufgaben machen, aber er wollte noch mehr über Hartheim erfahren. Die Schularbeiten konnten warten. Und im Notfall ging er eben morgen ohne in die Schule und würde wieder von seiner Kreislaufschwäche erzählen. Das hatte sich ja nun schon einmal gut bewährt. Das hier war wichtiger als alles andere. Hier ging es um Menschenleben und um eine Lebenslüge. Da konnten Mathematik und Geographie ruhig liegenbleiben. Pascal beugte sich wieder über den Bildschirm und las weiter.

In Schloss Hartheim hatte es sogar ein Sonderstandesamt gegeben. Da wurden die Todesurkunden ausgestellt – und zwar mit falschen

Angaben was die Todesursache, den Todestag und Todesort anging. So brachte man die Angehörigen, die ihre Verwandten in Sicherheit und Pflege wähnten, auf eine falsche Spur und erschwerte ihnen die Nachforschungen – falls doch einmal jemandem etwas verdächtig vorkommen sollte. Gerne gab man „Lungentuberkulose" als Todesursache an, da es sich dabei um eine ansteckende Krankheit handelte, die eine sofortige Verbrennung des oder der Toten verlangte. Zusätzlich wurden Akten zwischen den Euthanasie-Anstalten ausgetauscht, was zu einer noch besseren Verschleierung der Wahrheit führte. All dies, so las Pascal, geschah im Rahmen der Aktion T4. T4? Was war denn das nun wieder? Er gab den Begriff ein, musste ein wenig suchen, dann fand er die Erklärung: Bei der Aktion T4 handelte es sich um eine nach 1945 gebräuchlich gewordene Bezeichnung für die systematische Ermordung von mehr als 70.000 Menschen mit Behinderungen jedweder Art in Deutschland von 1940 bis 1941 unter Leitung der Zentraldienststelle T4. Ingesamt fielen diesen Morden in der Zeit des Nationalsozialismus fielen bis 1945 über 200.000 Menschen zum Opfer. Es war unvorstellbar grauenvoll!

Dabei ging es nicht nur um den Rassenwahnsinn der Nazis, den Morden lagen auch „kriegswirtschaftliche Erwägungen" zugrunde, die als Erklärungen für die „Vernichtung unwerten Lebens" herangezogen wurden. Man rechnete sogar aus, wieviel man durch die Ermordungen einsparte. Konnte man das Leben eines Menschen mit Geld aufwiegen? Nein und nochmals nein! Dann fand Pascal endlich die Erklärung, was T4 bedeutete: Es war die Abkürzung für die Adresse der damaligen Zentraldienststelle T4 in Berlin: Tiergartenstraße 4.

Es war einfach alles nur entsetzlich, was er da las und Pascal wurde immer mulmiger zumute. Doch dann entdeckte er ein Wort, dass ihm Hoffnung gab: Widerstand. Es hatte also tatsächlich Menschen gegeben, die es wagten, etwas gegen die Euthanasieanstalten zu sagen? Wirklich und wahrhaftig? Dazu gehörte in der damaligen Zeit unvorstellbarer Mut und Pascal ahnte, dass diesen tapferen Menschen kein gutes Schicksal beschieden war.

Der erste Widerstand regte sich in kirchlichen Kreisen – woraufhin man die Tötungen nicht mehr zentral und weniger offensichtlich vornahm. Das war ab 1942 der Fall.

Aber es schwiegen auch nicht alle, die von den Ermordungen der Opfer wussten. Es gab einen Pfleger in Ybbs namens Franz Sitter, der

1940 nach Hartheim versetzt wurde. Er forderte die „sofortige Enthebung von der Dienstverpflichtung" – dem gab man statt, doch Sitter wurde an die Front einberufen. Und überlebte den Krieg! Danach kehrte er in seinen ehemaligen Beruf zurück.

In Alkhoven selbst formierte sich eine Widerstandsgruppe, deren Mitglieder jedoch verraten und ihre Begründer noch 1945 in Wien hingerichtet wurden. Noch 1945! Wo doch schon klar war, dass Deutschland den Krieg verloren hatte, sogar dann hielt man noch an dieser irren Politik fest. Pascal vermochte es kaum zu glauben. Konnte man ein Herz und eine Seele haben, wenn man an solchen Gräueltaten beteiligt war? Wenn man unschuldige und schutzbedürftige Menschen in den Tod schickte und danach munter ein Glas Bier trank? Oder einen Ausflug machte, auf Sitzen saß, auf denen noch kurz zuvor Todgeweihte gesessen hatten? Und, ja, das war die große Frage, wenn man einen solchen Bus fuhr? Zuerst mit stillen, verängstigten Menschen und dann mit einer Truppe in Feierlaune – wie konnte sein Großvater das mit seinem Gewissen vereinbaren? Wieder stand Pascal vor den Fragen, die er sich in den letzten Tagen immer wieder gestellt hatte. Der Weg bis zur Antwort würde ein weiter sein. Er wusste noch zu wenig vom Leben, den Menschen und ihren Abgründen. Und er hatte Angst, in diese Abgründe zu blicken. Was würde er entdecken? Wie damit umgehen können?

Für heute hatte Pascal genug von Schloss Hartheim. Er war schon über die Grenze dessen gegangen, was er ertragen konnte. Hoffentlich konnte er heute Nacht schlafen. Ohne wüste Träume. Er beschloss, noch zu seinen Eltern nach unten zu gehen, die um diese Zeit immer vor dem Fernseher saßen. Das könnte ihn ablenken, auf andere Gedanken bringen. Tatsächlich saßen die beiden auf dem Sofa und sahen sich irgendeine Komödie an. Pascal setzte sich zu ihnen, fand den Film aber nicht sonderlich amüsant. Er spürte, dass seine Mutter ihn beobachtete.

„Pascal, was ist los mit dir?"

„Warum?"

„Du bist so merkwürdig still in den letzten Tagen. Bedrückt dich etwas?"

„Ja!", wollte er schreien und: „Nein", sagte er.

„Also, ich glaube dir das nicht. Irgendetwas ist los. Du bist so still, isst kaum etwas und bist total zurückgezogen."

Womit seine Mutter ja Recht hatte – aber was sollte er denn sagen? Er wagte es einfach nicht mit der Wahrheit herauszurücken. Andererseits ging so das unheilvolle Schweigen immer weiter. Das war auch nicht gut. Aber mit der Wahrheit herausplatzen, ohne dass er Gewissheit hatte? Besser nicht. Und wenn er einfach nur erzählte, was er gesehen hatte? Dieses Foto nämlich. Würden sie ihm glauben? Sein Vater bestimmt nicht und seine Mutter neigte stets dazu, sich der Meinung ihres Mannes anzuschließen … Sie wollte und brauchte immer Fakten und die konnte Pascal ihr zum jetzigen Zeitpunkt einfach nicht liefern. Und wenn er sich die Situation anders herum vorstellte? Wenn ihm jemand erzählen würde, dass sein Vater ein Nazi war – würde er das glauben? Auf keinen Fall! Er würde seinen Vater verteidigen bis aufs Letzte …

Ohne ein weiteres Wort stand er auf und ging wieder auf sein Zimmer. Verzweifelt legte er seinen Kopf zwischen seine Hände – nicht zu wissen, was er tun sollte, wie er sich verhalten musste, das quälte ihn so sehr, dass ihm wieder übel wurde. Nie hatte er vor seinen Eltern etwas verheimlicht, über alles konnte er mit ihnen sprechen, sie fragen – stets waren sie für ihn da, hörten zu. Dass er ihnen dieses Geheimnis verschwieg … sollte es jemals aufkommen, dann würden sie es niemals verstehen, bestimmt wären sie sehr enttäuscht, dass er sich ihnen nicht anvertraut hatte. Seine Gedanken drehten sich im Kreis, er kam einfach nicht voran und je länger er nachdachte, umso tiefer und schwärzer empfand er den Graben, in dem er sich befand. Zwischen ihm und seinen Eltern stand ein ganzes Schloss als Geheimnis.

Nein, so kam Pascal nicht weiter. Die Luft in seinem Zimmer kam ihm mit einem Mal zu stickig vor, obwohl doch sein Fenster weit offen stand. Der Druck auf seiner Brust wurde immer stärker, nahm ihm den Atem. Irgendetwas musste er tun, um dieses Gefühl loszuwerden. Pascal stieg aus dem Bett und begann Liegestütze zu machen. Er verausgabte sich völlig, machte aber weiter, solange bis er total ausgepumpt war. Auf dem Fußboden liegend, kam ihm plötzlich ein Gedanke: Was, wenn er seine Eltern zu einem Ausflug nach Schloss Hartheim überreden könnte? Sie würden gemeinsam diesen Film anschauen und dann das Unfassbare mit eigenen Augen sehen. Aber was weiter? Es stand in den Sternen, was dann passieren würde. Eine Familienkrise wäre vorprogrammiert. Er stand auf, löschte das Licht und blickte in die Nacht hinaus. Das Fenster im ersten Stock des Nachbarhauses war dunkel.

Seit fast einem Jahr hatte er kein Licht darin gesehen. Wo Licht ist, ist Hoffnung und im Moment hatte er genau die nicht.

Einige Straßen weiter ging der alte Mann in seinem Schlafzimmer auf und ab. Er hatte versucht zu schlafen – war kurz eingenickt und hatte wieder denselben Traum wie in allen Nächten: Er rennt, ein Bündel in den Armen, hört das Pfeifen der Fliegerbomben, rennt um sein Leben, nur fort, fort! Das Herz schlägt ihm bis zum Hals, bekommt keine Luft, keucht, rennt, stürzt, schreit – schreit so laut, dass er von seinem eigenen Schrei erwachte. Jede Nacht. Dann lag er da, die Hand auf dem Herzen, rang nach Atem, seine Brust hob und senkte sich, schweißgebadet. Er hatte Angst.

Stockdunkel draußen vor dem Fenster, kein Geräusch drang zu ihm, in den Ohren immer noch das Pfeifen der Fliegerbomben.

Mit einer Hand tastete er nach der Nachttischlampe, es wurde hell. Nun war es besser. Mühsam rappelte er sich auf. Ihm war kalt. Am Fußende des Bettes lag seine graue Strickjacke, er tastete nach ihr, zog sie über. Er wusste, dass er nun nicht mehr einschlafen würde.

„Es ist gut. Alles ist gut, ich habe doch nichts getan." Sein Mantra. Ein Mantra, das seit einigen Tagen an Wirkung verlor. Seit dem Besuch seines Enkelsohns.

Er schlüpfte in seine Hausschuhe, stützte sich am Bettpfosten ab und stemmte sich mühsam in die Höhe. 97 Jahre. Die alten Knochen waren müde, er brauchte immer länger um nach dem Aufstehen halbwegs in Schwung zu kommen.

Der Großvater ging in die Küche und machte sich eine Tasse Tee, setzte sich an den Küchentisch und trank langsam, schlückchenweise. Wieder lagen eine lange Nacht und ein ebenso langer Tag vor ihm. Stunden, die sich dahinzogen. Nachdenklich rührte er in seiner Teetasse. Er war unruhig und befand sich noch immer in Schockstarre, konnte einfach nicht glauben, was Pascal alles zu ihm gesagt hatte.

„Ich habe nichts getan", sagte er laut vor sich hin, „ich habe nur meine Arbeit gemacht."

Noch eine Tasse Tee und ein Stück Brot. Er saß da und wartete, dass die Nacht verging. Wieder und wieder ging ihm das Gespräch mit Pascal durch den Kopf. Auf was für Ideen der Junge kam! Nichts hatte er von den Vergasungen gewusst, rein gar nichts! Und das war die reine Wahrheit!

Er verschüttete seinen Tee, stand mühsam auf und holte einen Lappen. Wie kam Pascal nur auf diesen Unsinn? Wegen eines angeblichen Fotos? Blödsinn! Er war dienstverpflichtet worden und war seiner Arbeit nachgegangen. Nicht mehr und nicht weniger. Ja, er hatte sich mit den Kollegen gut verstanden, aber daran war doch nichts Böses.

Der Lappen glitt über die Tischplatte, während der alte Mann nachdachte: ‚Wir Fahrer kamen ja gar nicht in das Schloss hinein, dass wir die Toten gesehen hätten oder das Krematorium. Da kamen wir ja gar nicht hinein. Was wollten denn die Dorfbewohner gerochen haben? Herrliche Landluft war da gewesen. Es hatte ja auch keiner mit ihm darüber gesprochen. Und gefragt wurde nicht.‘

Immer noch rieb er mit dem Lappen den Tisch sauber – obwohl der letzte Rest des verschütteten Tees längst verschwunden war. Aber er rieb und putzte weiter. Böse war er auf Hitler gewesen, weil der doch diesen Krieg angezettelt hatte. Der hatte doch gewusst, was da alles lief, er selbst war ja ahnungslos gewesen. Er brachte den Lappen zur Spüle und begann sich die Hände zu waschen, verwendete Unmengen an Seife und wusch und wusch: ‚Hitler, der war doch an allem schuld.‘ Immer noch wusch er seine Hände, beinahe verzweifelt, nahm eine Wurzelbürste, schrubbte seine Fingernägel. Er hätte Pascal ordentlich die Meinung sagen müssen – so sprach man doch nicht mit seinem Großvater! Nicht mit ihm! Aber er war so perplex gewesen über diese Anschuldigungen, wie konnte Pascal so schreckliche Dinge von ihm denken? Wie kam er nur darauf? Der alte Mann begann zu lachen: „Schaue ich aus wie jemand, der so etwas tut? Das ist doch lächerlich!"

Wie wild bearbeitete er seine faltigen Hände, so heftig, dass es weht tat. Endlich hörte er auf sie zu malträtieren und trocknete sich mit dem Geschirrtuch ab. Alles hier war blitzblank. Die Behältnisse für Zucker, Kaffee, Mehl und so weiter standen akkurat geschichtet in den Regalen. Auf den Millimeter genau. Darauf legte er Wert. Ordnung musste sein. Immer und überall. Und mit Pascal würde er auch noch ein ernstes Wort sprechen und wieder die gewohnte Ordnung in ihre Beziehung bringen. Er musste sich irgendwie Luft verschaffen, den inneren Druck loswerden.

„Das waren alles Lügen. Die vom Fernsehen haben gelogen."

Er setzte sich wieder und streichelte die Tischplatte: „Das war ja alles ganz anders."

Er nahm noch einen Schluck Tee. Er hatte keine Antworten auf Pascals Fragen, weil es nichts zu erzählen gab. Der Junge hatte keinen Anstand, hatte alle diese Lügen, die sie da im Schloss und über Hartheim erzählten, geglaubt. Dabei hatte er doch keine Ahnung, wie es wirklich gewesen war.

Manchmal dachte der alte Mann noch an jene Zeit zurück. Aber nur, wenn er nicht schlafen konnte. Er hatte ja großes Glück gehabt. Mit seiner Frau, der ganzen Familie. Er fühlte sich wohl. Ein gutes Gewissen war ein sanftes Ruhekissen: „Nur manchmal, in der Nacht, da höre ich die Bomben fliegen. Dieses Pfeifen. So etwas vergisst man nicht. Aber was hat das alles mit mir zu tun?" Es war Zeit, das Gespräch mit seinem Enkel zu suchen. Der Himmel allein wusste, was Pascal mit seinem vermeintlichen Wissen anstellte. Womöglich sprach er mit anderen darüber. Der alte Mann hatte einen guten Ruf, war in der Ortsgemeinschaft wohl gelitten und engagierte sich in der Kirchengemeinde. Nicht auszudenken, wenn da falsche Gerüchte in Umlauf kamen! Und dann erst sein Sohn und seine Schwiegertochter! Die glaubten diesen Unsinn womöglich noch. Hier galt es strenge Maßnahmen zu ergreifen. Oder aber den Kontakt zu Pascal abzubrechen, eventuell auch auf das geringst mögliche Maß zu reduzieren. Er war hin und her gerissen. Auf keinen Fall würde er zulassen, dass sein Enkelsohn noch einmal so mit ihm sprach. Das hatte er nicht verdient. Respekt und Anstand, das forderte er ein. Das stand ihm zu, jawohl!

Der Großvater blickte aus dem Fenster und bemerkte, dass der Morgen blaute. Diese Lichtstimmung mochte er besonders gern. Er ging aus dem Haus und setzte sich auf die Gartenbank. Im Ort schlief noch alles und er hatte für einen Augenblick das Gefühl, als würde die Welt ihm gehören. Tat sie ja auch. Er hatte sich sein kleines Universum aufgebaut in dem alles so war, wie er es wollte. „Das ist eine Kunst", sagte er zu sich. Denn die meisten Menschen waren ja Herdentiere. Wie blökende Schafe liefen sie herum und es war nur wichtig, was andere über sie dachten, dass der Rest der Menschheit sie für erfolgreich, attraktiv und wunderbar hielt. Ihm war das nie wichtig gewesen. Mit einer Ausnahme – nämlich seiner Frau. In Momenten wie jetzt eben fehlte sie ihm ganz besonders. Sie hätte bestimmt auch Rat gewusst, wie man in der Sache mit Pascal verfahren sollte. Eigentlich liebte er seinen Enkel, andererseits hatte er im Moment so gar keine rechte Lust ihn zu sehen. Zu tief hatte der ihn verletzt mit seinen Anschuldigungen. Auch wenn er sehr alt war, er brauchte sich nicht alles gefallen zu lassen. Am besten, er ging Pascal aus dem Weg bis der sich wieder beruhigt hatte. Da fiel ihm mit Schrecken ein, dass das gar nicht so einfach war. Nicht nur weil sie im selben Ort und nahe beieinander wohnten – in ein paar Tagen hatte seine Schwiegertochter Geburtstag! Und Geburtstage wurden in der Familie immer groß gefeiert, ganz gleich ob es ein runder, ein halbrunder oder eine Schnapszahl war. Es war also damit zu rechnen, dass man ihn einladen würde. Abgesehen davon, dass er noch keine Idee für ein Geschenk hatte – hier war ein Zusammentreffen mit Pascal unausweichlich. Was, wenn dieser die Konfrontation vor der ganzen Familie suchte? Gemeinhin war der Junge eher schüchtern, doch man kannte ja diese jungen Leute. Wenn die sich einmal etwas in den Kopf gesetzt hatten, war es ihnen nicht mehr auszureden. Es könnte während der Feier zu einem Streit kommen – und dann würde Pascal wieder mit seinen Vorwürfen loslegen.

Besser, der Großvater blieb dem Fest fern. Mit welcher Begründung? Nun ja, er war ein alter Mann, den schon einmal das Zipperlein plagen konnte. Das würde bestimmt jeder verstehen. Er nickte zufrieden. Das war die Lösung, sehr gut.

Nun schlich langsam die Sonne über das Kirchendach. Das Grab seiner Frau war immer das erste, das ein paar Strahlen abbekam. Sie war auch die Sonne seines Lebens gewesen. Alma … was für eine fantastische Frau sie doch war. Gemeinsam hatten sie so viel bewältigt. Schönes und Trauriges, aber immer Seite an Seite. Da fiel ein Schatten über seine Erinnerungen, denn ihm wurde mit einem Mal klar, dass Alma darauf bestanden hätte zu Marias Geburtstagsfest zu gehen. Sie war nie einer Konfrontation ausgewichen. Und Pascal hätte sie ordentlich Bescheid gestoßen, das stand fest. Da wurde dem Großvater bewusst, dass es feige wäre dem Zusammentreffen aus dem Weg zu gehen. Das hatte er doch nicht nötig! Oder doch? Wenn der gute Ruf einmal angekratzt war – ganz gleich ob die Anschuldigungen stimmten oder nicht – ein Schatten blieb immer zurück.

Plötzlich war er gar nicht mehr so selbstsicher und wusste nicht, was er tun sollte. Die schlimmen Dinge, die man über Schloss Hartheim heute behauptete, die konnten doch gar nicht wahr sein! Wie sollte man denn 30.000 Menschen verbrennen? Bis ein Leichnam verbrannt war, dauerte es Stunden. Das müsste mal einer hochrechnen! Da hätten die Kollegen ja den ganzen Tag nichts anderes getan als Menschenkörper zu verbrennen. Bestimmt waren das alles Lügen, es musste so sein! Der alte Mann schob den Gedanken beiseite. Viel lieber erinnerte er sich an die netten Ausflüge, die sie unternommen hatten. Die feschen Pflegerinnen, mit denen hatte er gern das Tanzbein geschwungen. Immer gut gelaunt waren sie – wenn das stimmen sollte, was man heute behauptete, dann hätten die sich doch ganz anders verhalten. Ja, genau. Wanderungen hatten sie unternommen und waren in Schutzhütten eingekehrt. Der Chef hatte sie immer feilgehalten, ja, Lonauer war ein nobler Mann gewesen, ließ sich niemals lumpen. Das Wohl seiner Mitarbeiter hatte ihm am Herzen gelegen. Und der sollte einen Gashahn aufgedreht haben, um Menschen zu ermorden? Nie und nimmer. Natürlich konnte man darüber streiten, was ein lebenswertes Leben war. Aber er hatte da so seine eigenen Ansichten. Für viele der Patienten von Hartheim war es besser, dass sie starben. Was hatten die denn schon von ihrem Dasein? Anderen fielen sie zur Last, die eigenen Familien sahen sich außer Stande sich um sie zu kümmern. Da war es doch gut, wenn es eine Einrichtung wie Hartheim gab. Oder in Deutschland Schloss Hadamar.

Man hatte damals für sein tägliches Brot hart arbeiten, manchmal kämpfen müssen und jeder unnütze Esser weniger brachte einem anderen wertvollen Mitglied der Gesellschaft wieder ein Stück Brot mehr ein. Man hatte das ja damals sogar ausgerechnet, wieviel die Versorgung dieser Krüppel und Debilen kostete – und das in einer Zeit, in der jeder Pfennig gezählt hatte. Natürlich war es für die Angehörigen traurig, wenn das Kind oder ein anderer Verwandter verstarb. Diese Lungentuberkulose war aber auch eine sehr ansteckende Krankheit! Wenn man Leichen verbrannt hatte, dann deshalb. Damit es nicht noch mehr Ansteckungen gab. Er war ja kein Mediziner, aber diese Logik musste doch dem Dümmsten einleuchten. Sogar Pascal.

Er wollte nicht weiter über das Thema nachdenken. Es war nun einmal so gewesen und aus. Unruhig rutschte er auf seiner Bank hin und her. Er musste sich beschäftigen. Darum stand er auf, ging ins Haus zurück und begann die Küche zu putzen, Gläser zu polieren. Wie jeden Tag. „Bei mir kann man vom Fußboden essen", sagte er immer stolz. Er konnte Schmutz und Dreck nicht leiden. Was nicht rein und sauber war, musste vernichtet werden. So hatte er es sein ganzes Leben gehalten. Nach dem Krieg war er ja Busfahrer geblieben – und sein Autobus war eine Zierde. Kein Vergleich zu denen der Kollegen, die sich nicht um das Äußere kümmerten. Auch in Hartheim hatte er den Bus jeden Tag innen und außen gewaschen. Denn außer die Patienten oder das Personal zu fahren, hatte er ja nichts zu tun. Man musste seine Zeit sinnvoll nutzen. Manchmal war einer der Büroangestellten herausgekommen und sie hatten zusammen eine Zigarette geraucht. Ein wenig geplaudert. Alles in allem hatte er eine schöne Zeit in Hartheim. Natürlich war der Krieg schrecklich. Und die Hungersnot. Aber daran war ja Hitler schuld und nicht das einfache Volk. Und sie waren ja auch alle so erzogen worden, dass man der Obrigkeit gehorchte und nicht erst lange nachfragte. Nicht so wie heute, wo jeder einem seine Meinung aufdrängte, ganz gleich, ob man sie hören wollte oder nicht. Es war nicht alles gut – aber eben auch nicht alles schlecht. Jedes Ding hatte seine zwei Seiten, es kam immer darauf an, von welcher aus man die Sache betrachtete. Nein. Er hatte sich nichts zu Schulden kommen lassen.

2.

Als Pascal am folgenden Tag von der Schule nach Hause kam, war sein erster Weg wieder zum Briefkasten – nichts. Enttäuscht ging er auf sein Zimmer und fand da zu seiner Überraschung ein Päckchen auf seinem Schreibtisch. Das musste es sein. Das Buch über Hartheim war angekommen. Offenbar war seine Mutter vor ihm am Briefkasten und hatte das Paket nach oben gebracht.

Pascal stellte seinen Rucksack ab und setzte sich an den Schreibtisch. Einige Zeit starrte er vor sich hin, dann öffnete er vorsichtig seine Post. Und da lag es nun. Das Buch, das die Wahrheit bringen sollte. Vorn auf dem Umschlag erkannte er Schloss Hartheim und aus einem großen Rauchfang kam schwarzer Rauch. Unheimlich. Denn Pascal war nur zu klar, was dieser Rauch mit sich trug. Er nahm sich zunächst das Inhaltsverzeichnis vor. Es klang alles interessant, doch wenn er ehrlich war, so lag sein Schwerpunkt bei der Frage: Welche Aufgaben hatten die Busfahrer, was wussten sie? Leider gab es kein eigenes Kapitel darüber, was bedeutet, dass er das ganze Buch lesen musste. Genau genommen war das sogar gut, so würde er das wahre Ausmaß des Grauens erfahren, auch wenn er Angst davor hatte. Doch für ihn hatte das Grauen jetzt das Gesicht eines Menschen, das seines Großvaters. Um jemals wieder

Frieden in sich zu finden, galt es tief zu graben. Feigheit zählte nicht. Durfte nicht zählen. Vielleicht wäre es angenehmer, wenn er versuchte, die ganze Sache zu vergessen und sich auf das Wort seines Opas zu verlassen. Gleichzeitig war ihm klar, dass das ein Ding der Unmöglichkeit war. Außerdem wollte er nicht auch ein Verdrängender werden. In welchen Winkel seiner Seele sollte er denn sein Wissen verbannen? Konnte das überhaupt in dem Ausmaß gelingen, dass er den Mantel des Vergessens darüberbreitete? Nein. Er kannte sich selbst zu gut. So funktionierte er nicht.

Mit einem Mal hatte er die Stimme seiner Großmutter im Ohr. Er wusste nicht mehr, um was es damals gegangen war, es musste ihm aber sehr wichtig gewesen sein. Ja und er hatte Angst gehabt, die Sache anzugehen. Damals sagte seine Großmutter zu ihm: „Hab keine Angst vor deinem eigenen Mut." Genau diesen Satz vermeinte er jetzt zu hören. So klar und deutlich, als würde Oma wirklich hinter ihm stehen und zu ihm sprechen. Es war einer der weisesten Sätze, die jemals ein Mensch zu ihm gesagt hatte und in schwierigen Situationen erinnerte er sich stets an diese Worte. Sie waren zu seinem Lebensmotto geworden und jedes Mal, wenn er sich diesen Satz vorsagte, dankte er im Stillen dieser weisen Frau, die ihm dieses Geschenk gemacht hatte.

Pascal schlug das erste Kapitel auf, strich mit der Hand die Seiten glatt, dann sagte er laut zu seiner unsichtbaren Großmutter: „Ich werde mich der Herausforderung stellen." Und begann zu lesen. Zu Pascals Erleichterung war das Buch gut, flüssig und leicht verständlich geschrieben. Außerdem spürte er vom ersten Satz an, dass der Autor ein empathischer Mann war, dem „diese Sache" sehr zu Herzen ging. „Diese Sache." Damit war natürlich die Euthanasie gemeint. So erfuhr Pascal, dass diese bereits im Mai 1940 in Hartheim umgesetzt wurde. Tausend Menschen wurden im ersten Jahr in das Schloss gebracht. Mit Bussen. Begleitet von Pflegern, die eigens für diese „Arbeit" ausgewählt worden waren. Den Opfern erzählte man, dass sie hier Heilung erfahren würden, um sie ruhig zu halten. Trotzdem herrschte bestimmt Angst und Schrecken unter diesen armen Menschen. Vor allem nachdem sie, nach der schon erwähnten sogenannten Untersuchung, in die Gaskammern gedrängt wurden, so viele auf einmal, wie es nur ging. Dann wurde das Gas aufgedreht. Nachdem der Tod eingetreten war, schleiften die Heizer die Leichen aus der Kammer, brachen ihnen die Goldzähne aus, um die Toten danach in einen großen Ofen zu legen. Die

Zahlen der Opfer wurden peinlich genau notiert und die Verwandten der Ermordeten bekamen erlogene Beileidsschreiben und eine Urne – wessen Asche darin war (ca. drei Kilogramm pro Urne), wusste kein Mensch, man schaufelte sie einfach aus dem Ascheberg hinein und verschloss sie. Hier in Hartheim begann die industrielle Vernichtung „unwerten Lebens" im Dritten Reich.

Der Euthanasie lag folgender Gedanke zugrunde: Das Lebewesen, dass in der Natur zu schwach ist, wird von anderen Tieren getötet, gefressen oder stirbt, weil es dem Überlebenskampf nicht gewachsen ist. Für die Nazis lag anscheinend klar auf der Hand, dass in der menschlichen Gesellschaft der starke Mensch über Leben und Tod der Schwachen zu entscheiden hatte. So sollte eine bessere und stärkere Rasse von Menschen entstehen. Nicht nur in Deutschland dachte man so, auch in Russland und in Amerika wurde dieses sozialdarwinistische Gedankengut propagiert.

Pascal ließ für einen Augenblick das Buch sinken. Natürlich hatte er im Unterricht von Darwin gehört und es erschien ihm auch logisch, dass, um nur ein Beispiel zu nennen, ein Vogeljunges, das aus seinem Nest gefallen war, kaum Überlebenschancen hatte und so leichte Beute für andere Tiere wurde. Das Gleiche galt für ein verletztes Tier. Aber das konnte man doch nicht eins zu eins auf den Menschen umlegen! Unmöglich! Hier entschieden andere Menschen, wer schwach und lebensunwert war und die Opfer hatten keine Chance ihrem Schicksal zu entkommen – sie wurden ermordet. Das war nicht einfach der Lauf der Natur, das war Manipulation nach dem Gutdünken der sogenannten „Starken".

Wütend las Pascal weiter und dann kam er zu einer Stelle, die gerade für ihn besonders interessant war: 1939, also noch in der Vorbereitungsphase, wurde die „Gemeinnützige Kranken Transport GmbH" gegründet, die man kurz GEKRAT nannte und die für die Verlegung der Opfer in Zwischenanstalten und die Todestransporte nach Hartheim und andere Euthanasieanstalten zuständig war. Die Nazis hatten wirklich nichts dem Zufall überlassen und alles minutiös geplant. Die GEKRAT also … und Pascals Großvater war Teil dieses Unternehmens, das war ganz klar. Doch wie war er zu dieser Stelle gekommen?

Fieberhaft las Pascal weiter, vielleicht stand ja irgendwo, wie die Mitarbeiter rekrutiert worden waren. Zunächst erfuhr er, dass es drei Gutachter gab, die die Meldebögen der Opfer studierten. Wenn sie der

Meinung waren, dass ein Mensch getötet werden sollte, trugen sie mit Rotstift ein Pluszeichen ein. Sollte einer am Leben bleiben, so machten sie ein blaues Minuszeichen. War eine Entscheidung nicht möglich wurde der Bogen mit einem Fragezeichen versehen. Die GEKRAT erhielt die Gutachten mit dem roten Plus und stellte die Verlegungslisten zusammen, die durch Sonderkuriere mit je einer Kopie in die jeweiligen Tötungsanstalten gebracht wurden. Es gab sogenannte Zwischenanstalten, in man die Todgeweihten vorerst verbrachte, bevor sie dann in die Vernichtungsanstalten transportiert wurden.

Der Umbau der T4-Anstalten geschah unter großer Geheimhaltung und im Laufe des Jahres 1939 wurden die ungefähr hundert Mitarbeiter für Hartheim ausgewählt. 1940 schulte man die künftigen Anstaltsleiter in ihre neue Tätigkeit ein. Also auch Dr. Lonauer und Dr. Renno. Und es wurde experimentiert welche Tötungsart für die Massenvernichtung am geeignetsten war. Einige Mitarbeiter der Kanzlei des Führers und auch Ärzte sprachen sich für Kohlenmonoxid aus. Trotzdem gab es noch Versuche an bemitleidenswerten Kranken mit medizinischen Substanzen wie Luminal, Veronal, Evipan oder Morphium – Skopolamin, welche in einer Überdosis verabreicht wurden – Mittel, die einen jämmerlichen Tod herbeiführten und in den Augen der Nazis für die Massenvernichtung nicht geeignet waren, da sie zu lange dauerten und zu wenig Menschen auf einmal töteten. Deshalb entschied man sich für Gas und tarnte die Gaskammern als Duschräume mit Bänken an den Wänden und ein Paar unnützen Brauseköpfen, die von der Decke ragten. Aus knapp über dem Boden verlaufenden Wasserleitungsrohren in die man kleine Löcher gebohrt hatte, trat das Gas aus. Durch ein Guckloch an der Eingangstüre sollten und konnten die Vergasungsexperten den Tod der Opfer beobachten. Erst wenn sich keiner mehr rührte, wurde das Gas abgepumpt, die Türe geöffnet und die Heizer gingen an ihr grausiges Werk.

Im Frühjahr 1940 war der Großteil des Hartheimer Personals eingetroffen: Heizer, Bürokräfte, Wachpersonal, Kraftfahrer für die Busse der GEKRAT und sogenanntes „Pflegepersonal", das die Opfer ruhighalten sollte. Das einfache Personal wurde direkt aus Oberösterreich rekrutiert, die SS-Männer kamen aus dem Altreich.

Nach außen hin wurde Propaganda für das Euthanasieprogramm gemacht. Man zeigte in Filmen behinderte Menschen, wobei diese durch spezielle Lichtverhältnisse und Kameraeinstellungen besonders erschreckend wirkten. Man sprach von „Gnadentod" für diese „armen Wesen", die doch nichts vom Leben hätten als Leid, das sie selbst ertragen mussten und in das sie auch ihre Anverwandten mit hineinzogen, die sich außerstande sahen, sich persönlich um ihre kranken Kinder, Schwestern, Brüder, Verletzte aus dem Ersten Weltkrieg zu kümmern und sie deshalb der Obhut von Anstalten übergaben. Ja, man versuchte alles um die Sache so aussehen zu lassen, als würde man den armen Leuten einen Gefallen tun, wenn man sie „sanft" in den Tod schickte. Und viele in der Bevölkerung glaubten diese Märchen – es war alles perfekt vorbereitet.

Natürlich bekam die Bevölkerung von Hartheim mit, dass im Schloss unheimliche Dinge vor sich gingen. Man hatte einen großen Schornstein errichtet, aus dem erst nur schwarze Wolken entwichen, doch wenn der Wind aus einer bestimmten Richtung wehte, konnte man ihn auch riechen. Zeitzeugen berichten, dass sie keinen Bissen Essen hinunter bekamen, wenn der Rauch zu Boden gedrückt wurde. Es habe eindeutig süßlich nach verbranntem Fleisch, Haaren und Knochen gerochen. Man versuchte die Fenster möglichst geschlossen zu halten, um den Rauch auszusperren. Manchmal fanden sich auch angesengte Haare und Hautfetzen auf dem Boden. Und natürlich sprach man darüber. Jeder machte seine Beobachtungen – soweit es ging, denn in das Schloss durfte keiner mehr und der Blick hinein war auch versperrt – und teilte sie den anderen mit. Das merkten natürlich auch die Betreiber des Schlosses, dass ihr Tun nicht so verborgen blieb, wie sie es gerngehabt hätten. Daraufhin wurde eine Versammlung einberufen, an der alle Dorfbewohner verpflichtend teilnehmen mussten. Von einem SS-Mann wurde ihnen ein Vortrag gehalten. Er erklärte, dass der Rauch von Altöl stammte, welches im Schloss aufgearbeitet und zu Treibstoff für die U-Boote verwandelt wurde. Was die Kranken anbelangte, so wären diese nur auf Zwischenstation hier und würden dann weiter in eine andere Anstalt transportiert. Und am Schluss der Rede, da kam sie, die Drohung: Wenn jemand weiter behauptete, in Hartheim würden Menschen verbrannt, der sollte ins KZ Mauthausen verbracht werden.

Mit Angst kann man viel erreichen. Eben auch, dass die Bevölkerung den Mund hält, nurmehr innerhalb der Familien wagte man auszusprechen, was allen bewusst war: Ständig kamen die Busse der GEKRAT und brachten neue Patienten, das konnten die Hartheimer durch die

Fenster der Busse beobachten. Aber niemals sah auch nur einer von ihnen, dass diese Menschen auch wieder weggebracht wurden.

Pascal blickte von seinem Buch auf, sah, dass es draußen bereits dämmerte. Für heute hatte er wirklich genug Grauenhaftes gelesen. Unvorstellbares. Aber so perfekt, wie die Nazis dachten, hatten sie denn doch nicht geplant, wenn die Bevölkerung von Hartheim so viel mitbekam. Und mit Sicherheit war das auch in den Orten der anderen Euthanasieanstalten so. Kein normal denkender Mensch konnte die Geschichten dieses SS-Mannes geglaubt haben. Aber das Wort Mauthausen hatte mit Sicherheit seine Wirkung getan, denn was ein KZ war, das wussten bestimmt die meisten. Auch wenn später anderes behauptet wurde. Aber diesen Aussagen hatte Pascal ohnehin nie Glauben geschenkt. Dass man nicht wissen wollte, lieber wegsah, war schon schlimm genug, jedoch auch nachvollziehbar. Aber es gab eben einen großen Unterschied zwischen Nichtwissen und nicht wissen wollen. Wieder fragte er sich, wie er selbst sich verhalten hätte? Als Bewohner von Hartheim. Was hätte er ausrichten können? Selbst wenn man Verbündete gefunden hätte – wie konnte man sicher sein, dass da nicht ein Spitzel darunter war, der den SS-Männern heimlich steckte, was unter vorgehaltener Hand geredet und geplant wurde. Geplant … ja, was denn? Die schwer bewaffnete SS, deren sadistische Taten mit Sicherheit wohl bekannt waren, gegen ein paar Hartheimer? Vielleicht hatte der eine oder andere eine Flinte besessen, doch damit etwas gegen die gute Ausrüstung der SS auszurichten … das wäre wohl nicht möglich gewesen. Wieder wanderte sein Blick zu dem dunklen Fenster im Nachbarhaus. Dieser Trost war ihm verwehrt.

Pascal legte sich auf sein Bett. Sein Kopf tat weh und immer wieder kam ihm das Wort GEKRAT in den Sinn. So hieß also das Unternehmen, für das sein Opa gearbeitet hatte. Und an die ein bis zwei Fahrten von denen der alte Mann erzählt hatte, glaubte Pascal nicht. Wo doch die Kraftfahrer aus der Gegend um Hartheim rekrutiert worden waren. Was logisch war, denn diese Männer kannten sich in Oberösterreich aus. Gesetzt den Fall sein Großvater hatte anfangs an die Gemeinnützigkeit dieser Organisation geglaubt – spätestens nach seinem ersten Einsatz musste er eines Besseren belehrt sein. Und immerhin hatte Pascal in dem Buch auch gelesen, dass Ärzte es ablehnen konnten für das Euthanasieprogramm zu arbeiten. Warum dann nicht auch ein einfacher Busfahrer? Oder stellte er sich das zu leicht vor?

Seufzend drehte sich Pascal auf den Rücken und starrte an die Zimmerdecke. Ablenkung. Er brauchte Ablenkung. Zuviel von diesem Thema auf einmal – das hielt er nicht aus.

Da kam ihm ein anderer Gedanke. Was wussten oder ahnten die Opfer? Die geistig und mental fitten hatten doch bestimmt Gerüchte gehört. Oder Gespräche des „Pflegepersonals". Die konnten sich vielleicht nur allzu gut einen Reim auf alles machen. Wie denen wohl zumute gewesen sein musste? Vor allem wenn sie in einen Bus der GEKRAT verladen wurden. Der Autor hatte berichtet, dass manche Patienten ruhig gespritzt worden waren, damit sie beim Transport keine Unruhe stifteten. Entsetzlich. Man müsste auch einen Bericht eines der Opfer lesen, doch waren ja alle vergast worden. Plötzlich zuckte ein neuer Gedanke durch seinen Kopf. Es gab ein Buch von dem er im Unterricht gehört hatte. Wie hieß es doch gleich? Es war von Dr. Viktor E. Frankl, der selbst in mehreren KZ gewesen war.

Mühsam krabbelte Pascal aus seinem Bett und öffnete den Schrank in dem die Unterlagen des letzten Schuljahres aufbewahrt wurden. Es dauerte etwa eine Viertelstunde, dann hatte er den Titel gefunden: „... trotzdem ja zum Leben sagen. Ein Psychologe erlebt das Konzentrationslager".

Sofort fuhr er den Computer hoch – er musste dieses Buch haben. Erinnern konnte er sich nicht mehr, was Frau Professor Schubert damals darüber erzählt hatte. Nur dass es in viele Sprachen übersetzt worden war. Ein einzigartiger Bericht. Von einem Mann, der überlebt hatte! Ja, Pascal brauchte ein Gegengewicht zu den Nazis. Und Frankl, das wusste er noch, hatte verständlich und auch für den Laien gut nachvollziehbar geschrieben. Anders als Freud. Da musste Pascal nach jedem Absatz eine Pause machen und nachdenken, noch einmal lesen und manchmal noch ein drittes Mal, um alles richtig zu verstehen. Und selbst dann war er sich noch nicht sicher, ob er den vollen Umfang des geschriebenen Wortes erfasst hatte. Er bestellte das Buch in einem Onlineshop – als ihm plötzlich einfiel, dass seine Mutter am Wochenende Geburtstag hatte. Auch das noch. Normalerweise machte es ihm Freude ein schönes Geschenk für sie auszusuchen. Sie konnte sich freuen wie ein Kind, vor allem wenn sie spürte, dass sich ihr Sohn wirklich Gedanken gemacht hatte. Doch dazu war er im Moment nicht fähig. Er befand sich emotional in einer Art Tunnel, alle Gedanken und jedwede Energie brauchte er zur Klärung von Großvaters Geheimnis.

Auch so eine Sache … würde Opa zu der Feier kommen und wenn ja, wie sollte Pascal ihm gegenübertreten? Zwischen ihnen lag nun eine ganze Welt und wenn Pascal eines nicht war, dann ein guter Lügner. Unmöglich konnte er wie früher mit seinem Großvater scherzen und plaudern als wäre nichts geschehen. Und wie würde der alte Mann sich benehmen? Die Konfrontation suchen? Sich über Pascal beschweren? Zuzutrauen war es ihm. Allemal. Und dann würde es krachen, denn der Enkel hatte nicht vor in solch einer Situation den Mund und sein Geheimnis für sich zu behalten. Auf gar keinen Fall. Andererseits wäre damit der Geburtstag seiner Mutter ruiniert und alle geladenen Gäste würden Bescheid wissen. Pascal hatte keine Ahnung, was für Folgen das haben könnte. Seine Mutter würde aus allen Wolken fallen und sein Vater sowieso.

Okay. Noch wusste er nicht, ob Opa kommen würde. Gut möglich, dass der zu feige war und fürchtete, Pascal könnte sein Geheimnis verraten. Was früher oder später ohnehin passieren würde. Vielleicht war früher besser? Doch noch hatte Pascal zu wenig Fakten, er musste weiterlesen, sich informieren. Erst dann konnte er sich und den Groß-vater erneut konfrontieren.

Er spürte, unter welch starkem Druck er stand. So zog er seine Lauf-schuhe an und beschloss trotz Dunkelheit noch joggen zu gehen. Sonst drohte sein Kopf zu bersten.

Sein Großvater saß in dieser Zeit vor seinem Haus und dachte eben-falls über ein Geschenk für seine Schwiegertochter nach. In den letzten Jahren hatte er immer Pascal gebeten das Geschenk zu besorgen, das er sich ausgedacht hatte. Das fiel nun wohl aus. Er selbst war nicht mehr agil genug mit dem Bus nach Linz zu fahren und alleine die Geschäfte abzuklappern. Aber ohne Geschenk konnte er bei der Feier nicht auftauchen. Im letzten Jahr hatte Pascal für ihn ein in verschiedenen Blautönen gehaltenes Seidentuch besorgt. Blau war die Lieblingsfarbe seiner Schwiegertochter. Es war auch Almas Lieblingsfarbe gewesen. Vielleicht könnte er ihr etwas aus Almas Nachlass schenken. Zum Beispiel das kleine blaue Milchkännchen? Wenn er einmal tot war, würde es ohnehin in Marias Besitz übergehen. Warum dann nicht gleich und sein missratener Enkel konnte dann sehen, dass der Groß-vater nicht auf ihn angewiesen war. Gesagt getan. Langsam erhob er sich und ging ins Haus zur Vitrine. Vorsichtig nahm er das Kännchen heraus, streichelte sachte darüber. Ja, bei Maria würde es in guten Händen sein. In der Lade seines Schreibtisches befand sich akkurat zusammengelegtes Geschenkpapier. Davon nahm er einen halben Bogen und verpackte Almas Lieblingsstück. Alma ... sie fehlte ihm so sehr! Nicht darüber nachdenken. Es konnte nicht mehr lange dauern und er würde wieder mit ihr vereint sein.

Jetzt brauchte er noch ein Billett. Zum Glück hatte er sich da ebenfalls eine kleine Sammlung zugelegt. Man konnte ja nie wissen, wann man eines brauchte. Er wählte eines mit einer bunten Blumenwiese und schrieb liebevolle Worte hinein, erwähnte auch, dass Alma es sicher so gewollt haben würde, dass Maria dieses Kännchen bekam. Gut. Fertig. Er war vorbereitet. Am Samstag war die Feier. Noch drei Tage also. Und wehe, wenn Pascal sich nicht anständig ihm gegenüber benahm. Dann würde er nicht zögern, den Jungen Respekt zu lehren. Ganz egal was sein Sohn und Maria dazu sagten. Solange er noch halbwegs aufrecht gehen konnte, war er Manns genug für sich selbst einzutreten und das würde er auch tun.

Weil ... weil es einfach nicht richtig war, was Pascal ...

Sein Blick fiel auf Almas Foto: „Ich habe doch nicht gewusst, worauf ich mich da einlasse, Alma. Ich habe es wirklich nicht gewusst. Ich durfte ja nie ins Schloss hinein. Und das mit dem Gestank, unmöglich, dass das verbranntes Fleisch war. Da müssten die ja hunderte ... nein, tausende Menschenkörper verbrannt haben. Alte Lumpen waren es, ganz bestimmt. Wegen der Flöhe und Läuse. Und irgendetwas war da auch mit dem Treibstoff für die U-Boote. Aber das weiß ich nicht mehr. Nein, es kann nicht wahr sein, was Pascal sagt. Nein, nein, nein!"

Wütend schlug er mit der Faust auf den Tisch – und erstarrte. Denn mit einem Mal erinnerte er sich an Geschrei und Weinen, das hatte er gehört, manchmal, wenn die Patienten im Schloss verschwunden waren. Aber das waren ja alles nur Idioten. Bestimmt waren sie nur verunsichert und beunruhigt wegen der neuen Umgebung. Ganz bestimmt. Warum sollten sie sonst weinen? Und überhaupt! Er hatte doch die Pflegerinnen gekannt. Lauter patente Fräuleins, eine hübscher als die andere. Und immer gut gelaunt und einem Flirt nicht abgeneigt. Nicht dass sich für ihn ernsthaft etwas ergeben hätte, er war ja nur der Fahrer. Nicht so interessant wie die SSler oder die Ärzte. Natürlich nicht. Manchmal war er auch im Bus sitzen geblieben – wenn er müde war von den vielen Fahrten. Zuerst waren es Postbusse. Knallrot. Dann wurden sie grau und man brachte Vorhänge an den Fensterscheiben an. Das sah hübsch aus. Weil die Kranken die Vorhänge aber immer aufzogen, war man später dazu übergegangen die Fensterscheiben grau anzumalen. Da war dann Ruhe im Karton. Das war ihm auch recht, er konnte das Gequengele und Gejammere beim Fahren nicht vertragen. Die hatten schon gewusst, was sie taten, die Obrigen. Und er hatte ja auch manche von den Patienten gesehen. Auch Frauen. Viele waren mehr tot als lebendig, wankten herum, konnten nicht einmal alleine ein- und aussteigen, wimmerten die ganze Fahrt über vor sich hin, ganz egal was die Pflegerinnen versuchten. Über Stunden ging das – musste man sich erst einmal vorstellen, bevor man darüber urteilte.

Der Großvater ging zu seiner alten Truhe, öffnete sie und obenauf lag sie, seine Uniform von damals. Immer noch ordentlich, wie es sich gehörte. Als er sie auseinanderfaltete, erschrak er. So groß war er einmal gewesen? Vor dem Spiegel des Mahagonischrankes hielt er sich Hose und Hemd an und meinte gänzlich dahinter zu verschwinden. Kante auf Kante legte er die Uniform wieder zusammen und in die Truhe zurück. Manches ließ man besser ruhen und da wo es war – in der Vergangenheit.

Er gähnte. Nachts hatte er besonders schlecht geschlafen. Vielleicht würde er heute vor dem Zubettgehen das eine oder andere Gläschen Rotwein zu sich nehmen. Nicht, dass er ein Trinker war, doch es half manchmal beim Ein- und Durchschlafen. Bis in die frühen Morgenstunden, dann hörte er wieder die Fliegerbomben …

Pascal hatte drei Runden um das Dorf zurückgelegt und kam nun reichlich erschöpft, verschwitzt, aber von dem inneren Druck etwas befreit, wieder zu Hause an. Während des Joggens hatte er weiter über ein Geschenk für seine Mutter nachgedacht. Ein Gutschein war ihm zu unpersönlich. Kurz war der Gedanke in ihm aufgeflammt mit ihr nach Hartheim zu fahren. Doch das war kein Geschenk, das würde eine Katastrophe, das war ihm nur allzu klar.

Er ging unter die Dusche und setzte sich wieder an den PC, stöberte im Internet, suchte, suchte, nur noch drei Tage Zeit. Selbst wenn er jetzt etwas bestellen würde … es käme niemals rechtzeitig an. Dann hatte er doch eine Idee! Er würde morgen nach der Schule ins Gartencenter fahren, da gab es Barockrosen und seine Mutter wünschte sich schon lange welche für den Garten. Jetzt musste er nur noch nachzählen, ob sein Taschengeld dafür auslangte. Naja, für einen Rosenstock müsste es ausreichen – zwar hatte er dann nichts mehr für den Rest des Monats, aber vielleicht half ihm sein Vater aus. Wenn er sich im Moment etwas kaufte, dann Bücher. Dafür hatte der Vater immer Verständnis, war er doch selbst ein Bücherwurm. In diesem Augenblick klopfte es an seiner Zimmertür und sein Vater trat ein.

„Hast du Zeit für mich, Pascal?"

„Ja."

„Sag mir, was los ist. Seit diesem Ausflug nach Hartheim bist du total verändert. Gibt es da etwas, das ich wissen sollte?"

Pascal wandte sich ab, damit sein Vater nicht sehen konnte, dass er einen roten Kopf bekam. Dann sagte er leise: „Nein. Alles in Ordnung, es hat mich nur sehr mitgenommen."

„Das kann ich verstehen. Euthanasie … ein grauenvoller Gedanke. Ich wollte auch schon immer mal nach Hartheim fahren, doch ich denke, es würde mir genauso zusetzen wie dir. Allerdings hat deine Mutter den Plan gefasst, es sich anzusehen. Schaffst du es, noch einmal hinzufahren?"

„Das ist doch kein Familienausflug. Es ist grässlich dort, die Atmosphäre ist so beklemmend. Im ganzen Schloss fühlt man den Tod."

Sie schwiegen beide. Dann stand sein Vater auf: „Schlaf noch einmal darüber, Pascal. Mit der Familie an so einen Ort zu fahren, das ist schon etwas anderes als mit der Schule. Wir können doch ganz anders darüber miteinander sprechen und vielleicht geht es dir dann wieder besser."

„Ich weiß nicht."

„Wie gesagt, schlaf darüber. Wir haben das Wochenende nach Mamas Geburtstag angedacht." Mit diesen Worten verließ der Vater das Zimmer und Pascal konnte nur denken: „Oh Gott!" Denn dann würden auch seine Eltern den Film sehen und dann kam alles heraus. Sie würden ihn fragen, warum er kein Wort gesagt hatte, sein Vater würde den Glauben an seinen Vater verlieren, mit Sicherheit ebenfalls ein Gespräch suchen. Und seine Mutter? Die würde die Welt nicht mehr verstehen und sensibel wie sie war, konnte es gut sein, dass sie in einen ihrer depressiven Zustände verfiel. Das war für Pascal immer entsetzlich mitanzusehen. Vielleicht konnte er den Eltern diesen Plan noch ausreden. Doch kannte er seine Mutter – wenn sie sich einmal etwas in den Kopf gesetzt hatte, war sie davon nicht mehr abzubringen. Wenn allerdings die Vergangenheit seines Großvaters bei der Geburtstagsfeier aufkam – dann wollte sie entweder erst recht hinfahren oder ... oder was? Pascal konnte es sich nicht ausmalen, was dann alles geschehen könnte. Er wollte es auch nicht. Aber verdrängen brachte auch nichts. Ob er vorher noch einmal das Gespräch mit seinem Opa suchen sollte?

Sie hatten doch immer über alles sprechen können. Allerdings gab es noch nie ein derart brisantes Thema. Pascal lauschte in sich hinein und kam zu dem Schluss, dass sich die Situation vermutlich nur verschlimmern würde, sollte er einen weiteren Vorstoß wagen. Er konnte sich auch nicht vorstellen, dass sein Großvater es bei der Geburtstagsfeier zu einem Eklat kommen lassen würde.

Eigentlich war er müde, aber nahm noch einmal das Buch zur Hand: Die Busse, so berichteten es die Dorfbewohner, kamen zu unregelmäßigen Zeiten, anfangs zwei- bis dreimal am Tag und fuhren zur Ostseite des Schlosses, wo sie von einem Pförtner eingelassen wurden, also auf das Schlossgelände fuhren. Dann änderte man diese Taktik und die Busse fuhren zur Westseite, denn an der Ostseite stand keine 20 Meter entfernt ein Bauernhaus und deren Bewohner bekamen natürlich viel mehr vom Geschehen mit als jene Dorfbewohner, die weiter entfernt wohnten. Seit die Busse an der Westseite hineinfuhren, konnte niemand mehr sehen, was danach weiter geschah. Die Pfleger waren brutal, manche bewaffnet. Was nach dem Aussteigen passierte, wusste Pascal ja bereits: Entkleidung, man nahm den Opfern ihre Habseligkeiten weg, „Untersuchung" des Arztes – und dann ...

„Ballastexistenzen", „unnütze Esser" – so bezeichnete man die Opfer und ihr Eigentum, das man ihnen weggenommen hatte, wurde sorgfältig aufgelistet und ging dann an die Nationalsozialistische Wohlfahrt: Brillen, Kleidung, Lebensmittelkarten usw. Die Nazis ermordeten diese unschuldigen Menschen nicht nur, sie schlugen auch noch Kapital aus ihnen. Von den Opfern selbst blieben nur Fotos, Listen mit den Wertgegenständen, erlogene Todesursachen und Todeszeitpunkte.

Pascal wollte aus lauter Abscheu schon das Buch zur Seite legen, doch da las er, dass die Buschauffeure verschiedene Postämter in der Region anzufahren hatten, wo sie die Benachrichtigungen an die Familien aufgaben. Logisch – damit wurde der wahre Todesort verheimlicht.

Die T4-Ärzte verdienten sehr gut, waren noch jung und bereit sich unterzuordnen. Der Erlass Hitlers – der nie Gesetzesstatus erreichte – enthob sie der Eigenverantwortung. Praktisch und zynisch zugleich.

Denn wenn es sich nur um einen Erlass und nicht um ein Gesetz handelte, so waren diese Nazis im eigenen Staat Gesetzesbrecher, die dafür auch noch belohnt wurden.

Pascal starrte vor sich hin. Diese T4-Ärzte konnten keine starken Persönlichkeiten sein. Sadisten und Narzissten, das ja. Auf jeden Fall. Was hatte sie dazu gemacht? Die damalige Erziehung? Vielleicht. Sie schienen sich nur stark gefühlt zu haben, wenn sie andere entwerten konnten, wenn sie in den Menschen, die sie ermordeten keine Menschen, sondern Objekte sahen. Aber wohin mit den bewussten Taten und Erfahrungen? Es konnte sich nur um eine Abspaltung dieses Persönlichkeitsteiles handeln. Nur so konnten sie sich vermutlich den gesellschaftlichen Gepflogenheiten anpassen. Pascal konnte sich nicht vorstellen, dass das T4-Personal zu Hause beim Abendessen von seinen Verbrechen erzählte. Auch wenn sie diese nicht als Verbrechen ansahen – denn sie hatten ja Hitlers Erlass, der ihnen als Ausrede diente. Doch mit Sicherheit war ihnen klar, dass sie nicht über ihre Arbeit reden durften und konnten. Das bedeutete, dass sie ihre Persönlichkeit der jeweiligen Umgebung anpassten. Und wegen der Abspaltung gerieten sie vermutlich in keinen Persönlichkeitskonflikt. Mit Sicherheit verrohten sie auch immer mehr. Vor allem die Heizer und Pfleger. Da war bestimmt auch viel Alkohol im Spiel, um zu verdrängen und zu vergessen, den Alltag erträglich zu machen. Vielleicht waren sie wie Schauspieler, die von einer Rolle in die nächste schlüpfen? Bestimmt waren sie fürsorgliche Ehemänner und Familienväter und wenn sie an ihrem Arbeitsplatz waren, verwandelten sie sich in grausame Sadisten.

Pascal vermutete, dass das nur mittels Abspaltung gewisser Persönlichkeitsaspekte möglich war. Viele, so las er weiter, waren Alkoholiker. Und Alkohol enthemmte ja bekanntlich auch, bestimmt waren sie im betrunkenen Zustand noch entsetzlicher, als wenn sie nüchtern waren.

Waren sie jemals nüchtern? Oder anders gefragt: War es möglich das tägliche Treiben ohne eine Droge zu ertragen? Vielleicht verschaffte ihnen der Alkohol auch Ausreden vor sich selbst? Half ihnen zu vergessen? Pascal las von Festen und Orgien und dass die Heizer jeden Tag einen Viertelliter Schnaps zugeteilt bekamen. Allerdings fand man in den verbuddelten Ascheresten rund um das Schloss auch Bierflaschen – was nur bedeuten konnte, dass der Schnaps nicht ausgereicht hatte, um den Frust zu ertränken.

Die Ärzte allerdings verteidigten bis zu ihrem Ableben die Vernichtung des „unwerten Lebens" und erachteten sie als legitim. Wie war das möglich? Vor allem nach Ende des Krieges bei den Nürnberger Prozessen zum Beispiel, als die ganze Tragweite ihrer Verbrechen ans Tageslicht kam. Da standen sie immer noch dazu? Waren sie derart überzeugte Nazis, dass sie gar nichts hinterfragt hatten, einfach treu und ergeben der Parteilinie gefolgt waren? Getrieben von Rassenhass, ehrgeizige Emporkömmlinge, Narzissten und Sadisten – das waren sie für Pascal.

Und diese Orgien! Unfasslich – untertags mordeten und quälten die PflegerInnen und Aufseher, auch die SS-Männer und abends hatten sie Sex mit unterschiedlichen Partnern, betranken sich und feierten. Ob das auch ein Ventil gewesen war, um den inneren Druck loszuwerden?

Es gab also diesen einen Pfleger, der dienstverpflichtet worden war und sofort, nachdem er gesehen hatte, was in Hartheim vor sich ging zu Lonauer marschiert war, um sich von der Dienstverpflichtung entheben zu lassen. Er wollte lieber an der Front kämpfen.

Lonauer soll sehr erstaunt gewesen sein, aber der Pfleger setzte sich durch. Es war also auch möglich in Hartheim (und vermutlich auch in anderen Euthanasieanstalten) die Arbeit zu verweigern, ohne dass es Konsequenzen gegeben hatte. Wahrscheinlich war einer der Gründe dafür, dass man Mitverschwörer als Mitarbeiter brauchte und keine Leute, die unter der Last des Erlebten zusammenbrachen.

Es gab auch kleinere Anstalten, die „wilde Euthanasie" mittels Medikamenten ausübten. Die Nazis dachten da wohl rein praktisch – wenn es mehr Tötungsanstalten gab, mussten die Opfer nicht quer durch das ganze Land transportiert werden. Anstalten, die keine Tötungsmaschinerien waren ... das gab es auch, und von diesen wurden weiterhin die Kranken und Alten durch die GEKRAT in eine Tötungsanstalt verbracht.

Es fiel Pascal wirklich schwer den Überblick zu behalten. Welche Post mit gefälschten Sterbeurkunden wohin geschickt wurde, bis sie schließlich bei den Anverwandten landete – das war ein verdammt ausgeklügeltes System, das eine Nachforschung seitens der Hinterbliebenen unmöglich machte.

Offiziell wurde die Aktion T4 im August 1941 beendet – aber das Morden nahm kein Ende! Im Gegenteil, es wurde sogar ausgeweitet

und die Erkenntnisse und Methoden aus Hartheim in anderen Tötungsanstalten wie zum Beispiel Hadamar angewandt.

Irgendwann in dieser Nacht schlief Pascal über seinem Buch ein. Entsetzliche Träume plagten ihn, doch er konnte nicht aufwachen. Erst als
der Morgen schon dämmerte, erlöste ihn der benachbarte Hahn von
seinen Qualen. Und bei ihm waren es nur Träume – für andere war all
das, was er gelesen und überlegt hatte, Realität. Er fühlte, dass er mit
jemandem sprechen musste, jemand, dem er sich anvertrauen konnte
und der oder die vielleicht auch Antworten für ihn hatte. Erklärungen. Es musste jemand mit psychologischem Wissen sein. Aber wer?
Kurz dachte er an die Therapeutin seiner Mutter in Eferding. Aber
das könnte auffliegen und soweit er wusste, war eine Stunde bei dieser
Frau auch sehr teuer. Keinesfalls konnte er sich das leisten. Und wenn
die Therapeutin seine Mutter behandelte, war es ohnehin fraglich, ob
sie Pascal als Klienten annehmen würde. Von wegen Naheverhältnis.
Müde tapste er ins Badezimmer und erschrak über seinen eigenen Anblick. Tiefe Ringe unter den Augen, die verquollen waren. Blass war er,
das schwarze Haar durcheinander. Er ging unter die Dusche, lange und
ausgiebig. Danach fühlte er sich etwas besser, sein Gesicht sah aber immer noch übermüdet aus.

Das sah auch gleich seine Mutter, als er zum Frühstück erschien.

„Wie siehst du denn aus, Pascal?"

„Hab nicht gut geschlafen."

„Willst du mir nicht endlich sagen, was eigentlich mit dir los ist? Ich
habe dich schon einmal gefragt und diesmal hätte ich gerne eine Antwort."

Was sollte er sagen? Die halbe Wahrheit war wohl am besten.

„Das ist seit diesem Besuch in Hartheim. Das war so grauenvoll. Und
gestern hat mir Papa gesagt, dass du da mit uns hinwillst. Das halte ich
nicht noch einmal aus."

„Es ist mir aber wichtig."

„Aber ich war schon dort, warum muss ich mir das noch einmal antun?"

„Mit der Familie ist das etwas anderes. Ich möchte auch Opa mitnehmen."

Das war nun der absolute Supergau und Pascal hatte keine Ahnung,
was er seiner Mutter antworten sollte. Mit Opa nach Hartheim! Das
konnte nur in einer Katastrophe enden. Selbst wenn der Großvater

nein sagen würde, seine Mutter war keine Frau, die locker ließ, wenn sie sich etwas wünschte. Dabei ging es hier doch nun wirklich nicht um einen beschaulichen Familienausflug!

„Pascal? Sag etwas!"

„Ich muss in die Schule, bin schon spät dran."

„Du hast noch nicht gefrühstückt."

„Ich nehme mir zwei Bananen mit."

„Bevor du gehst will ich eine Antwort haben bezüglich Hartheim."

„Ich fahre da kein zweites Mal hin. Mir hat das erste Mal voll und ganz genügt, Mama."

„Wir reden darüber, wenn du zu Hause bist. Ich wünsche mir diesen Ausflug zum Geburtstag."

„Du wünscht dir einen Ausflug in eine Tötungsanstalt? Ohne mich."

Damit drehte Pascal sich um und verließ so schnell als möglich das Haus, schwang sich auf sein Fahrrad und fuhr zur Schule.

Er liebte seine Mutter, aber das war nun wirklich zu viel! Hartheim zum Geburtstag? War sie so ahnungslos und naiv oder was ging da in ihrem Kopf vor? Kam das außer ihm keinem seltsam vor? Nicht einmal Papa? Und was würde der Großvater von sich geben, wenn er davon erfuhr? Sagte er nein – was anzunehmen war – würde er sich vermutlich auf sein Alter ausreden und das er zu gebrechlich wäre. Dagegen konnte keiner etwas sagen. Diese Möglichkeit hatte Pascal ja wohl nicht. Es gab nur eines: den Tag auf sich zukommen lassen und nicht weiter darüber nachdenken.

Nach der Schule radelte er zum Gartencenter und kaufte einen Stock Barockrosen. Es waren schon ein paar Blüten halbgeöffnet, zartrosa mit einem wundervollen Duft. Genau das Richtige für seine Mutter. Zu Hause versteckte er die Blumen im hintersten Teil des Gartens. Er wusste, dass seine Mutter da nie hinging, denn hier gab es einige Spinnen und sie ekelte sich sehr vor diesen Tieren.

Zurück auf seinem Zimmer machte er sich an die Hausaufgaben. Da Pascal das Lernen leichtfiel, war er recht bald damit fertig. Obwohl seine Gedanken immer wieder zu dem Hartheim-Buch abschweiften. Nun, da alles Schulische erledigt war, nahm er es zur Hand und wollte es aufschlagen. Etwas hielt ihn jedoch davon ab. Er hatte gestern so viel Schlimmes darin gelesen, das ihn bis in seine Träume verfolgt hatte, dass er meinte, es wäre noch zu früh weiterzulesen. Offenbar konnte er die Wahrheit über Hartheim nur in kleineren Dosen vertragen. Gleichzeitig würde er es gerne hinter sich bringen, wollte alles erfahren. Wie eine Katze schlich er den ganzen Tag um den heißen Brei – in seinem Fall um dieses Buch.

Plötzlich stand seine Mutter im Zimmer. Pascal erschrak, er hatte sie nicht kommen hören.

„Kannst du mir mal was verraten, Pascal?"

„Was denn?"

„Wenn du Hartheim als so schrecklich empfunden hast und nicht mit uns hinfahren möchtest, warum liest du dann ein Buch darüber?"

„Weil ich nicht verstehen kann."

„Was kannst du nicht verstehen?"

„Wie Menschen anderen so etwas antun können."

„Du meinst die Euthanasie-Ärzte?"

„Die und die Beamten, die alles geplant haben. Das Pflegepersonal und die ... Busfahrer. Einfach alle meine ich."

„Das war eine andere Zeit damals. Die Menschen waren anders."

„Das stimmt nicht. Auch heute werden Menschen in Lager gesperrt, gefoltert und ermordet."

„Aber aus anderen Gründen."

„Bitte, das macht es doch nicht besser, Mama. Und so anders sind die Gründe auch nicht. Es geht um die politische Gesinnung, um Religion und was weiß ich was noch alles. Sogar Flüchtlinge sperrt man in Lager, wo sie nichts zu tun haben, nur warten und warten und warten. Worauf wissen sie nicht. Dürfen sie bleiben oder werden sie wieder in ihr Land zurückgeschickt?"

„Es hilft ja nichts, wenn sie flüchten. Ich fände es besser, wenn sie in ihrem eigenen Land blieben und versuchten die Umstände dort zu ändern."

„Und wie sollen sie das machen? Sie sind ja in ihrer Heimat auch Opfer von Armut, Hunger und oft auch politischer Unterdrückung."

„Ja, vielleicht manche. Aber du darfst das nicht mit den Wirtschaftsflüchtlingen vergessen. Wenn sie das Geld für Schlepperbanden aufbringen können, dann könnten sie dieses Geld auch anders nutzen, oder nicht?"

„Ja, glaubst du denn, die gehen aus Spaß an der Freude weg? Sie verkaufen alles was sie haben, um die Schlepper zu bezahlen. Meinst du, es ist leicht, alles Vertraute zurückzulassen, bei null anzufangen, mit einer völlig ungewissen Zukunft?"

„Ach so und dann sollen sie alle zu uns kommen und wir füttern sie durch oder wie stellst du dir das genau vor?"

Pascal war entsetzt, er hatte nicht gewusst, dass seine Mutter solche Ansichten vertrat.

„Die meisten wollen doch gar nicht arbeiten", setzte sie jetzt noch einen drauf.

„Ach und woher weißt du das? Hast du jemals mit einem Flüchtling gesprochen?"

„Das liest man ja immer in der Zeitung, da wird schon was dran sein. Du hast doch selbst auch noch mit keinem Flüchtling gesprochen."

„Ich rede jeden Tag mit ihnen. Wir haben vier in der Klasse."

„Das habe ich gar nicht gewusst." Jetzt war seiner Mutter die Situation offensichtlich unangenehm, da Pascal sich augenscheinlich wirklich mit diesem Thema auseinandersetzte, während sie nur in Klatschblättern las. Was ihren Sohn immer schon verwundert hatte, da sie eine kluge Frau war und er konnte nicht verstehen, was dieses niveaulose Geschreibe ihr geben konnte.

Sein Vater war da anders, mit ihm hatte Pascal schon öfter über die Lage der Flüchtlinge diskutiert und von ihm kamen durchaus vernünftige Gedanken, die den Sohn zum Nachdenken brachten. Vor allem das Argument, dass man nicht die Symptome bekämpfen sollte sondern die Ursachen, war eine Idee, die Pascal gefiel. Da hatte er seinem Vater Recht gegeben und überlegt, wie das aussehen könnte – so eine Art von Hilfe. Er war aber mit dem Nachdenken nicht weit gekommen. Hartheim kam dazwischen und das Erdbeben, das es ausgelöst hatte.

„Bist du also auch so ein intellektueller Gutmensch? Woher du das nur hast? Naja, wie du meinst, ich sehe es eben anders. Wir essen in einer halben Stunde, komm dann runter." Mit diesen Worten verließ sie das Zimmer – drehte sich aber noch einmal um, nahm das Hartheimbuch zur Hand, las den Klapptext und meinte: „Leihst du es mir, wenn du es durchhast?" Pascal nickte. Vielleicht war es gut, wenn sie sich wirklich mit dem Thema auseinandersetzte. Noch bevor sie nach Hartheim fuhr.

„Ich kann dir aber vorher noch etwas anderes zu lesen geben. Hast du schon einmal von ‚Steine kochen' gehört?"

„Wovon?"

„Steine kochen."

„Keine Ahnung was du meinst."

„Hast du kurz Zeit? Dann lese ich es dir vor. Dauert nicht lange."
Seine Mutter zögerte, kannte aber ihren Sohn gut, um zu sehen, wie
wichtig ihm das Thema war.

„Also gut, wenn es nicht lange dauert, dann lies." Sie setzte sich auf sein
Bett und wartete. Pascal nahm ein dünnes Heft aus seinem Bücherre-
gal, setzte sich neben sie und begann zu lesen. Der Text war tatsächlich
kurz, aber eindringlich und ging Pascal jedes Mal wieder sehr zu Herzen. Beim „Steine kochen" handelte es sich um einen brasilianischen
Brauch armer Familien. Wenn nichts zu essen im Haus war und die
Kinder vor lauter Hunger weinten und nicht einschlafen konnten, nahmen ihre Mütter einen Topf, füllten ihn mit Wasser und legten einen
Stein hinein. Den ließen sie kochen und erklärten ihren Kindern, dass
es sich um Essen handeln würde, dass es aber noch einige Zeit dauern
würde, bis das Essen fertig war. Und so ließen sie den Stein kochen
und kochen. Solange, bis ihre Kinder vor Müdigkeit und Erschöpfung
eingeschlafen waren.

Nachdem Pascal geendet hatte, herrschte Schweigen. Vorsichtig blickte er zu seiner Mutter, um zu sehen, welchen Eindruck das Gelesene
auf sie gemacht hatte. Sie starrte vor sich hin. Doch als sie seinen Blick
spürte, lächelte sie mit einem Mal und sagte: „Naja, interessant. Und
auch irgendwie tragisch. Aber woher willst du wissen, dass das stimmt
und sich nicht nur jemand ausgedacht hat? Jedenfalls muss ich jetzt in
die Küche. In 30 Minuten kommst du runter."

Nun verließ sie endgültig sein Zimmer und jetzt war es an Pascal, vor
sich hinzustarren. Er wusste, dass diese Geschichte stimmte, er hatte
sie schon von verschiedenen Seiten gehört, sogar im Fernsehen in einer Dokumentation über die ungerechte Verteilung der Nahrungsmittel
auf der Welt, war davon die Rede. In dieser Doku hatte er auch alte
Menschen gesehen, die fassungslos zusahen, wie übriggebliebenes Essen aus Supermärkten vernichtet wurde. Einige hatten geweint – sie
wussten noch, wie es war absolut nichts zu haben – vor allem kannten
sie das beißende und nagende Gefühl des Hungers während und nach
dem Zweiten Weltkrieg. Eine alte Dame hatte sich furchtbar darüber
aufgeregt und gesagt, dass anderswo Menschen verhungerten und hier
bei uns würde man das Essen, das Leben retten könnte, vernichten.

Er legte das Heft zurück ins Regal und gähnte herzhaft. Die letzte
Nacht saß ihm noch in den Knochen, er wollte heute früh zu Bett
gehen. Und hoffte, dass die inneren Gespenster in dieser Nacht schweigen würden.

Sein Vater kam gerade nach Hause, als Pascal sich an den Esstisch setzte. Als sie zu essen begannen, fragte die Mutter, warum ihr Mann so still war?

„Ich verstehe meinen Vater nicht."

„Inwiefern?"

„Ich war noch kurz bei ihm drüben und er druckste herum, dass er vielleicht am Samstag nicht zu deiner Geburtstagsfeier kommen kann, weil er sich zurzeit müde und schwach fühlt."

„Pascal kann ihn doch abholen."

Der beugte sich über den Teller und wäre gerne im Erdboden versunken. Doch sein Vater sagte: „Das habe ich auch vorgeschlagen, aber Vater will es nicht, weil er dann trotzdem zu Fuß gehen müsste. Also habe ich gesagt, ich hole ihn mit dem Auto ab. Aber das schien ihm auch nicht recht zu sein. Keine Ahnung, was er hat. Weißt du etwas, Pascal?"

Pascal schüttelte verneinend den Kopf und aß schweigend weiter.

„Naja, Gerd, vielleicht hat ihn das Alter jetzt wirklich erwischt. Er ist immerhin 97, da kann ich schon verstehen, dass er Angst hat, dass es ihm zu anstrengend wird. Er kommt also nicht?"

„Er will es sich noch überlegen und abwarten, wie es ihm morgen geht. Am Abend gibt er Bescheid."

Die Familie aß schweigend weiter, jeder hing seinen Gedanken nach – ohne dass sie ahnten, dass jeder von ihnen an den Großvater dachte. Nur mit einer anderen Motivation.

Nach dem Abendessen setzten sich seine Eltern vor den Fernseher, wie jeden Abend. Pascal zog sich auf sein Zimmer zurück, kramte wieder in den Schulunterlagen, denn beim Essen war ihm etwas eingefallen, das Viktor E. Frankl geschrieben hatte. Es ging dabei um das Menschenbild in der Sinntheorie, das Frankl in zehn Thesen zur Person verdichtet hatte. Vielleicht konnte ihm das weiterhelfen, wenn er die Thesen Punkt für Punkt durchdachte. Er wollte verstehen! Er suchte und suchte – wo hatte er es nur hingetan? Als er sein Psychologiebuch in die Hand nahm, flatterte ein zusammengefalteter Zettel zu Boden. Pascal bückte sich danach – Zufall ist, was einem zufällt! Es waren die zehn Thesen. Er setzte sich an den Schreibtisch und las aufmerksam.

Es dauerte seine Zeit bis Pascal das Papier Punkt für Punkt durchgearbeitet hatte. Nicht alles war ihm klar und verständlich, trotzdem spürte er instinktiv worauf Viktor E. Frankl hinaus wollte. Allerdings war er heute bereits zu müde, um über jeden der Punkte nachzudenken. Die Angst vor der Nacht hatte der Text ihm aber genommen – immerhin. Denn die Worte hatten etwas Tröstliches. Aber galten sie auch für die Verbrecher von Hartheim? Konnte man die Thesen auf sie anwenden? Vermutlich. Oder nicht? Oder doch? Nein, aus. Für heute war es genug, er musste ins Bett. Sorgfältig legte er das Blatt noch in ein bisher leeres Notizbuch und beschloss, sich in den nächsten Tagen genauer damit auseinanderzusetzen.

An diesem Abend schlief er sofort ein und sein Schlaf war tief und traumlos. Zumindest konnte er sich beim Aufwachen nicht daran erinnern, etwas geträumt zu haben. Es war noch früher Morgen, eine Stunde bevor sein Wecker immer klingelte. So nahm er das Notizbuch und dachte über die erste These nach. Der Mensch als Einheit also – unteilbar, nicht aufspaltbar. Stand das aber nicht im Widerspruch zur Abspaltung? Nein, eigentlich nicht. Auch wenn sein Großvater den unangenehmen Teil seiner Vergangenheit abgespalten oder verdrängt hatte, er war trotzdem als Person eine Einheit. Die Frage war allerdings, wie sich der abgespaltene Teil in das Gesamtwesen integrierte? Was ein Mensch getan hatte, das gehörte zu ihm, zu seinem Wesen und formte ihn gewiss auch. Aber wo war der abgespaltene Teil? Irgendwo in Geist und Seele war er verankert und machte sich dann wohl auch bemerkbar. Vielleicht nicht immer, aber so doch in gewissen Momenten. Zum Beispiel wenn man von seinem Enkel gesagt bekam, dass man für eine Euthanasie – Einrichtung gearbeitet hatte.

Pascal dachte an jene Nacht, als er seinen Großvater nach ihrem Gespräch beobachtet hatte. Wie er herumgewandert war in seinem Häuschen … Es hatte den Eindruck gemacht, als würde er Gegenstände hin und her tragen. Pascal musste an die peinlich genaue Ordnung im Haus seines Opas denken. Nie lag auch nur ein Staubkorn herum, alles hatte seinen Platz, die Dinge standen wie mit einem Lineal vermessen in Reih und Glied.

Vielleicht kompensierte sein Großvater seine innere Unordnung mit äußerer übertriebener Genauigkeit. Möglicherweise gab ihm das das Gefühl, alles im Griff, die Kontrolle zu haben. Während in ihm in so manchem Moment vielleicht ein furchtbarer Kampf tobte. Wenn sich Pascal an die Zeit zurückerinnerte als seine Oma noch lebte – nun, auch sie war ein ordentlicher Mensch. Jedoch auf eine entspannte Art und Weise. Bei Opa hatte man immer Angst etwas zu berühren, zu verrücken, Schmutz zu hinterlassen. Bei Oma war es gemütlich. Wenn er da einmal etwas verschüttete, war das kein Drama. Jetzt war es anders. Sofort begann der Großvater zu schrubben und zu putzen mit einer Kraft und Genauigkeit, die Pascal immer schon übertrieben vorgekommen war. Oder wenn er sich die Hände wusch – was er sehr oft tat. Es war unangenehm ihm dabei zuzusehen, denn er rubbelte dabei so fest mit einer Wurzelbürste an seinen Händen und Fingernägeln, dass Pascal immer Angst hatte, der Großvater würde zu bluten beginnen. Er fühlte sich an Lady Macbeth erinnert, die, halb wahnsinnig, das Blut von ihren Händen waschen wollte. War dem Großvater vielleicht doch in solch einem Moment bewusst, dass er ein Mittäter war und wollte er sich von seinem schlechten Gewissen und dem Schmutz in seiner Seele reinigen, indem er all dies auf seine Hände projizierte? Möglich. Absolut möglich. Und irgendwie fand Pascal seine Gedanken logisch und gut nachvollziehbar. Da konnte wirklich etwas dran sein, was er da so zusammendachte.

Wie von selbst wanderte sein Blick wieder zum Fenster des Nachbarhauses. Sie hatte einmal zu ihm gesagt – nachdem sie bei Großvater Tee getrunken und geplaudert hatten – dass sie sich in seinem Haus unwohl fühlte, weil alles so klinisch war. Ja, sie hatte immer schon eine gute Intuition und …

Er schrak zusammen, denn plötzlich klingelte der Wecker. Also ab unter die Dusche und zum Frühstück. Da fiel ihm ein: Morgen war Samstag! Die Geburtstagsfeier! … Durchatmen … vielleicht kam Opa ja gar nicht. Und wenn er erschien war es durchaus im Bereich des Möglichen, dass alles doch friedlich ablief.

3.

Der Samstag begann regnerisch, doch im Laufe des Vormittags lichtete sich der Himmel und schließlich wurde es so warm, dass Maria ihren Sohn bat, im Garten den Tisch zu decken. Das war eine gute Gelegenheit die Barockrosen aus ihrem Versteck zu holen – die Blüten waren noch weiter aufgegangen und sie sahen prachtvoll aus. Perfekt. Gerade als Pascal mit dem Tischdecken fertig war, rief sein Vater: „Komm, wir fahren Opa holen." Alles nur das nicht! Pascals Gehirn arbeitete auf Hochtouren – ihm musste sofort eine plausible Ausrede einfallen, die in den Augen seiner Eltern vernünftig klang. Sein Vater stand in der Terrassentür, offensichtlich bereits ungeduldig und sah seinen Sohn an, deutete ihm mitzukommen. Zum Glück funktionierte Pascals Hirn nach dem ersten Schockmoment wieder und er erklärte, er müsse noch etwas bezüglich seines Geschenks vorbereiten. Was nicht einmal eine Lüge war, denn er hatte die Geburtstagskarte nicht geschrieben.

Gerd steigt kopfschüttelnd in seinen Wagen. Was war nur mit dem Jungen los? Normalerweise hatte er immer alles pünktlich und verlässlich vorbereitet, vor allem wenn es sich um Familienfeste handelte. Dass dies auch eine Veränderung seit dem Hartheim-Besuch war, darüber gab es keinen Zweifel. Was war dort aber geschehen? Pascals Weigerung darüber zu sprechen machte die Sache nicht besser, nur ungewisser. Vielleicht sollte man ihm noch ein paar Tage Zeit gegen, manchmal lösten sich Dinge wieder in Luft auf, die zuerst ein Problem waren. Gerd fuhr die paar Minuten bis zum Haus seines Vaters, stieg aus und läutete. Zu seiner Überraschung öffnete dieser und hatte sich richtig in Schale geworfen.

„Gut siehst du aus, Vater."

„Wenn eine Dame Geburtstag hat, dann ist das ja das Mindeste."

In der Hand hielt er eine Stofftasche in der sich das wertvolle Kännchen befand und ein paar Blumen aus seinem Garten. Gerd half ihm beim Einsteigen und sie fuhren den kurzen Weg zurück.

Mittlerweile waren auch Sabine, die beste Freundin Marias, und ihr Mann eingetroffen. Außerdem die unmittelbaren Nachbarn, alle beladen mit Geschenken und Blumen. Es gab ein großes Hallo, man umarmte und drückte einander, Glückwünsche wurden ausgesprochen und es herrschte eine fröhliche, ausgelassene Stimmung. Nur Pascal hielt sich vorsichtig im Hintergrund. Er wagte es weder sich seinem Großvater zu nähern, winkte ihm nur freundlich zu als er eintraf. Und er wollte auch nicht zu fröhlich erscheinen – es konnte gut sein, dass dies dem alten Mann missfiel und er eine verräterische Bemerkung machte. Pascal stand unter Stress und kämpfte darum, es nicht zu zeigen. Seine Handflächen schwitzten und seine Augen wanderten unruhig umher. Er hielt nach einem guten Sitzplatz Ausschau – nicht zu weit weg von seiner Mutter, aber doch weit genug von seinem Großvater.

Die Geschenke und Blumen wurden auf den Gabentisch gelegt, denn Maria wollte alles erst beim Kaffeetrinken bewundern. So setzten sich alle zu Tisch. Pascal wurde klar, dass es nur Sinn machte abzuwarten,

wo sein Großvater Platz nahm, um dann schnell den am weitesten ent-
fernten Stuhl zu belegen. Immer wieder sah er zu Opa hinüber, doch
der beachtete ihn gar nicht, tat so, als wäre sein Enkel nicht anwesend.
Gerd bemerkte es und sah Pascal fragend an. Dieser zuckte nur ratlos
mit den Schultern, womit sich sein Vater erstaunlicher Weise zufrieden-
gab. Das Essen wurde jetzt aufgetragen, es gab Schöberlsuppe, danach
einen herrlichen Tafelspitz und man merkte, dass es allen schmeckte,
denn es wurde kaum ein Wort gewechselt, alle aßen andächtig, hie und
da flammte eine kleine Unterhaltung auf, besonders Maria und Sabine
hatten einander einiges zu erzählen, während Sabines Mann sich mit
Pascal unterhielt – den es plötzlich wie ein Blitz durchfuhr: Jörg war
doch Psychologe! Warum hatte er nicht früher daran gedacht? Und
Jörg sprach gern über sein Fachgebiet. Das war die Gelegenheit! Leise
fragte Pascal: „Jörg, wenn ein Mensch etwas Schlimmes getan hat, es
nach außen hin aber nie erwähnt und ableugnet, wenn er darauf angesprochen wird … ich meine, dann ist doch das Wissen über seine Tat
trotzdem in ihm. Das verschwindet doch nicht einfach, oder?"
„Nein, das tut es nicht. Aber wie kommst du jetzt darauf."
„Wir waren letzte Woche mit der Schule in Schloss Hartheim."
Interessiert beugte sich Jörg näher zu Pascal: „Das ist zwar kein Thema
für eine Geburtstagsfeier, aber überaus interessant. Ich glaube ich weiß,
worauf du hinauswillst. Dich interessiert, wie die Nazis mit dem, was
sie verbrochen haben, leben konnten. Vor allem die, die nie gericht-
lich belangt worden sind und jetzt noch leben, oder?" Pascal nickte.
Jörg hatte es auf den Punkt getroffen. „Kann man da von Abspaltung
sprechen?"
Das fachliche Interesse seines Gegenübers war offensichtlich geweckt,
sein Gesicht nahm einen konzentrierten Ausdruck an, die Augen fun-
kelten: „Eine sehr interessante Frage, Pascal – und ich freue mich, dass
ihr jungen Leute über diese Themen nachdenkt. Ganz spontan ist mir
jetzt der Begriff Dissoziation eingefallen. Das bedeutet, das teilweise
bis vollständige Auseinanderfallen von psychischen Funktionen die
normalerweise zusammenhängen. Betroffen von dissoziativer Abspaltung sind meist die Bereiche Wahrnehmung, Bewusstsein, Gedächtnis,
Identität und Motorik – aber manchmal auch Körperempfindungen.
Zum Beispiel Schmerz.
Dissoziative Phänomene existieren auf lückenlosen Zusammenhängen. Es gibt leichte Symptome, von denen fast jeder Mensch in seinem

Leben mindestens einmal betroffen sein kann. Schwerere Symptome, die zu Beeinträchtigungen und Leiden führen, werden als Störungen bezeichnet. Weißt du, Pascal, im Fall von dissoziativen Störungen sind sogar funktionelle und anatomische Abweichungen im Gehirn festgestellt worden. Bezüglich der Ursachen besteht weitgehende Einigkeit, dass man von einem Zusammenwirken bestimmter persönlicher Voraussetzungen und traumatischer Erlebnisse ausgehen sollte. Nehmen wir als Beispiel die dissoziative Amnesie. Dabei fehlen der betreffenden Person ganz oder teilweise Erinnerun-gen an ihre Vergangenheit, besonders an belastende oder traumatische Ereignisse. Die Amnesie geht weit über das Maß der normalen Vergesslichkeit hinaus, dauert länger an oder ist stärker ausgeprägt. Es können sich auch Erinnerungen vermischen und dadurch verfälscht werden. Der Betroffene kann dann nicht mehr unterscheiden, ob Erinnerungen wahr sind oder nicht. Allerdings, wenn ich es recht bedenke – traumatisiert waren die Opfer der Nazis. Sofern sie überlebt haben. Ja, die Traumatisierung betrifft die Opfer und nicht die Täter."

„Aber was ist es dann, Jörg? Ich meine, wie kann man derartige Verbrechen an unschuldigen Menschen begehen und dann den Rest seines Lebens behaupten, man hat genau das nicht getan? Also, ich kann mir vorstellen, dass man es verdrängt. Aber wohin? Das Verdrängte bleibt ja trotzdem vorhanden."

„Da hast du Recht. Von der Verdrängung werden gewöhnliches Vergessen, willkürliches Abschalten und verschiedene Formen der Hemmung unterschieden. Auf die Existenz eines Verdrängungsphänomens kann nicht zwingend aus der Beobachtung unterschiedlicher Erinnerungsleistungen bezüglich negativer oder positiver Erfahrungen geschlossen werden. Ich meine, man kann zurecht annehmen, das positive Erinnerungen häufiger abgerufen werden, darum vergisst man sie auch nicht so leicht. Vergessen ist ein passiver Prozess, der an Vorstellungsinhalten abläuft, die von der betreffenden Person unbewusst als weniger wichtig bewertet werden. Die Bewusstseinsinhalte verblassen, werden abstrakter und bildeten gemeinsam mit anderen assoziierten Vorstellungen schließlich eine verschmolzene Erinnerungsspur, die nicht wieder in Einzelheiten aufgelöst werden kann."

„Ja und die Verdrängung?"

„Die Verdrängung ist ein aktiver Prozess, der einen ständigen psychischen Aufwand erfordert, die so genannte Verdrängungsarbeit."

„Das muss aber sehr anstrengend sein, wenn man das über Jahrzehnte hindurch macht."

„Ja, das denke ich auch. Allerdings im Fall der Verdrängung konservieren sich die Vorstellungen. Sie fließen eben nicht in den Bewusstseinsstrom der Erinnerung ein. Das hemmt und verfälscht die Aufnahmebereitschaft für neue Vorstellungs- und Bewusstseinsinhalte."

„Das Konzept der Verdrängung geht auf Sigmund Freud zurück, oder?"

„Sehr richtig. Und sie gilt als zentraler Bestandteil der psychoanalytischen Theorie. Freud sagte und schrieb, dass die Verdrängung grundlegend eine anfängliche Spaltung des Seelenlebens in die Bereiche des Bewusstseins und des Unbewussten mit sich bringt. Nach Freud kann eine Vorstellung nur verdrängt werden, wenn sie von bereits unbewussten Inhalten angezogen wird und gleichzeitig von einer höheren Instanz, etwa dem Ich oder dem Über-Ich als eine Aktion erfolgt. Die Triebenergie bleibt der Verdrängung erhalten und verbleibt beim nunmehr unbewusst gewordenen Inhalt. Sie wirkt dort als anziehendes Moment im Gegenspiel zur abstoßenden, verdrängenden Tendenz des Bewusstseins. Die verdrängten Inhalte der Psyche werden von der Freud'schen Psychoanalyse meist als nicht verträglich mit den Inhalten des Über-Ichs verstanden, die der Moralerziehung entstammen. Oft handelt es sich bei den unter der Macht eines inneren Zensors verdrängten Inhalten um Triebregungen des Es, die aufgrund der traumatisch wirkenden Moralerziehung von negativer heftiger Erregung begleitet sind. In der Gedächtnispsychologie wird dieses Konzept äußerst gegensätzlich erörtert, ja, es gibt sogar Zweifel daran, ob Verdrängung überhaupt existiert. Gegen ein Verdrängen von negativen Erfahrungen sprechen andere Störungen – wie die posttraumatische Belastungsstörung."

„Ja, darüber habe ich gelesen. Bei Soldaten kam und kommt das ja oft vor. Doch kann ich mir so eine Störung auch eher bei den Opfern als bei den Tätern vorstellen."

„Allerdings. Du hast dir ein sehr schwieriges Thema ausgesucht. Und du bringst mich zum Nachdenken. Jedenfalls tendiere ich bei den Tätern dazu, von einer Mischung aus Sadismus, Erziehung und Gruppendynamik – wenn es alle neben mir machen, dann ist es in Ordnung – zu sprechen. Der Mensch will einfach immer dazugehören. Und dann zimmert man sich auch seine eigene Werteordnung zurecht.

Die T4-Ärzte, so denke ich, waren besonders autoritäre Personen. Für solch autoritäre Charaktere bedingt die Identifizierung mit der Macht die totale Ablehnung von allem, was sie als unter sich stehend empfinden. Andere waren sicher überkorrekte Ehrgeizlinge, die für sich eine Fassade der Korrektheit aufbauten. Sie überzeugten sich selbst davon rechtmäßig zu agieren, wenn sie sich genau an die Vorgaben hielten."

„Damit kann ich etwas anfangen."

Jörg hob sein Glas und prostete Pascal zu: „Respekt, junger Mann. Du bist ein kluger Kopf."

Pascal dachte, dass er eher ein verzweifeter Kopf war, aber das wollte er nicht laut sagen.

„He, ihr beiden! Was tuschelt ihr denn da die ganze Zeit?", vernahm er plötzlich die Stimme seiner Mutter. Was sollte er jetzt sagen? Schon wieder Stress – diese Sache war einfach größer als er gedacht hatte. Was sollte er denn jetzt sagen und vor allem, warum wollte seine Mutter unbedingt wissen, was er mit Jörg redete? Leider würde sie nicht von dem Thema ablassen, bis sie eine zufriedenstellende Antwort bekam. Pascal liebte seine Mutter sehr, aber manchmal war sie ihm lästig. Zum Glück enthob ihn Jörg in diesem Augenblick einer Antwort: „Wir diskutieren über Freuds Theorie der Verdrängung im Zusammenhang mit dem Nationalsozialismus."

Sabine war empört: „Wie könnt ihr bei so einem schönen Anlass über so etwas Entsetzliches diskutieren? Maria will jetzt ihre Geschenke auspacken."

In diesem Augenblick fiel Pascals Blick auf seinen Großvater, der ihn wütend und – ja, man konnte es nicht anders nennen – hasserfüllt anstarrte. Sein Gesicht war rot angelaufen und er erhob sich langsam.

„Vater, was ist los?", wollte Gerd wissen.

„Bring mich auf der Stelle nach Hause! Auf der Stelle!"

„Aber warum denn das – wir haben es doch so nett und Maria möchte …"

Der Großvater hieb mit der Faust auf den Tisch: „Nett? Nett nennst du das, wenn man von seinem eigenen Enkel beschuldigt wird ein Nazi zu sein?"

„Wie bitte? Was meinst du, Vater? Pacal hat doch kein einziges Wort zu dir gesagt!"

„Ein verzogener, eingebildeter Bengel ist er, jawohl! Meint, er weiß alles besser, hat wohl die Weisheit mit dem Löffel gefressen und lässt es an Respekt fehlen. Ich lasse mich doch nicht von einem pubertierenden Rotzlöffel verunglimpfen!"

Gerd sah seinen Sohn an, der leichenblass geworden war. Unfähig ein Wort zu sagen – die Bombe war geplatzt. Egal was Pascal jetzt täte, es würde die Sache nur verschlimmern. Schweiß stand auf seiner Stirn und sein Herz schlug ihm bis zum Hals – was sollte er jetzt tun? Wieder sprang ihm Jörg bei: „Wir haben nicht über Sie gesprochen. Es war eine allgemeine Diskussion."

„Ihnen glaube ich doch kein Wort, Sie Psychoheini! Machen Sie lieber eine anständige Arbeit und setzen Sie dem Jungen nicht noch mehr Flausen in seinen Kopf!" Wieder schlug er mit der Faust auf den Tisch, bei jedem Wort, das er nun schrie: „Bringt mich nach Hause! Sofort!"

Maria brach in Tränen aus: „Aber Vater! Bitte bleib doch! Es hat niemand etwas zu dir gesagt oder dich beschuldigt. Bitte! Es ist mein Geburtstag und ich habe mich so gefreut, dass du gekommen bist!"

„Nach Hause! Ich will nach Hause!"

Der alte Mann zitterte so heftig, dass er sich am Tisch festhalten musste. Gerd sprang auf und wollte ihn stützen, doch sein Vater stieß ihn fort, warf dabei seinen Sessel um. Dann sah er noch einmal in Pascals Richtung, spukte aus, machte kehrt und ging wankend davon.

„Gerd! Mach etwas! Wir können ihn doch so nicht gehen lassen, aufgeregt wie er ist!"

„Beruhige dich, Schatz. Du kennst doch meinen Vater … Wenn er sich etwas in den Kopf gesetzt hat, ist es ihm nicht mehr auszureden. Lassen wir ihn einfach eine Weile ausdampfen, dann kann man wieder vernünftig mit ihm sprechen."

Sabine versuchte das weinende Geburtstagskind zu trösten, doch Maria stand auf und lief ins Haus. Die Nachbarn blickten verwirrt von einem zum anderen – schließlich ruhten alle Augen auf Pascal, der das Gefühl hatte, jeden Augenblick ohnmächtig zu werden, er konnte einfach nicht mehr und niemand war in der Lage ihm zu helfen. Weg, er wollte so schnell wie möglich fort von hier, in sein Zimmer, abschließen, die Decke über den Kopf ziehen und die Welt vergessen. Doch durfte er jetzt nicht auch losrennen, das käme einem Schuldeingeständnis gleich. Langsam stand er auf – doch Jörg zog ihn wieder auf seinen Sessel: „Ich versichere, dass dein Vater mit keinem Wort erwähnt wurde, Gerd. Pascal hatte ein paar Fragen an mich, betreffend des Besuchs seiner Schulklasse in Schloss Hartheim.

Es ist doch nur natürlich, dass er sich darüber Gedanken macht."
„Verstehe. Bitte, beruhigen wir uns alle wieder. Ich gehe hinein und
hole Maria zurück und dann lasst uns diesen Vorfall vergessen. Mein
Vater ist ein sehr alter Mann, manchmal sind seine Aktionen nicht ra-
tional erklärbar."

Damit ging Pascals Vater ins Haus. Langsam entspannte sich die Atmosphäre wieder. Nur für Pascal nicht. Was er insgeheim gefürchtet
hatte, war eingetreten und er kannte seinen Opa gut genug, dieser
würde die Sache nicht auf sich beruhen lassen. Dieser Ausbruch war
erst der Anfang. Pascal empfand es beinahe wie eine Kriegserklärung
und er kämpfte mit den Tränen, kniff sich selbst fest in den Ober-
schenkel, um sich abzulenken.

Es war abzusehen, dass seine Eltern ihn nach der Feier noch einmal zu
diesem Vorfall befragen würden und panisch suchte er nach Antworten
… schwierig, wenn man die Fragen nicht kannte. Eigentlich gab es nur
eine Möglichkeit, nämlich zu mauern, darauf zu bestehen, dass er nicht
wusste, wovon der Großvater gesprochen hatte. Wieder arbeitete sein
Kopf auf Hochtouren – als sein Blick auf die Terrassentür fiel. Seine
Eltern kamen aus dem Haus, Maria schien sich beruhigt zu haben und
entschlossen zu sein, den Vorfall zu ignorieren. Sie brachte sogar ein
leichtes Lächeln zustande.

Sabine ging ihnen entgegen: „Geht es wieder, Liebe?"

Maria nickte: „Alles wieder gut. Vater ist manchmal etwas unberechen-
bar geworden. Aber jetzt möchte ich meine Geschenke aufmachen."

Der Rest des Nachmittags verlief dann wieder fröhlich, keiner sprach
mehr über den unangenehmen Vorfall. Pascal blieb sehr still, nur als
seine Mutter ihn aus Freude über die Barockrosen ganz fest an sich
drückte, brachte er ein Lächeln zustande. Besonders freute sie sich
auch über das blaue Kännchen des Großvaters: „Es ist zauberhaft.
Ich werde ihn nachher anrufen. Bestimmt hat er sich zwischenzeitlich
wieder beruhigt und es tut ihm leid. So, Sabine, jetzt mache ich euer
Geschenk auf."

Die Geschenke wurden allgemein bewundert, man sang dem Geburtstagskind ein Ständchen. Und noch eines. Und ein drittes – der Sekt tat
langsam seine Wirkung. Pascals Vater holte seine Gitarre und sie rück-
ten näher zusammen, die Dämmerung brach herein, Pascal entzündete
die Laternen und sie sangen die alten Lieder. Als es dunkel war, erzählten sie sich gegenseitig Geschichten von früher. Gerd hatte seinen

Arm um die Schultern seiner Frau gelegt, sie saß an ihn gekuschelt da. Pascal, der sich langsam etwas entspannte, saß an ihrer anderen Seite und seine Mutter hielt seine Hand fest. Hie und da spürte er, dass Jörgs Blick ihn streifte. Ob der Mann seine Schlüsse zog und ihm klar war, dass Pascal eigentlich seinen Großvater gemeint hatte? Jörg war nicht dumm. Im Gegenteil. Doch er war auch feinfühlig genug, ihn nicht darauf anzusprechen. Als sie sich voneinander verabschiedeten, sagte er leise zu Pascal: „Wenn du das Bedürfnis hast weiter darüber zu sprechen, dann melde dich."

Pascal und sein Vater machten sich daran den Tisch abzudecken und die Reste des Festes ins Haus zu tragen. Aus dem Wohnzimmer hörten sie Marias Stimme. Offensichtlich telefonierte sie. Mit wem? Immerhin war es kurz nach Mitternacht. „Großvater!", schoss es Pascal durch den Kopf und sein Herz begann schon wieder schneller zu schlagen, ihm war bewusst, dass er diesen Zustand nicht mehr lange ertragen konnte, er war weit über die Grenzen seiner Belastbarkeit getrieben worden und hatte nichts mehr, woran er sich festhalten konnte.

Würde der alte Mann nun erzählen, wessen ihn sein Enkel bezichtigt hatte? Oder sich herausreden? Angstvoll wartete er darauf, dass seine Mutter wiederkam – und das tat sie. Mit Volldampf stürzte sie in die Küche und baute sich vor Pascal auf: „Wie, um alles in der Welt kommst du dazu, deinen eigenen Großvater, diesen aufrichtigen und guten Menschen, als Nazi zu bezeichnen? Bist du von allen guten Geistern verlassen? Der Mann hat nie auch nur einer Menschenseele etwas Böses getan. Im Gegenteil! Er war immer für uns alle da und hat die Familie zusammengehalten. Wie kannst du ihn nur so sehr verletzen?"

„Du hast meinen Vater einen Nazi genannt?", stellte nun auch Gerd seinen Sohn zur Rede. Eine eisige Stimmung breitete sich in der Küche aus und seine Eltern starrten Pascal an, offensichtlich bereit, solange es nötig war zu warten bis ihr Sohn antwortete. Doch Pascal schwieg. Er wusste einfach nicht mehr, was er sagen sollte. Die Augen seiner Mutter sprühten vor Zorn, während die seines Vaters einen traurigen Ausdruck angenommen hatten. Was sollte Pascal nur sagen? Wenn er jetzt mit der Wahrheit herausrückte ... er würde seinem eigenen Vater den Boden unter den Füßen wegziehen. Und als Beweis gab es nur dieses Foto, das die beiden nicht kannten und welches er nicht vorweisen konnte. Was nur, was sollte er sagen? Lügen? Doch mit den beiden nach Hartheim fahren und sagen: „Da, seht warum ich mit ihm gesprochen habe." Pascal war derartig in die Enge getrieben, stand unter Stress, mit einem Mal war sein Hirn ganz leer.

„Ich erwarte eine Antwort!", fauchte seine Mutter.

Nachdem er tief Luft geholt hatte, sagte Pascal, was der Wahrheit am nächsten kam: „Ich habe keine Antwort." Mit diesen Worten drückte er sich an den beiden vorbei und eilte in sein Zimmer, verschloss die Tür hinter sich und warf sich auf sein Bett. Ihm war zum Heulen zumute. Diese ganze Affäre drohte seine Familie zu spalten. Egal, was er tat, er stand mit dem Rücken zur Wand.

Da klopfte es an seiner Türe und er hörte die Stimme seines Vaters: „Mach auf, Pascal und rede mit mir. Ich will wissen, was du meinem Vater vorwirfst."

„Ich will nicht reden!"

„Du kannst nicht derartige Behauptungen in die Welt setzen und dich dann in Schweigen hüllen! Was ist dir da nur eingefallen? Verstehst du denn nicht, dass ich eine Antwort von dir brauche?"

„Ich kann nicht."

Es half kein gutes Zureden und kein Drohen – Pascal hüllte sich in Schweigen und war bereit die Sache auszusitzen. Das war immer noch besser als … ja, als was? Gab es ein Besser oder Schlechter in diesem Fall? Wie zum Trost nahm er Frankls Liste zur Hand und betrachtete Punkt 5: „Die Person ist existentiell und nicht faktisch. Der Mensch, als Person, ist kein faktisches, sondern ein fakultatives Wesen; er existiert als je seine eigene Möglichkeit, für oder gegen die er sich entscheiden kann."

Ja. Der Mensch existiert als seine eigene Möglichkeit für oder gegen die er sich entscheiden *kann*. Sie, die eine, die ihm so am Herzen lag, hatte sich entschieden wegzugehen. Und sein Großvater hatte damals ebenfalls entschieden. Er hatte sich für die Euthanasie entschieden. Warum sollte er dann nicht zur Rechenschaft gezogen werden? Er hatte die Möglichkeit gehabt sich zu entscheiden und hatte es getan. Also musste er auch die Verantwortung für seine Entscheidungen übernehmen. Das war es nämlich, worum es Pascal eigentlich ging. Nicht um Bloßstellung, Bestrafung oder Liebesentzug. Er wollte nur, dass sein Großvater Verantwortung übernahm und zu seinen Daten stand. Zumindest gegenüber seiner Familie, sonst brauchte es niemand zu erfahren. So zumindest sah Pascal die Sache. Vielleicht war es doch an der Zeit das auszusprechen, was er wusste und sein Opa musste in die Eigenverantwortung gehen und sich eben unangenehme Fragen gefallen lassen. Natürlich war ihm zuzutrauen, dass er den Kontakt zur Familie daraufhin abbrach. Ja, dazu wäre er im Stande. Aber der Gedanke, dass er dann ganz alleine wäre, der gefiel Pascal schon gar nicht. Opa war sehr alt, er brauchte seine Verwandten. Das war nun einmal so. Und er war ja nicht einfach nur ein schlechter Mensch, da hatte seine Mutter schon Recht. In seinem Alter hatte er wohl nicht mehr lange Zeit reinen Tisch zu machen. Doch ob er das überhaupt wollte? War mit dem Tod nicht ohnehin alles zu Ende? Oder gab es ein „danach"? Über diesem Gedanken schlief Pascal ein.

„Du hast mit Vater telefoniert?", fragte Gerd.

„Ja. Und ich mache mir wirklich Sorgen. Er ist noch immer total aufgebracht und wütend auf Pascal."

„Aber die beiden haben doch heute gar nicht miteinander gesprochen. Ich verstehe das nicht."

Maria ließ sich auf das Sofa fallen: „Bitte gib mir noch ein Glas Wein. Das brauche ich jetzt. Es ist unfassbar, was Pascal getan hat. Unverzeihlich!"

„Ja, was hat er denn getan? Ich kenne mich nicht aus."

„Den Wein, bitte."

Gerd ging in die Küche, schenkte für sie beide Rotwein ein und kam wieder ins Wohnzimmer zurück, setzte sich seiner Frau gegenüber.

„Ich kann es einfach nicht glauben, er muss verrückt sein. Wie kann er Vater nur als Nazi bezeichnen?"

„Maria, bitte, erzähl mir was Vater gesagt hat."

„Offenbar ist Pascal vor ein paar Tagen, ich glaube es war, als ich ihn bat deinem Vater die neuen Hemden zu bringen, zu Opa gefahren und hat sich geweigert sein Haus zu betreten und ihn als Nazi beschimpft."

„Das ... aber warum?"

„Das weiß ich doch nicht."

„Sag mir, was mein Vater genau erzählt hat."

„Erzählt ist gut ... er ist fast durchs Telefon gekommen, so hat er mich angeschrien – dass wir den Jungen total verzogen und ihm Flausen in den Kopf gesetzt hätten. Eine strenge Hand würde Pascal fehlen."

„Das passt so überhaupt nicht zu meinem Vater."

„Das habe ich auch gedacht und nach dem Grund für seine Wut gefragt. Da hat er eben berichtet, dass Pascal vorbeigekommen war und ihn beschimpft und bezichtigt hätte ein Nazi zu sein und Großvater sollte endlich die Wahrheit sagen, denn er hätte die ganze Familie belogen. Vater hat ihn fortgeschickt und war natürlich so aufgeregt, dass er die ganze Nacht nicht schlafen konnte. Er hatte erwartet, dass Pascal sich entschuldigen würde, aber er hat nichts mehr von ihm gehört. Und als er heute mitbekommen hat, was unser Sohn und Jörg besprochen haben, da wäre ihm klar geworden, dass Pascal Lügen über ihn verbreitet. Gemeine und bösartige Lügen."

Gerd nahm einen Schluck Wein und schüttelte den Kopf: „Im Ernst Maria, ich kann mir das nicht vorstellen. Warum sollte Pascal so etwas tun? Vor allem ohne Anlass. Meine Familie hatte nichts, aber absolut nichts mit dem Nationalsozialismus am Hut. Im Gegenteil, sie haben ihn abgelehnt und sind auf ihre Weise einen Weg gegangen, der für sie tragbar war in dieser Zeit. Und mir ist nichts darüber bekannt, dass mein Vater jemals auch nur annähernd mit Nazis sympathisiert hätte. Das müsste ich doch wissen … Es würde Fotos geben, irgendwelche Nachbarn, die darüber gesprochen hätten. Aber da war nichts. Ich mache mir Sorgen, dass Vater sich da in etwas hineinsteigert und … ich weiß auch nicht … vielleicht bildet er sich das nur ein, er ist sehr alt und in letzter Zeit nicht immer ganz auf der Höhe. Das ist dir doch auch aufgefallen."

„Gerd, da müsste er schon übergeschnappt sein, wenn er sich so etwas ausdenkt und das ist er bestimmt nicht. Seine Wut, sein Schmerz und die Empörung sind sicher echt."

„Ich will es zwar nicht glauben und kann es mir auch nicht vorstellen – aber nehmen wir einmal an, Pascal hat das tatsächlich getan. Warum? Wie ist er auf diese Idee gekommen? Und warum hat er nicht mit uns darüber gesprochen?"

„Frag mich was Leichteres. Seit er in diesem Schloss war, ist er völlig verändert. Ich erkenne meinen eigenen Sohn nicht wieder. Du bekommst das nicht so mit, weil du später nach Hause kommst als ich. Doch er spricht kaum, zieht sich immer sofort auf sein Zimmer zurück und ich hatte auch eine Diskussion mit ihm, weil er nicht noch einmal mit uns nach Hartheim fahren möchte. Du weißt schon, nächstes Wochenende."

„Das kann ich schon verstehen. Ich meine, der Ort ist bestimmt furchtbar und wer will da ein zweites Mal freiwillig hin?"

„Es ist doch etwas anderes. Er fährt mit uns hin. Übrigens habe ich Großvater gefragt, ob er auch mitkommt und er wusste nicht einmal, was Schloss Hartheim ist. Außerdem hat er gesagt, will er nicht mehr an die böse Zeit erinnert werden."

„Das zu glauben fällt mir, ehrlich gesagt, schwer. Hartheim ist keine 50 Kilometer von uns entfernt und jedem in der näheren Umgebung ist bekannt, was dort an Grauen geschehen ist."

„Fang du nicht auch noch an! Er ist dein Vater! Warum sollte er uns belügen?"

Gerd lehnte sich zurück und schloss die Augen. In seinem Kopf überschlugen sich die Gedanken. Er kannte seinen Sohn. Er kannte seinen Vater. Und er wusste um das gute Verhältnis, das die beiden zueinander hatten. Auch wenn es ihm heute merkwürdig vorgekommen war, dass die beiden nicht miteinander gesprochen hatten – diese Geschichte passte zu keinem von beiden. Absolut nicht.

„Maria, irgendetwas stimmt da nicht und ich will wissen was. Vielleicht sollte ich noch zu Vater hinübergehen?"

„Es ist nach ein Uhr morgens. Lass den alten Mann doch schlafen."

„Wenn er sich über etwas derart aufregt, glaube ich nicht, dass er auch nur eine Minute Schlaf findet. Du weißt doch wie sensibel er ist. Genauso wie Pascal übrigens."

„Ich kann da nichts von Sensibilität erkennen, wenn man seinen Großvater als Nazi beschimpft."

„Sei ehrlich – passt so ein Verhalten zu Pascal?"

„Was weiß denn ich?"

„Maria!"

„Also gut, es wäre untypisch."

„So ist es. Ich kann mich nicht erinnern, dass er so ewas in den 18 Jahren seines Lebens getan hätte."

Maria stand auf, ging zur Terrassentür und sah in die Nacht hinaus.

„Maria?"

„Was wissen wir denn schon voneinander? Ja, wir meinen ihn zu kennen. Doch tun wir das wirklich? Und nehmen wir mal nur für eine Minute an, wir lassen die Unschuldsvermutung gelten – das würde bedeuten, dass Pascal die Wahrheit sagt und dein Vater uns über Jahrzehnte belogen hätte. Dich sogar sein ganzes Leben lang. Kannst du dir *das* vorstellen? Ich nicht."

„Pascal ist kein Flegel. Sollte er das alles wirklich gesagt haben, dann hat er einen Grund dazu. Und den würde ich gerne erfahren."

„Das heißt also, du glaubst auch deinem Vater. Gut. Aber wir wissen wie stur Pascal sein kann, wenn er über etwas nicht sprechen möchte. Hast du ja vorhin gesehen."

Gerd stand auf und stellte sich neben seine Frau, legte den Arm um sie: „Mir fallen zwei Möglichkeiten ein. Die eine ist, dass wir mit beiden einzeln noch einmal sprechen."

„Dein Vater kriegt einen Infarkt, wenn er sich noch einmal so aufregt. Was ist die zweite Möglichkeit?"

„Wir setzen uns zu viert zusammen und es gibt eine Aussprache."

„Und ich sage dir noch einmal, dass dein Vater uns dann umfällt. Das wäre verantwortungslos."

„Was sollen wir sonst tun? Die Situation belassen wie sie ist? Das zerstört unser Familienleben."

„Es ist bereits zerstört. Durch Pascal."

„Liebling, er ist unser Sohn. Glaubst du wirklich, dass er zu so etwas im Stande wäre?"

„Dann denkst du also auch, dass dein eigener Vater ein Lügner ist?"

„Ich weiß nicht, was ich glauben soll und kann. Die ganze Geschichte klingt so absurd. Ich möchte der Sache auf den Grund gehen."

„Und ich will jetzt schlafen gehen. Ich bin müde."

Sie schlossen die Terrassentür, löschten die Lichter und gingen hinauf in ihr Schlafzimmer. Aus Pascals Zimmer war kein Laut zu hören, als sie kurz an seiner Tür horchten. So gingen sie zu Bett.

Der nächste Tag war ein Sonntag und die ganze Familie schlief lange. Erstens war es am Vortag spät geworden und zweitens hatten die Aufregungen sie erschöpft.

Ganz anders einige hundert Meter weiter entfernt. Der alte Mann hatte tatsächlich nicht geschlafen und sich erhofft, dass Gerd oder Maria noch auf einen Sprung bei ihm vorbeikommen würden, um mit ihm zu reden. Nicht einmal das war er ihnen wert! Vermutlich hatte Pascal die beiden von dieser Lügengeschichte überzeugt. Das sähe ihm ähnlich, dass er nun alle gegen seinen Großvater aufbrachte. Wie konnte er nur mit diesem fremden Mann über die ganze Geschichte sprechen? Keine Sekunde glaubte er, dass die beiden nur allgemein diskutiert hatten! Da ihm klar war, dass er keinen Schlaf finden würde – aus ehrlicher

Wut und Enttäuschung – war er in die Küche gegangen und hatte diese zu putzen begonnen. Er musste für Ordnung sorgen, polierte die Gläser, das Besteck. Schließlich wusch er sogar den Boden auf. Der Morgen dämmerte herauf und er ging vor sein Haus, setzte sich auf die Bank und rauchte seine Pfeife. Die ersten Vögel begannen zu zwitschern und es versprach wieder ein schöner Sommertag zu werden. Mit einem Mal spürte er eine große Müdigkeit in sich aufkommen. Unendlich müde und beladen von der Last seiner Jahre und der Enttäuschung über seine eigene Familie geplagt. Alt und einsam. Das war er mit einem Mal. Er musste sich hinlegen, merkte jedoch, dass er es nicht mehr in den ersten Stock schaffen würde. So schleppte er sich ins ebenerdige Wohnzimmer, machte es sich auf dem Diwan bequem – und schlief augenblicklich ein. Sein Schlaf war so tief und fest, dass er das Klopfen an seiner Haustür nicht vernahm als Gerd gegen zehn Uhr kam, um mit seinem Vater zu sprechen. Zu diesem Entschluss hatte er sich durchgerungen, er musste das Vorgefallene selbst hören, die Erzählung seiner Frau genügte ihm nicht. Er klopfte einmal und noch einmal, nahm an, sein Vater hörte ihn nicht, versuchte die Haustüre zu öffnen und fand sie verschlossen. Angst stieg in Gerd auf! War er zu spät gekommen? Hätte er doch, entgegen dem Rat seiner Frau, noch in der Nacht zu seinem Vater fahren sollen? Um diese Zeit war er doch für gewöhnlich wach und werkelte im Garten oder Haus herum. Hektisch kramte er in seiner Hosentasche nach dem Schlüsselbund, an dem sich auch der Schlüssel zum Haus seines Vaters befand, schloss auf – und war im nächsten Augenblick erleichtert, denn er vernahm Schnarchgeräusche aus dem Wohnzimmer. Leise trat Gerd ein und betrachtete mit einem sanften Lächeln seinen Vater. Er schlief tief und fest und Gerd beschloss, später wiederzukommen, er wollte ihn nicht wecken. So ging er wieder nach Hause, wo Maria in der Zwischenzeit das Frühstück zubereitet hatte.

„Wo ist Pascal?"

„Ich habe an seine Zimmertür geklopft, aber keine Antwort bekommen. Entweder schläft er noch oder drückt sich davor uns zu sehen. Naja, der Hunger wird ihn schon aus seinem Zimmer treiben. Kaffee?"

In seinem Zimmer lag Pascal immer noch auf seinem Bett, schlief zwar nicht mehr, sondern starrte an die Zimmerdecke. Er hatte das Klopfen seiner Mutter sehr wohl gehört, hatte aber keine Lust zwischen seinen

Eltern am Frühstückstisch zu sitzen und Vorwürfe und Fragen über sich ergehen zu lassen. Denn er hatte immer noch nicht entschieden, wie er sich offiziell zu der ganzen Sache stellen würde. Sein Nachdenken und Grübeln brachte ihn auch nicht weiter, weshalb er beschloss weiter im Hartheimbuch zu lesen. Auch wenn es schwerfiel und er das Gefühl hatte, auf einem Pulverfass zu sitzen. Doch er wollte weiterkommen, nicht zögern und wie ein Käfer auf dem Rücken liegen. Also nahm er das Buch zur Hand und kam wieder einmal aus dem Staunen nicht heraus. Denn er las, dass die Belegschaft von Hartheim mit den Bussen ins KZ Mauthausen fuhr, um sich dort zu amüsieren. Die Lager-SS von Mauthausen und die T4-Belegschaft hatten unterschiedliche Aufgabengebiete. Ging es in Hartheim um die Ermordung Kranker (und mochte man es tausendmal einen „Gnadentod" nennen, es war und blieb Mord), so sollten in Mauthausen politisch anders Gesinnte gefoltert und gequält werden. Dennoch gab es Verbindungen. Die beiden Orte lagen kaum 40 Kilometer voneinander entfernt und sollten zusammenarbeiten. In Mauthausen tötete man die Menschen durch Arbeit, es gab zunächst weder Gaskammer noch Krematorium. Die Gefangenen wurden im Steinbruch zu immer härteren Arbeiten gezwungen, das Krankenlager füllte sich und die hygienischen Zustände waren eine Katastrophe. Immer mehr Kriegsgefangene wurden nach Mauthausen und seine Nebenlager verbracht. Hier nun begann die Zusammenarbeit und Dr. Lonauer selektierte 2.000 Häftlinge aus dem Krankenlager, die zwei Monate später nach Hartheim gebracht wurden, wo ihr Leben in der Gaskammer endete. 2.000 Menschen – willkürlich ausgesucht. Obwohl offiziell „nur" Geisteskranke, schwache und arbeitsunfähige Häftlinge in Hartheim getötet werden sollten. In Wahrheit war es gleichgültig, wen die Lager- und T4-Ärzte auswählten. Hauptsache die 2.000 wurden „gemacht". Später wurden auch Häftlinge aus Gusen, Dachau, Buchenwald und dem Frauenlager Ravensbrück in Hartheim vergast.
Der Umgang der Hartheimer Belegschaft mit den Bewohnern des Ortes war höflich, es wurden auch Geschäfte gemacht. Den Hartheimern saß immer noch die Drohung ins KZ gebracht zu werden, sollten sie nicht aufhören darüber zu sprechen, was mittlerweile jeder über die Geschehnisse im Schloss wusste, in den Knochen. Der Gedanke an das eigene Überleben machte sie blind und taub für die Wahrheit. Es war so, als sei die Bevölkerung in der Geiselhaft der Nazis und das „Stockholm-Syndrom" trat ein. Erst einige Zeit nach dem

Ende des Krieges und der Befreiung sickerte wieder die Wahrheit in den Köpfen der Menschen durch und schwand die Sympathie für die Belegschaft des Schlosses.

1943 und 1944 wurden die Mordaktionen ausgeweitet, obwohl sich zugleich das Ende des Dritten Reiches abzeichnete. Hartheim blieb von allen Vernichtungsanstalten am längsten in Betrieb. Am 9. Dezember 1944 wurden die letzten Menschen vergast, mindestens 3.378 KZ-Häftlinge waren im Schloss ermordet worden. Erst am 12. Dezember 1944 wurde der Betrieb eingestellt und Dr. Lonauer begann mit der sorgfältigen Vernichtung aller schriftlichen Unterlagen. Auch die Gasflaschen sollten zurückgegeben werden, doch das Nahen der Front verhinderte den Abtransport. In Hartheim fanden in fieberhafter Eile Umbauarbeiten statt, die das Schloss in seinen ursprünglichen Zustand zurückversetzen sollten – ausgeführt von KZ-Häftlingen. Am 23. Jänner 1945 waren die Arbeiten beendet und Schloss Hartheim wurde zur Gauhilfsschule. Im Schloss war man aber noch mit der Beseitigung der letzten Spuren beschäftigt.

Nachdem die Amerikaner endgültig in Hartheim das Kommando übernommen hatten, begann eine Untersuchungskommission im Schloss zu arbeiten und nach Spuren und Beweisen zu suchen. Der Leiter der Kommission, Charles Haywood Dameron, fand in einer Stahlkassette ein 39 Seiten starkes Schriftstück. Hier hatten die Bürokraten des Massenmordes die wichtigsten Daten festgehalten. Die „Hartheimer Statistik" ließ keine Zweifel über Todeszahlen, Einsparungen bei Lebensmitteln, Ersparnisse durch die Morde offen. Sie ist bis heute eines der wichtigsten Dokumente der Nazi – Euthanasie. Trotzdem fehlt von den Akten der 96 Männer und Frauen, die nach der Aktion T4 weiter tätig waren, jede Spur. Vermutlich wurden sie vernichtet. Bei den Nürnberger Ärzteprozessen konnte man auch einen Blick auf das Innenleben der Täter und Täterinnen werfen. Sie wussten ganz genau, dass sie Unrecht taten und auch gegen Gesetze verstießen. Trotzdem zeigten sie viel Eigeninitiative, was nur durch die Verdrängung der Realität erklärbar war. Für sie waren es keine Menschen mehr, die sie quälten und ermordeten - sondern Objekte. Niemand von den Angeklagten bekannte sich als schuldig! Sie hätten nur ihre Pflicht getan. Schuld hätten Adolf Hitler und sein Mitarbeiterstab, von denen die Befehle kamen. Am 26. November 1947 wurde das Urteil verkündet und das Pflegepersonal freigesprochen. Nur zwei Kraftfahrer, die glühende Nazis waren, wurden zu schwerem Kerker verurteilt. Erst durch die Arbeit der Untersuchungskommission und die Prozesse wurde vielen Angehörigen klar, dass ihre Verwandten ermordet worden waren, was diese Menschen dauerhaft traumatisierte. In Hartheim war die Last der Vergangenheit bis heute zu spüren – das hatte Pascal ja am eigenen Leib erfahren. Wie musste es da erst der Bevölkerung gehen, die das Schloss jeden Tag vor Augen hatte? Am Ende des Buches angelangt klappte Pascal es zu und sah auf die Uhr. Es war 13:30 Uhr. Er wunderte sich, dass seine Eltern keinen weiteren Versuch unternommen hatten, ihn aus seinem Zimmer zu bekommen. Doch er hatte Hunger und Durst. Was bedeutete, dass ihm nichts anderes übrigbleiben würde als seine Höhle zu verlassen. Innerlich versuchte er sich für das Zusammentreffen mit Mutter und Vater zu wappnen – was gründlich misslang, ihm war klar, dass er einfach ins kalte Wasser springen und aushalten musste, was auch immer da draußen auf ihn wartete.

Leise öffnete er seine Tür und schlich die Treppe hinab. In der Küche lief das Radio und es wurde mit Geschirr geklappert. Seine Mutter stand am Herd und schien die Reste von gestern zu einem Eintopf zu verarbeiten. Vorsichtig lugte Pascal ins Wohnzimmer. Durch die Terrassentür sah er seinen Vater auf einem Stuhl sitzen, die Ellenbogen auf die Knie gestützt. Er starrte auf den Boden. Mit ihm zusammenzutreffen war Pascal lieber als mit seiner Mutter zu reden. Also ging er hinaus auf die Terrasse und sagte: „Guten Morgen." Sein Vater blickte auf und sah ihm direkt in die Augen: „Ist das ein guter Morgen, Pascal? Für mich nicht. Ich habe viele Fragen und möchte Antworten von dir."

„Ich auch", ließ sich Marias Stimme plötzlich vernehmen. Auch sie kam heraus auf die Terrasse und sah Pascal an. Der sagte kein Wort.

„Also, mein Sohn, heraus mit der Sprache – ist es wahr, dass du Opa einen Nazi nennst und wenn ja – warum?"

Pascal schwieg beharrlich, wich dem Blick seines Vaters jedoch nicht aus.

„Pascal!", fauchte seine Mutter, „rede jetzt endlich. Sag uns die Wahrheit."

Und mit einem Mal wusste er, was er zu sagen hatte: „Fahrt nach Hartheim. Dann wisst ihr es."

Damit drehte er sich um und machte sich daran den Tisch zu decken. Seine Mutter stürzte hinter ihm her, bereit, ihm gehörig den Kopf zu waschen, wurde aber durch die ruhige Stimme ihres Mannes unterbrochen: „Genau das werden wir tun. Und nun lassen wir es gut sein, bis wir uns alle beruhigt haben. Es wird der Zeitpunkt kommen, an dem wir reden können. Wahrscheinlich müssen wir erst sehen, was du gesehen hast. Und jetzt lasst uns essen."

Es wurde ein sehr ruhiges Mittagessen, erst im Laufe der Zeit kam so etwas wie eine Unterhaltung zustande. Über die gestrige Feier, was jeder heute noch vorhatte und derlei Belanglosigkeiten. Jeder der drei war bemüht, nicht an dem gefürchteten, gefährlichen Thema anzustreifen – wohlwissend, dass es sich nur um einen Waffenstillstand handelte.

4.

Am frühen Nachmittag erwachte der alte Mann. Und fühlte sich müde, unendlich müde. Doch war es diesmal keine körperliche Müdigkeit. Seine Seele tat weh. Immer hatte er gedacht, ein gutes Verhältnis zu seinem Sohn, Maria und Pascal zu haben. Und jetzt, da er sie so notwendig brauchte – waren sie nicht da. Was hatte er denn von einem Telefonanruf? War er es ihnen denn nicht wert, dass sie die paar Schritte zu ihm herüberkamen, auf ihn zukamen? Was nützten all die Beteuerungen: „Wir sind für dich da, ruf an, wenn du etwas brauchst." Spürten sie denn nicht, dass er jetzt Beistand benötigte? Er war so sehr beleidigt, gekränkt worden und sie ließen ihn allein. Vielleicht würde eine Tasse Kaffee ihm etwas Schwung verleihen, ihm die Kraft geben, durch diesen Tag zu kommen. Dann könnte er noch im Garten arbeiten. Oder noch besser – er würde Almas Grab besuchen. Wenn das Leben zu schwer wurde, pflegte er das zu tun. Dann stand er vor dem Grashügel und sprach mit ihr und manchmal meinte er sogar, sie antworten zu hören. Tröstlich und liebevoll. Sie fehlte ihm immer, aber jetzt ganz besonders. Also ging er in die Küche und kochte sich seinen Kaffee und trank das heiße Gebräu, spürte seine belebende Wirkung und fühlte sich besser. Er wusch sorgfältig das Geschirr ab und stellte es, schön poliert, wieder an seinen Platz. Danach ging er in den Garten und schnitt eine Rose von dem Strauch, den Alma vor vielen Jahren direkt neben der Eingangstür gepflanzt hatte. Weil er sich heute nicht so sicher auf den

Beinen fühlte, nahm er seinen Stock und machte sich auf den kurzen Weg zum Friedhof. Seinen Blick hatte er zur Sicherheit auf den Boden geheftet, er wollte nicht über einen großen Stein oder eine Wurzel stolpern. Erst als er kurz vor dem Familiengrab angelangt war, hob er den Blick – und erstarrte. Auf dem Boden, genau vor dem Grashügel, der seine geliebte Frau bedeckte, saß Pascal mit verschränkten Beinen und streichelte sacht mit einer Hand das Gras. Hatten sie also den gleichen Gedanken gehabt. Sein erster Impuls war sofort wieder umzudrehen und nach Hause zu gehen. Doch hier, quasi im Angesicht Almas, war das unpassend. Offenbar quälten auch Pascal trübe Gedanken, der Junge war blass im Gesicht und schien die Welt um sich vergessen zu haben. Der Großvater wusste, wie sehr Pascal an Alma gehangen hatte und mit einem Mal fühlte er so etwas wie Milde und Verständnis in sich aufsteigen. Nun hatte er die Wahl – dem einen Impuls zu folgen und Pascal die Leviten zu lesen. Oder dem anderen – nämlich seinen Enkel zu einer Aussprache aufzufordern.

In diesem Moment trat er auf einen Ast, es knackte und Pascal wandte den Kopf zur Seite. Er zuckte zusammen, als er seinen Opa sah und erhob sich langsam. Wie in einem Western standen die beiden sich gegenüber, blickten sich in die Augen, jeder von beiden lauerte auf die Reaktion des anderen. Schließlich brach Pascal das Eis und sagte leise: „Opa, können wir bitte reden?"

Das überraschte den alten Mann, er hatte anderes erwartet, wenn er auch nicht genau formulieren konnte, was es gewesen war.

Unweit des Grabes stand eine Holzbank und der Großvater deutete stumm mit dem Kopf auf sie. Pascal nickte. Vorsichtig näherten sie sich der Bank, ließen einander nicht aus den Augen und setzten sich schließlich. Stille. Man hörte die Vögel singen, in der Ferne Kinderlachen. Warm schien die Sonne auf sie herab und es fühlte sich alles friedlich an. Beide warteten sie, dass der jeweils andere das Schweigen brach. Schließlich war es Pascal, der zu reden begann: „Opa, warum hast du nie von Hartheim erzählt? Ich meine … das war doch bestimmt eine schlimme Zeit dort. War der Grund, dass du dich daran nicht erinnern wolltest?"

„Ja. Ich war in Hartheim. Als Busfahrer. Bin dienstverpflichtet worden. Aber was im Schloss vor sich ging, habe ich nicht gewusst."

„Ich habe ein Buch über Hartheim gelesen und darin steht, dass allen klar war, was da passierte. Dass immer Menschen hingebracht worden sind, immer mehr. Aber dass nie welche wieder wegfuhren. Und dass, bald nachdem sie ausgestiegen waren, schwarzer Rauch aus dem großen Schornstein aufstieg. Es hat süßlich nach verbranntem Menschenfleisch gerochen und der fettige Rauch legte sich auf die Felder. Oft fand man Haarbüschel und Hautfetzen. Hast du das nie bemerkt?"

„Davon weiß ich nichts. Es wurde im Schloss Treibstoff für die U-Boote hergestellt."

„Aus was denn?"

„Das weiß ich nicht, ich bin kein Chemiker oder was auch immer."

„Ist dir das aber nicht komisch vorgekommen, dass du immer nur Menschen hingebracht hast, hunderte nämlich – so viel Platz ist doch in dem Schloss nicht, dass man die alle hätte unterbringen können."

„Ich war nie drinnen, habe mich um meinen Bus gekümmert. Manchmal ist einer von der Verwaltung rausgekommen und wir haben eine Zigarette miteinander geraucht."

„Und worüber habt ihr da gesprochen?"

„Über das, was uns damals alle beschäftigt hat. Den Krieg und ob die eigene Familie genug zu essen hatte."

„Das mit dem U-Boottreibstoff hat man auch der Bevölkerung von Hartheim erzählt und ihnen gedroht, dass, falls jeder, der noch einmal behauptet, dass im Schloss Menschen verbrannt werden, ins KZ Mauthausen kommt. Und über die Knochenpyramiden habe ich auch gelesen."

„Was für Knochenpyramiden?"

„Die Asche wurde nachts mit Transportern Richtung Fluss gefahren. Dabei fielen oft Knochenstücke auf die Erde. Die Hartheimer haben sie gefunden und am Wegesrand kleine Pyramiden daraus gemacht. Ich glaube, das war ihre Art den Nazis zu sagen, dass sie wissen, was vor sich geht."

„Davon habe ich noch nie etwas gehört."

Schweigen.

„Aber du hast dort als Busfahrer gearbeitet."

Schweigen.

„Opa?"

„Ja, ich habe einen der Busse gefahren."

„Und?"

„Und nichts. Ich habe meine Arbeit gemacht, danach bin ich nach Hause gefahren."

„Und was denkst du über Euthanasie?"

„Du meinst den Gnadentod? Nun, Pascal, manche Wesen haben so schwere Behinderungen, dass man ihnen nicht helfen kann und das Leben für sie nur eine einzige Qual ist."

„Aber sie sind trotzdem Menschen. Und auch wenn sie sich eventuell nicht mitteilen können, so lieben sie das Leben vielleicht auch und haben ihre schönen Momente."

„Du hast eine sehr romantische Vorstellung vom Leben. Man muss den Tatsachen ins Gesicht sehen, dass in einer Zeit, in der es nicht genug zu essen gab, Opfer gebracht werden mussten."

„Menschenopfer … Nein. Das war Mord."

„Es war eine Erlösung."

Wieder schwiegen sie, sahen einander nicht an.

„Hat Oma gewusst, dass du in Hartheim gearbeitet hast?"

„Was ich mit meiner Frau besprochen oder nicht besprochen habe, das geht niemanden etwas an."

„Was hat sie dazu gesagt?"

Der Großvater antwortete nicht.

„Opa, ich habe nie gesagt, dass du ein Nazi bist. Und das weißt du auch."

„Man konnte sich damals nicht aussuchen, wo man arbeitet."

„Es hat aber sehr wohl Leute gegeben, die sich geweigert haben in einer Euthanasieanstalt zu arbeiten und das hatte keine schlimmen Folgen für sie."

„Woher willst du das wissen?"

„Das stand in dem Buch."

„Du solltest nicht alles glauben, was du liest."

Was sollte Pascal darauf sagen? Für seinen Großvater sah die Welt eben so aus: Er hatte Busse gefahren und von nichts gewusst.

Das war also die Wirklichkeit, die er sich zurechtgelegt hatte und Pascal hatte nicht den Eindruck, dass er jemals davon abrücken würde. Vielleicht wäre das zu schmerzhaft oder er hatte Angst, dass er die schlechten Gefühle, die mit der Anerkennung dessen, was tatsächlich die Realität gewesen war, aufkommen würden, nicht ertragen könnte.

„Mama ist fuchsteufelswild auf mich. Wegen dem, was du gestern bei der Feier gesagt hast."

„Warum sprichst du auch mit einem Fremden über meine Angelegenheiten?"

„Das habe ich nicht. Wir haben allgemein über Sigmund Freud und seine Arbeit gesprochen."

„Das glaube ich dir nicht."

„Opa, es ist die Wahrheit."

„Ich will nicht weiter darüber sprechen und gehe jetzt nach Hause", womit er sich erhob und ohne Gruß oder sich noch einmal umzudrehen, ging er zum Grab Almas und legte seine Rose darauf, verharrte kurz und machte sich dann auf den Weg nach Hause. Pascal blieb allein zurück. Mit einer unendlichen Sehnsucht nach seiner Oma. Tränen liefen über seine Wangen. Wenn er ganz ehrlich mit sich selbst war – ihm war alles zu viel, er war restlos überfordert, einsam und verzweifelt.

Nachdem er sich wieder gefangen hatte, beschloss er zum Sportplatz zu radeln. Vielleicht konnte er dort ein paar Freunde treffen und sich ablenken. Tatsächlich waren einige Jungs aus seiner Klasse beim Fußballspielen, im Tor stand Klaus, Pascals bester Freund. Sie machten gerade Pause und Klaus ging auf Pascal zu: „Mensch, dass man dich wieder einmal sieht … Was ist los mit dir? Du siehst nicht gut aus."

Wieder dieser Kampf – sollte Pascal ihm erzählen, was los war? Im Allgemeinen konnte er sich auf die Verschwiegenheit seines Freundes verlassen. Aber mit einer derart gewaltigen Sache hatten sie es noch nie zu tun und manchmal packte ja auch den verlässlichsten Menschen die Sensationsgier. Er beschloss, sich langsam voran zu tasten: „Mir gehts auch nicht sonderlich."

„Warum, was ist passiert?"

„Ich stecke bis zum Hals in einer echt miesen Sache drin und kann mit niemandem darüber sprechen."

„Auch mit mir nicht? Komm, wir haben uns doch immer alles gesagt, egal was es war."

„Klaus, das ist eine riesen Kiste und ich weiß selbst nicht, wie ich damit umgehen soll. Ich möchte dir das nicht auch noch umhängen."

„Hast du Angst, ich könnte meinen Mund nicht halten?"

„Nicht nur das – so etwas Schlimmes ist mir noch nie passiert."

„Mensch, Pascal, wenn du sagst, ich soll den Mund halten, dann mache ich das auch. Von mir erfährt keiner etwas. Und wenn du mit niemandem darüber sprechen konntest, tut es dir vielleicht gut, wenn du es mir erzählst."

„Hier können wir sowieso nicht reden."

„Stimmt. Wenn man flüstert, bekommen alle lange Ohren und es hört die ganze Nachbarschaft. Komm, lass uns eine Runde kicken und dann fahren wir zwei noch zum See. Da sind wir ungestört."

Pascal sah seinen Freund zweifelnd an – doch der legte ihm nur seine Hand auf die Schulter und schob ihn vorwärts: „Los, Leute, lasst uns weiterspielen. Wir haben Verstärkung."

Die nächsten eineinhalb Stunden rannte sich Pascal die Seele aus dem Leib, er spielte, als ginge es um sein Leben. Als das Match vorbei war, fühlte er sich tatsächlich besser. Zwar ausgepowert, doch der Druck war weg. Es war herrlich! Zum ersten Mal seit dem Besuch in Hartheim hatte die innere Spannung nachgelassen. Sie tranken noch eine Cola miteinander, dann verabschiedeten sich Klaus und Pascal, schwangen sich auf ihre Fahrräder und fuhren zum See. Die Luft roch nach Sommer – diese Mischung aus reifem Korn, sonnengebräunter Haut, ein lauer Wind trug ihnen den Duft des Wassers entgegen. Und alles erinnerte ihn an sie, die so weit weg war …

Kaum waren sie angekommen, zogen sie ihre T-Shirts aus und sprangen in das sanftblaue Wasser, tauchten unter, tauchten, tauchten, kamen wieder an die Oberfläche, nach Luft japsend. Über ihnen zogen ein paar Schäfchenwolken dahin, die Sonne begann sich langsam zu neigen. Aber noch war es angenehm warm. Schweigend schwammen sie nebeneinander bis zu der kleinen Insel, die mitten im See lag. Hier waren sie ganz alleine, setzten sich auf die von der Sonne gewärmten Felsen, ließen die Beine ins Wasser baumeln und blickten auf die ruhige Wasseroberfläche.

Dann sagte Klaus: „Erzähl. Was auf dieser Insel gesprochen wird, bleibt auf dieser Insel."

Pascal glaubte ihm. Klaus hatte ihn noch nie angelogen, sie waren durch dick und dünn miteinander gegangen – seit dem Kindergarten kannten sie einander.

„Weißt du noch – in Schloss Hartheim? Als ich umgekippt bin?"

„Klar. Aber das mit dem Kreislauf habe ich dir nicht geglaubt, Pascal. Du hattest noch nie Kreislaufprobleme. Du hast gelogen, oder?"

„Ja."

„Warum?"

„Und du behältst es wirklich für dich?"

„Schlag mir die Zähne ein, wenn ich es nicht tue."

„Okay. Da haben sie doch dieses Foto gezeigt – auf dem das Personal von Hartheim zu sehen war. Bei einem dieser Busse mit den angemalten Fenstern."

„Ja, und?"

„Klaus ... einer der Männer darauf ...‟

„Ja?"

„ ... war mein Großvater."

Jetzt war es heraus. Und was ausgesprochen war, konnte man nicht mehr zurücknehmen. Klaus sah seinen Freund mit großen Augen an und sagte nur ein Wort: „Scheiße."

„Das kannst du laut sagen."

„Dein Opa? Dieser nette Mann? Das gibt es doch nicht!"

„Leider schon. Ich habe ihn sofort erkannt, es gibt keinen Zweifel. Und ich war immer so stolz darauf, dass es in meiner Familie keine Nazis gab. Er hat uns alle angelogen ...‟

„Das ist so unvorstellbar – was hast du getan, als wir wieder zu Hause waren?"

Und nun packte Pascal die ganze Geschichte aus, bis ins kleinste und schmerzhafteste Detail. Es dauerte eine Weile und als er geendet hatte, sagte Klaus erstmal gar nichts. Kopfschüttelnd saß er da und starrte auf das Wasser.

„Weißt du, ich frage mich, wie das möglich ist? Du kennst doch meinen Opa gut. Wie kann ein Mann, der so ... ja, lieb und offen ist, der mir so viel beigebracht und hohe menschliche Werte vermittelt hat ... wie kann der auf der anderen Seite so einer Arbeit nachgegangen sein? Ich meine ... auch wenn er „nur" Busfahrer war ... er hat Menschen gefahren, die gleich nach ihrer Ankunft in Hartheim vergast und dann verbrannt wurden. Und er sagt, das stimmt nicht, er hätte nichts davon gewusst. Wie gibt es so etwas? Kann man das wirklich verdrängen oder vergessen oder was auch immer?"

„Glaube ich eigentlich nicht. Auch wenn er ein sehr alter Mann ist, er ist doch geistig völlig klar. Und denk doch, wie detailliert er uns immer von früher erzählt hat. Ich meine, es ist bestimmt die richtige Richtung, dass du da bei Freud und Frankl suchst. Und was dieser Jörg gesagt hat, das finde ich gut, das kann ich nachvollziehen."

„Ich auch. Aber ich frage mich jetzt eben – wer ist mein Großvater wirklich? Der nette Opa oder ein Nazi?"

„Viele waren damals einfach Mitläufer. Entweder weil sie einfach dazugehören wollten oder weil sie Angst davor hatten was geschieht, wenn sie nicht mitmachen."

„Ist mein Großvater ein böser Mann?"

„Hängt davon ab, wie du böse definierst."

„Wie meinst du das?"

„Naja, ich sehe das so: Wenn jemand bei klarem Verstand und im Vollbesitz seiner geistigen Kräfte ist, einen Plan fasst und eine böse Tat begeht … Also, wenn einer aus freiem Willen böse handelt und bewusst seinen Moralinstinkt umgeht – das ist etwas anderes, als wenn ein Mensch aus emotionalen Gründen, wie zum Beispiel aus Angst oder aus einem Affekt heraus, eine Handlung begeht, die wir als böse bezeichnen. Ich glaube aber auch, dass damals, also in der Nazizeit, viele Menschen durch ihre Erziehung oder so dazu bereit waren einer höheren Autorität zu folgen, egal was die gefordert hat. Ist das Böse wirklich nur Sadisten und Psychopaten vorbehalten oder steckt es in jedem von uns? Ich habe mal gelesen – du weißt schon, für dieses Referat letztes Jahr – dass man untersucht hat, ob die Mörder der Nazizeit psychisch krank waren und die Antwort war, dass das nur auf ca. zehn Prozent zugetroffen hat. Das waren Sadisten, Narzissten oder psychisch instabile Leute. Und die haben das ausgenützt, um unter dem Schutz der damaligen Autorität, also Hitler und Konsorten und dem Krieg, diese Seiten ihres Charakters auszuleben. Der Rest waren ganz normale Leute wie du und ich."

„Du meinst also, dass Gut und Böse in jedem von uns stecken?"

„Ja. Dazu kommen sicher noch Veranlagung und Erziehung, die Erfahrungen, die ein Mensch selbst in seinem Leben gemacht hatte. Ganz ehrlich – könnten wir beide garantieren, wie wir uns verhalten hätten, nachdem wir bei der Hitlerjugend gewesen wären? Und denk mal die ganze ausgeklügelte Propaganda von damals … Was hätten wir getan? Hätten wir die Kraft gehabt, uns in einem totalitären System der Obrigkeit zu widersetzen?"

„Ich weiß es nicht … wenn man das von klein auf ins Gehirn gepflanzt bekommt … aber mein Opa war ja kein kleines Kind mehr."

„Das nicht. Aber er ist intelligent und nicht verroht."

„Vielleicht war er es aber damals. Ich meine, wenn du so ein Grauen jeden Tag erlebst … das kann ja nicht spurlos an einem vorübergehen. Entweder du schnappst über oder du stumpfst ab. Sonst hältst du das nicht aus."

„Oder du gehst in den Widerstand. Das haben doch auch viele getan. Denk nur an die Geschwister Scholl."

„Vielleicht hat aber deren Beispiel … also, dass man so junge Leute zum Tod verurteilt hat, viele davon abgehalten sich zu widersetzen."

„Ich finde – und das erschreckt mich so – dass sich da Sadismus und Entwürdigung in ihrer entsetzlichsten Form gezeigt haben."

„Du meinst in den Euthanasieanstalten?"

„Auch in den KZs, Klaus."

„Ja. Und im Krieg. Ich kann mir nicht vorstellen, dass man mitten in einer Schlacht noch über Moral nachdenkt."

„Nein, da geht es um das nackte Überleben. In jeder einzelnen Sekunde. Aber mein Großvater war Busfahrer."

„Trotzdem war es ein totalitäres System, in dem man keine Gnade gekannt hat. Krieg war überall, auch wenn man nicht auf dem Schlachtfeld stand. Die Leute haben ums tägliche Überleben gekämpft. Das macht schon etwas mit Menschen."

„Ich glaube, dass im Krieg alle Schranken fallen. Da wird getötet, vergewaltigt … ist doch heute auch noch so."

Klaus nickte. Dann schwiegen sie wieder. Langsam verschwand die Sonne am Horizont, doch war es noch immer warm.

„Es tut gut mit dir zu reden."

„Danke. Ist aber auch eine verdammt schlimme Sache."

„Trotzdem weiß ich nicht, wie ich mich zu Hause verhalten soll."

„Ich finde es gut, dass du deinen Eltern gesagt hast, sie sollen nach Hartheim fahren."

„Ja, aber was ist danach? Sie werden diesen Film sehen und dann wird es erst recht krachen. Mich werden sie fragen, warum ich nichts gesagt habe und für meinen Papa wird eine Welt zusammenbrechen."

„Kann auch sein, dass sie den Film nur Schulklassen zeigen."

„Glaubst du?"

„Keine Ahnung. Aber wenn das so ist …"

„Bin ich keinen Millimeter weiter. Und was dann?"

„Sprich nochmal mit diesem Jörg. Bei dem habe ich ein gutes Gefühl."

„Er ist der Mann von Mamas bester Freundin. Was ist, wenn er seiner Frau davon erzählt? Sabine kann bestimmt nicht den Mund halten."

„Er darf ihr nichts sagen, wenn du eine Therapiestunde bei ihm hast. Dann ist er zum Schweigen verpflichtet."

„Ich weiß nicht, ob ich mich darauf verlassen kann."

„Du bist aber sehr misstrauisch."

„Wundert dich das?"

„Nein. Aber so bleiben wie jetzt kann es nicht. Ich merke ja, wie dir die Sache zusetzt. Du bist komplett fertig. Du brauchst Hilfe."

„Wie soll ich wissen, was richtig ist? Den Mund halten? Sprechen? Wenigstens hat Opa mich heute nicht mehr angeschrien."

„Aber er leugnet es ja noch immer und das wird er vermutlich auch weiterhin tun."

„Nehme ich auch an. Was soll ich nur machen, Klaus?"

Da saßen sie und dachten nach, während die Sonne nun wirklich verschwand. Klaus sah auf die Uhr: „Ich breche das Gespräch nur ungern ab, aber ich muss zum Abendessen. Trotzdem werde ich weiter darüber nachdenken, das verspreche ich dir."

„Jetzt habe ich dir meine Sorgen umgehängt. Tut mir leid."

„Hat dir trotzdem geholfen zu reden, du siehst jetzt etwas besser aus."

„Ich habe Angst, was mich zu Hause erwartet."

„Du kannst heute auch bei mir pennen."

„Dann stehe ich morgen vor demselben Problem. Aber ich danke dir."

„That`s what friends are for", sagte Klaus und glitt ins Wasser. Pascal folgte ihm, sie kraulten zurück ans Ufer und radelten nach Hause.

„Du kommst spät!"

Mit diesen Worten empfing Maria ihren Sohn, deutete in Richtung Küche: „Nimm dir was, wir haben schon gegessen."

Nach der körperlichen Betätigung war Pascal zum ersten Mal seit Tagen wieder wirklich hungrig und leerte hemmungslos den Kühlschrank. Da trat sein Vater in die Küche.

„Pascal. Ich habe gerade mit Vater telefoniert. Er hat mir erzählt, dass ihr euch auf dem Friedhof getroffen und ausgesprochen habt. Darüber bin ich sehr froh. Auch weil es ihm jetzt wieder besser geht. Hast du dich bei ihm entschuldigt?"

„Nein."

„Bitte?"

„Es gibt nichts, wofür ich mich entschuldigen muss. Ich habe ihn nie einen Nazi genannt."

„Warum behauptet er es dann?"

„Papa, ich weiß es nicht. Das musst du wirklich ihn fragen. Aber es stimmt, wir haben geredet."

„Worüber?"

„Alles Mögliche."

„Irgendetwas verbirgst du vor mir. Wieso? Wir konnten doch bisher über alles sprechen."

„Das können wir, sobald ihr in Schloss Hartheim gewesen seid."

„Warum kommst du immer wieder auf dieses Schloss zurück? Was ist dort passiert?"

„Papa, ich bin müde, ich gehe auf mein Zimmer."

„Weich mir nicht aus. Ich habe dir eine Frage gestellt und hätte gern eine Antwort darauf."

„Ich kann dir keine geben. Nur dass es der schlimmste Tag in meinem Leben war. Und jetzt lass mich bitte gehen."

Wortlos trat Gerd zur Seite und blickte seinem Sohn nachdenklich hinterher. Er war beileibe kein Psychologe, aber sein Sohn kam ihm traumatisiert vor. Dieser Tag im Schloss hatte etwas ausgelöst und er verstand nicht, warum Pascal nicht darüber sprechen wollte. Er selbst sah dem Besuch in Hartheim ebenfalls mit gemischten Gefühlen entgegen. Das Thema Euthanasie hatte ihn immer sehr betroffen gemacht. Andererseits hatte Maria recht, es war wichtig, sich auch damit auseinanderzusetzen. Auch wenn er ihren positiven Eifer diesbezüglich nicht ganz nachvollziehen konnte.

Bedächtig beseitigte er das Schlachtfeld, das sein hungriger Sohn hinterlassen hatte. Auch ungewöhnlich, dass Pascal die Küche in diesem Zustand verließ, er war doch sonst so ordentlich. Entweder war er zu sehr in Gedanken gewesen oder aber er wollte einem weiteren Gespräch entgehen. Vermutlich Letzteres. Vielleicht sollten sie ihm eine Verschnaufpause gönnen?

Die Geschichte mit Gerds Vater belastete sie alle und Gerd nahm sich fest vor, das Gespräch mit seinem Vater zu suchen. Irgendwer hatte da eine Leiche im Keller und er war entschlossen diese ausfindig zu machen, die Dinge beim Namen zu nennen und nicht eher Ruhe zu geben, bis der allgemeine Frieden wieder hergestellt war. Das hatte seine Mutter ihm beigebracht – nichts unausgesprochen lassen, schon gar nicht, wenn es für irgendjemand belastend war. Sie hatte ihn aber auch gelehrt, dass alles seine Zeit brauchte und dass jeder Mensch sein eigenes Tempo hatte, dass man berücksichtigen und tolerieren musste. Nur dann konnte man gut kommunizieren. So. Nun sah die Küche wieder manierlich aus und Maria würde keinen Anfall bekommen, wenn sie hereinkam. Gerd ging ins Wohnzimmer, kuschelte sich zu seiner Frau, folgte aber nicht dem Film, den sie sich ansah, sondern dachte nach, wie er mit seinem Vater sprechen, was er sagen sollte. Und dabei schlief er ein.

5.

Zu seiner Überraschung fühlte sich Pascal auch am nächsten Morgen noch befreit und ohne innere Spannung. Er lag auf dem Rücken, die Arme hinter dem Kopf verschränkt, lauschte auf die Geräusche im Haus, das Vogelgezwitscher im Garten – und in sich hinein. Es hatte ihm unendlich gutgetan, seine Last zu teilen und die Meinung seines besten Freundes zu hören. Seine Gedanken über das Böse waren interessant. Es war also möglich, dass sein Großvater kein böser Mensch war, obwohl er gegen seine eigenen Grundsätze verstoßen hatte. Zumindest gegen jene, die er an seinen Enkel weitergab.

Gerne hätte Pascal sich noch einmal umgedreht und weitergeschlafen, doch er musste zur Schule. Leider. Nach einer kurzen Dusche ging er hinunter zum Frühstück, wo ihn seine Mutter sofort mit der Frage überfiel, ob er es sich nun doch noch überlegt hätte und am Wochenende mit nach Hartheim käme. Diesmal dachte Pascal nicht daran zu diskutieren oder auszuweichen und antwortete klar und deutlich: „Nein, auf keinen Fall. Ich war einmal da und fand es schlimm genug, um es nicht mehr zu vergessen. Ein zweites Mal gebe ich mir das bestimmt nicht."

„Wie du meinst … Was wirst du denn am Wochenende tun?"

„Ich gehe sicher zu Klaus hinüber."

Sein Vater erhob sich, küsste seine Frau und drückte sanft Pascals Schulter: „Ich muss los. Habt einen guten Tag, ihr zwei", und ging. Kurz darauf hörte man seinen Wagen davonfahren. Pascal nahm sich noch eine Tasse Kaffee und ein Marmeladenbrot.

„Hilfst du mir heute Nachmittag den schönen Rosenstock, den ich von dir bekommen habe, einzusetzen?"

„Klar."

„Fein. Wann kommst du nach Hause?"

„Gegen drei."

„Ich werde um vier da sein, da können wir es dann angehen."

„In Ordnung. Ich muss jetzt auch los. Bis später."

Maria wuschelte ihm durchs Haar, dann war sie allein, schenkte sich eine Tasse Tee ein und dachte nach. Wenn dieser Ort wirklich so furchtbar war, konnte sie verstehen, dass Pascal nicht mehr hinwollte. Sie hatte sich aber auch dumm angestellt und war das Ganze angegangen wie einen netten Familienausflug. „Manchmal bin ich wirklich naiv", sagte sie laut zu sich selbst und nahm noch einen Schluck Tee. Da auch ihr daran gelegen war zu verstehen, was in ihrem Sohn vor sich ging, sah sie dem Besuch in Hartheim dennoch mit Spannung entgegen. Ihr Blick fiel auf die Küchenuhr – es war auch für sie an der Zeit sich auf den Weg in die Arbeit zu machen. Der Zahnarzt, bei dem sie als Sprechstundenhilfe arbeitet, hatte für sie angenehme Ordinationszeiten. Sie ließen ihr Zeit auch noch den eigenen Interessen nachzugehen. Maria räumte den Tisch ab, kurze Zeit später hatte auch sie das Haus verlassen.

Im Deutschunterricht beschäftigten sie sich nach wie vor mit dem Thema Krieg. Da Frau Professor Schubert sie auch in Geschichte unterrichtete, verwoben sich bei ihr in dem Fall beide Gegenstände zu einer interessanten Einheit. Die letzten Stunden hatten sie über die Unterschiede der früheren und der heutigen Kriegsführung gesprochen. Für Pascal war es nur eine Frage der Waffen, an Grausamkeit, unschuldigen Opfern und allem was Krieg mit sich brachte, hatte sich in seinen Augen nichts geändert. Besonders dumm fand er es, wenn jemand sagte: „Wir müssen um den Frieden kämpfen." Damit war man ja schon wieder in einen Krieg involviert. Er dachte auch viel über die Regierenden nach, die da in ihren schicken Büros saßen und Befehle erteilten. Sie mussten ja nicht in die Schlacht ziehen. Und das war auch schon in den letzten Kriegen so. Pascal dachte im Besonderen an die Bevölkerung der jeweils kriegführenden Länder, denn sie waren der Spielball der Mächtigen. Insofern kam ihm das heutige Aufsatzthema sehr interessant vor, denn sie sollten eine Kriegsszene aus dem Blickwinkel der betroffenen BürgerInnen schreiben. Er hatte sofort eine Idee und während die anderen noch an ihren Füllfedern kauten, raste die seine über das Papier. Er gab seiner Geschichte den Titel „Nur ein Beispiel von vielen": „Der große Knall kam aus dem Nichts. Mit einem Mal war alles um Fatma herum dunkel. In ihren Ohren summte es. Die Erschütterung hatte sie zu Boden gerissen. Hart war sie auf der gestampften Erde aufgeprallt und wusste für ein paar Augenblicke nicht wo sie war. Doch der Schmerz holte sie zurück. Sie rang nach Luft. Ihr kleiner Mund war geöffnet, sie wollte schreien, nach ihrer Mutter, nach ihrem Vater. Doch sie konnte nicht, denn ihr Mund war voller Staub. Fatma wusste sich nicht anders zu helfen als sich einzurollen, sich ganz klein zu machen und zu warten. Irgendwann würde jemand kommen, bestimmt.

Staub in ihren Lungen. Staub in ihren Augen, in der Nase. Überall war Staub, es sah aus, als wäre Nebel aufgezogen. Fatma schloss die Augen und versuchte ruhig zu atmen – so war es besser. Doch mit einem Mal wurde ihr sehr heiß, ungewöhnlich heiß. Es war keine Hitze, die aus ihrem kleinen Körper kam … doch was war es dann? Es war um sovieles heißer als sonst! Widerwillig öffnete das Mädchen die Augen, rappelte sich auf und sah sich um.

Da sah sie es. Feuer! Die Flammen krochen und leckten an den zerborstenen Mauern, fraßen sich den Teppich entlang. Kamen näher und näher, ja, sie krochen in Windeseile auf Fatma zu.

Das Haus brannte! Schreie von draußen, wo die Straße sein musste. Schreie ganz in ihrer Nähe. Es klang nach der Stimme ihrer Tante! Fatma konnte sie nicht sehen, erkannte jedoch ihre Stimme. Laute, schrille, langgezogene Schreie.

Fatmas kleines Herz schlug zum Zerspringen, sie hatte solche Angst wie noch nie zuvor, sie sah das Feuer näherkommen und verstand nicht, warum niemand kam, um sie zu retten. Von der Straße her hörte sie Schüsse, doch die ängstigten sie im Moment weniger als die Flammen. Auch Schüsse waren gefährlich, doch mit ihnen war Fatma aufgewachsen, sie hatte sich daran gewöhnt, dass ständig geschossen wurde.

Wieder hatten die Flammen Boden gut gemacht, es wurde immer heißer, bedrohlicher und Fatma rief verzweifelt nach ihrer Mutter.

Ihre kleine, vertraute Welt war verschwunden. Sie hatte eben noch in diesem Zimmer gestanden, Honigkuchen in ihren kleinen Kinderhänden. Köstlich saftig war er, Fatma liebte Honigkuchen, er hatte etwas Tröstliches. Der Honig, süß in ihrem Mund, war über ihr Kinn gelaufen und sie hatte vor lauter Wohlbefinden und Freude gelacht. Ihr Vater saß ihr gegenüber, ein Glas Chai in seiner großen Hand und lächelte seiner Tochter zu. Dann kam der laute Knall und es wurde dunkel.

Die Flammen züngelten immer weiter in Fatmas Richtung, sie konnte die Hitze auf ihrer Haut fühlen. Das Atmen fiel ihr schwerer und schwerer … wo war ihre Mama? Um sie herum lagen Scherben, Gewürze, Datteln, Pfannen, Messer. Das Haus, das Zimmer, in dem sie eben noch gestanden hatte – gab es nicht mehr. Steine und Staub. Und dieses Feuer! Diese Hitze! Schüsse und Schreie voller Angst, aus den Tiefen der Seelen. Ein ganzes Land schrie. Ihre Welt schrie – und niemand schien es zu hören, keiner half. Ihre Straße schrie. Die Menschen um sie herum schrien. Und wieder Staub. Der sich nur langsam legte, senkte, alles bedeckte, sich im Qualm des Feuers verlor. Fatma wurde von einem schlimmen Husten durchgeschüttelt und japste nach Luft.

Da hörte sie ihre Mutter leise weinen …

„Mama?", rief Fatma zaghaft in den Raum.

Was war geschehen? Sie verstand nicht. Wo war ihr Vater? Und ihre Tante? Wo? Endlich hatte sich der Staub soweit gelichtet, dass sie alles erkennen konnte … Da, wo ihr Papa gestanden und seinen Tee getrunken hatte, hatte sich der Boden rot gefärbt. Roter Staub. Und ein Arm lag mitten in dem, was einmal die Küche gewesen war.

So klein und jung Fatma noch war – sie wusste, was dies bedeutete und begann zu weinen. Ihr Papa war tot! Sie hatte panische Angst, denn sie verstand plötzlich, dass ihre kleine, vertraute Welt zerstört war. Aber warum? Wer hatte das getan, wer war so böse und herzlos?

Immer näher kamen die Flammen … da sah Fatma, dass sich jemand ein paar Meter weiter weg bewegte. Sie war nicht allein! Das blaue Kleid … ja, bestimmt, das war ihre Mama! Gekrümmt lag sie da und schnappte, rang wie Fatma nach Luft, die sich nun trotz des Feuers und ihrer Angst auf ihre Mutter zubewegte. Sie sah, dass die Lippen ihrer Mutter blutig gebissen waren, ihr Gesicht … verzerrt, erschrocken und blass. Fatma begann wieder zu weinen, tastete, blind vor Staub und Tränen nach ihrer Mutter, sah ihren panischen Blick, der sie suchte. „Mama!", rief sie und musste gleich wieder husten. Endlich hatte Fatma sie erreicht, wollte sich an sie schmiegen. Auf einmal - ein schwerer Atemzug, dann – nichts mehr. Stille. Ihre Augen waren weit geöffnet, starr, blickten in eine unendliche Ferne.

„Mama! Mama!" Fatma trommelte verzweifelt gegen ihre Brust, schüttelte sie. Nichts. Sie bewegte sich nicht mehr. Atmete nicht mehr.

Da wusste sie es. Ihre Mama war tot. Sie war nicht die erste Tote, die Fatma in ihrem kurzen Leben gesehen hatte. Manchmal lagen die Toten einfach auf der Straße und sie, Fatma und ihre Mutter, waren an ihnen vorbeigerannt, keine Zeit, sich um die Leichen zu kümmern.

Sie hing damals an der Hand ihrer Mutter, ihre kleinen Füße konnten nicht mit ihr Schritt halten. Sie war gefallen und Mama hatte sie hochgehoben und ins sichere Haus gebracht. Fatma verstand nicht, warum das alles geschah. Und doch war es immer schon so gewesen. Seit sie denken konnte. Schreie und Schüsse und Tote.

Fatma wusste nicht wie ihr geschah – plötzlich packten sie Hände, sie wurde hochgehoben. Die Tante, ihre Tante drückte sie fest an sich und rannte los, hinaus aus dem brennenden Haus. Sie liefen durch die Flammen, der Qualm brannte in Fatmas Lungen, ihre Augen tränten. Es war so heiß, dass es schmerzte und sie heulte laut auf. Doch die Tante rannte weiter und flüsterte keuchend: „Pst, pst, alles wird gut, wir sind zusammen, hab keine Angst, wir finden einen Weg!" Aber sie lief auf die Straße! Fatma wollte nicht auf die Straße! Lieber sich verstecken. Aber wo? So vergrub sie ihr Gesicht an dem Hals ihrer Tante.

Noch mehr Schüsse und Schreie, laufende Menschen, die Tante rannte schneller und schneller, schneller und schneller. Wenn die Schüsse und die Stimmen lauter wurden, suchte sie Schutz in Häuserfluchten und Ruinen. Fatma spürte, wie sich die Brust der Tante vor Anstrengung hob und senkte. Wieder und wieder keuchte sie in ihr Ohr: „Wir schaffen es, hab keine Angst ich bin bei dir!"

Da stürzten sie.

Der Aufprall war hart. Die Tante hielt Fatma so fest an sich gedrückt, dass sie beim Sturz auf sie fiel. Sie hörte ein Knacken, etwas brach, sie spürte es. Das schreckliche Geräusch kam aus dem Körper ihrer Tante, die nun schrie, ganz entsetzlich schrie. Sofort begann Fatma wieder zu weinen. Erschrocken. Angstvoll. Die Tante keuchte, schluchzte und Tränen liefen über ihre schmutzverschmierten Wangen. Sie ließ Fatma los, lag auf dem Rücken, nach Luft ringend, schnappend, Fatma saß auf dem Boden neben ihr, ihre kleinen Hände griffen verzweifelt nach der geliebten Frau.

Luft, Luft! Sie wand sich, die Augen weit aufgerissen, mit jedem Röcheln Dreck und Staub in ihren Mund. Sie machte Fatma Angst, bestimmt war das ihre Schuld, aber sie wollte weg, weg von hier, weg von ihr! Die Tante sollte aufhören, bitte!

Dann, langsam, entspannte sie sich. Erleichterung. Sie atmete langsamer, weinte lautlos, die Augen geschlossen, Fatma hatte ihre kleinen Finger in das Kleid verkrallt. Da öffnete die Tante die Augen, ihre Hand tastete nach ihrer Nichte, streichelte ihren Rücken, ihre Wangen. Leicht, sacht. Fatma beruhigte sich.

Ein Flüstern, kaum hörbar: „Scht, scht, ich bin da, scht, wir sind zusammen …" Sie versuchte sich aufzurichten, schrie aber erneut auf und sank wieder keuchend zu Boden, zog Fatma zu sich heran, die sich fürchtete und noch immer nicht verstand, was hier geschah. Menschen liefen an ihnen vorbei, beachteten sie nicht – keiner half ihnen, die sie da im Staub der Straße lagen.

Staub in ihren Augen. Nase. Mund. Fatma lag da im Dreck der Straße an der Brust ihrer Tante. Sie hörte das Knallen und Schießen um sie herum, sie hatte Angst, ihr ganzes kurzes Leben schon hatte sie Angst, immer dieser Lärm, die Schüsse und Schreie … Wenn sie kamen, musste man sich verstecken, das wusste Fatma. Darum mussten sie aufstehen, weiterlaufen. So wie die anderen. Man durfte nicht auf der Straße sein. Warum stand die Tante nicht auf? Fatma zerrte an ihrer Hand.

„Steh auf! Steh auf! Wir müssen weg!" schrie sie – doch die Tante blieb liegen.

Fatma umklammerte sie. Plötzlich riss die Tante die Augen auf, starrte in den Himmel. Fatma folgte ihrem Blick und dann sah sie es auch.

Wie aus dem Nichts flog ein schwarzer kleiner Ball auf sie zu. Die Tante packte Fatma so fest an den Armen, dass sie losbrüllte. Die Tante wollte sie wegstoßen!

„Lauf!" presste sie hervor, „Lauf weg, lauf!"

Aber Fatma wollte nicht, krallte sich noch fester an sie. Schüsse, Schreie und sie lagen im Staub auf der Straße, eine Straße, die sie nicht kannte, Angst, der ganze Körper schmerzte, es war so laut, Schüsse und plötzlich ein hoher Ton, ein Pfeifen kam näher, wurde lauter und …"

Pascal hatte fieberhaft in einem Zug durchgeschrieben, die Worte waren geradezu aus ihm herausgepurzelt, dabei wusste er gar nicht, woher sie kamen. Etwas, das er schon öfter festgestellt hatte, wenn ein Aufsatz zu schreiben war – er setzte den Stift an und auf einmal ging es los, als wäre er plötzlich besessen, er musste nicht einmal nachdenken, was er schreiben sollte. Es war einfach da, er konnte sich stets darauf verlassen. Nun überlegte er noch, ob er nach dem letzten Wort drei Punkte machen sollte. Nein. So kam ihm der Schluss stärker vor. Er las alles noch einmal durch, korrigierte ein paar Rechtschreibfehler und Beistriche, dann gab er seine Arbeit als erster ab und Frau Professor Schubert machte sich gleich an die Korrektur. Nach und nach wurden auch die anderen fertig, brachten ihre Arbeiten zum Lehrertisch. Klaus gab als Letzter ab, dann ertönte schon das Pausenzeichen und sie stürmten auf den Schulhof. Danach hatten sie Geographie, später Sport und erst am Nachmittag jene Fächer, die Pascal am meisten anstrengten: Mathematik und Latein. Auch in Latein ging es um den Krieg, sie übersetzten Cäsars „De bello gallico" und er fragte sich, ob es eigentlich auch mal eine Zeit gegeben hatte, in der es keinen Krieg, kein Morden und Abschlachten gab? Anscheinend war der Mensch dazu nicht fähig Konflikte friedlich zu lösen. Man musste nur an die Kreuzzüge denken … Eigenartig. Jeder wollte ein angenehmes und schönes Leben führen, wollte nicht krank oder bedroht werden – dennoch ging es nicht ohne Krieg ab. Traurig und unverständlich.

Nach Unterrichtsende radelten Klaus und Pascal noch zum Eissalon, setzten sich mit ihrer Portion in den Schatten.

„War gestern zu Hause noch was, Pascal?"

„Nein, zum Glück nicht. Und heute Früh habe ich auch meiner Mutter endgültig klar gemacht, dass ich nicht nach Hartheim mitkommen werde. Ich glaube, sie akzeptiert es endlich."

„Gut. Aber was wird sein, wenn sie zurückkommen?"

„Das frage ich mich auch. Ich habe echt keinen Bock dann in der Nähe meiner Eltern zu sein."

„Penn bei mir. Meine Leute fahren auch weg, zu irgendwelchen Bekannten, die ich nicht ausstehen kann. Ich bin also allein und wir hätten sturmfreie Bude."

„Das klingt gut. Meine Eltern fahren am Samstag ins Schloss, wenn ich erst am Sonntagnachmittag nach Hause komme, müsste sich der erste Sturm eigentlich gelegt haben."

„Außer sie zitieren dich nach Hause."

„Ich lasse einfach mein Handy daheim."

„Und wenn es bei mir läutet, gehe ich nicht ran. So machen wir`s."

„Danke, Klaus."

„Würdest für mich dasselbe tun. Außerdem könnten wir mal wieder zocken, solange wir wollen."

Die Sache war also abgemacht, sie trennten sich, Pascal fuhr nach Hause und holte die Schaufel aus dem Schuppen. Wenn er wüsste, wo seine Mutter die Rosen hinhaben wollte, könnte er schon anfangen – da hörte er auch schon ihre Stimme: „Wunderbar, du bist schon bereit. Was meinst du, wo setzen wir ihn hin?"

Da sie sich nicht entscheiden konnte, schleppte Pascal den Rosenstock von einem Ort zum anderen, damit Maria sehen konnte, wie er wo wirkte. Es war anstrengend und schweißtreibend, doch Pascal übte sich in Geduld und jagte seiner Mutter nach, quer durch den Garten. Sie ließ wirklich keinen Winkel aus. Endlich fanden sie die richtige Stelle, nämlich gleich neben der Pergola bei der Terrasse. Das Loch wurde ausgehoben, die Blumen eingesetzt, Erde drauf, dann noch gießen und sie waren fertig.

„Danke, mein Schatz! Hier wirken sie richtig gut. Ach, jetzt fällt mir ein – du hast Post bekommen. Sieht nach einem Buch aus."

„Danke, Mama. Übrigens schlafe ich am Wochenende bei Klaus, okay?"

„Ja, klar."

Ein Buch – das konnte nur „... trotzdem Ja zum Leben sagen" sein. Pascal öffnete das Päckchen und es handelte sich um besagtes Buch. Er setzte sich in seinen Schreibtischsessel und sah das Cover des Buches lange an. Er fühlte sich gerade so gut, welches Fass würde er öffnen, wenn er es nun las? Es war wie die Büchse der Pandora ... Dabei war es für Menschen wie ihn bestimmt. Die selbst in einem KZ waren und es überlebt hatten, nun, die verstanden bestimmt ganz genau von was Dr. Frankl schrieb, kannten alles aus eigener Erfahrung. Doch für jemanden wie Pascal ... konnte man ihm begreiflich machen, wie entsetzlich das gewesen sein musste? Wie es in diesen Menschen ausgesehen hatte und wie es nach der Befreiung für den Rest ihres Lebens war mit solchen Erinnerungen und Erlebnissen zu leben? Auf den ersten Blick war es unvorstellbar ...

Pascal legte das Buch zur Seite. Nahm es aber gleich wieder zur Hand. Hier war die Stimme eines Überlebenden. Und die sollte gehört werden. Er erinnerte sich daran, wie es ihm ergangen war, als er das Tagebuch der Anne Frank gelesen hatte. Sie war es, die ihm am nachdrücklichsten und nachvollziehbarsten nahe gebracht hatte, was es bedeutet hatte, eine dem Schicksal völlig ausgelieferte Jüdin zu sein. So tapfer hatten sie, ihre Familie und Freunde durchgehalten – um dann verraten und deportiert zu werden. Trauer. Unendliche Trauer überkam ihn damals. Wie jetzt. Doch. Er wollte dieses Buch lesen und lernen. Es war nicht sehr dick, vielleicht schaffte er es noch heute Nacht. So legte er sich auf sein Bett und begann zu lesen. Sogleich fiel ihm auf, wie verständlich die Sprache war. Aber auch wie klar und eindeutig. Schonungslos ehrlich.

In der ersten Phase ging es um die Aufnahme im Lager. Wie mussten sich die in Zügen seit Tagen Zusammengepferchten gefühlt haben, als sie das Schild mit der Aufschrift „Auschwitz" gelesen hatten? Dieser Ort war für alle der Inbegriff der Massentötung, der Krematorien und Gaskammern. Und dann die erste Ausmusterung. Frankl schrieb vom Begriff des Begnadigungswahns bei dem der zum Tode Verurteilte auf eine Rettung im letzten Augenblick hofft. Die armen Menschen wurden aus den Zügen getrieben und es kam zur ersten Selektion: ein hoher SS-Offizier musterte jeden einzelnen der Neuankömmlinge. Dann deutet er nach links oder rechts. Rechts ging es ins Arbeitslager. Nach Links ins Gas.

Wie entsetzlich, so ein Ankommen … Das Wissen um die Gaskammern war nun einmal in den Köpfen der Deportierten, die Angst hatte ihnen bestimmt die Kehle zugeschnürt – eine Angst, die sich nun auch Pascals bemächtigte. Tapfer las er trotzdem weiter und Kapitel für Kapitel begleitete er Viktor Frankl auf seinem Weg. Und was für ein Weg das war … Hunger. Erniedrigung. Geschlagen werden. Zu Fünft oder mehr in einem einzigen Bett schlafen. Und immer die Angst etwas falsch zu machen. Dieser Willkür der SS, der Wärter und der Capos ausgesetzt sein … Trotzdem war Frankl neugierig. Neugierig, ob er mit dem Leben davonkommen würde. Er erlebte Überraschungen. Sich bei eisiger Kälte im Freien aufzuhalten, stundenlang - und doch ohne sich zu erkälten. Arbeiten mit Frostbeulen an den Füßen, die schon wundgerieben waren durch das fadenscheinige „Schuhwerk", das, wenn man Glück hatte, wenigstens mit einem Stück Draht zusammengebunden war. Minütlich, stündlich lauerte der Tod … Trotzdem, so stand hier geschrieben, hatte man in der ersten Phase kaum so etwas wie Todesangst, denn noch befanden sich alle in Schockstarre. Da wurde die Gaskammer zu etwas, das einem den Selbstmord ersparte.

Pascal ließ das Buch sinken. Was für eine Vorstellung …

Dann die Ratschläge jener, die den Neuankömmlingen helfen wollten. Zum Beispiel sich zu rasieren, wenn es sein musste mit einer Glasscherbe. So sähen die Wangen rosiger aus und man wirkte gesünder. Nur nicht krank werden oder krank aussehen. Das bedeutete ständig sein Bestes zu geben, um arbeitsfähig zu wirken. Denn sonst ging es ab ins Gas.

Nach der Schockstarre folgte die Apathie. Die Häftlinge begannen ihre Gefühlsregungen abzutöten. Zum Beispiel die Sehnsucht nach der Familie. Anders war das wohl nicht auszuhalten in all dem Elend und mit diesem nie enden wollenden Hunger. Nach ein paar Wochen hatte man sich an den Anblick der Leidenden, Kranken, Toten so sehr „gewöhnt", dass es einen nicht mehr rühren konnte. Sicher auch eine Art des Selbstschutzes, dachte Pascal.

Das Geschlagenwerden aus geringfügigen Anlässen oder einfach aus Sadismus, da erging es diesen erwachsenen Männern nicht anders als Kindern. Es tat ihnen unendlich in der Seele weh. Die Empörung über diese Ungerechtigkeiten schmerzte. Den Hohn der Aufseher ertragen ... wenn man da nicht mit Apathie als Selbstschutzmaßnahme reagierte – wie sollte man es sonst aushalten? Dann nachts Träume von daheim. Und diese ständige Unterernährung ... Wassersuppe und wenn man Glück hatte und der, der die Suppe ausschenkte war einem wohlgesonnen, so langte er mit dem Löffel auf den Grund des Topfes und man bekam vielleicht eine Kartoffel ab. Kilometerweit mit dem miserablen Schuhwerk durch den Schnee laufen. Und dann noch der Umstand niemals allein sein zu können, ständig war man von anderen Häftlingen, der SS und den Aufsehern umgeben. Wie groß musste da die Sehnsucht sein, einmal eine Stunde für sich allein zu haben? Trotzdem war es besser in der Masse unterzutauchen. Nur nicht aufzufallen, niemals die Aufmerksamkeit der SS erregen. Das erforderte bestimmt viel Selbstkontrolle. Pascal las und las. Ging kurz zum Abendessen, merkte jedoch kaum was er aß, er wollte auch nur etwas im Magen haben. Seine Eltern unterhielten sich und lachten, doch er war tief in Gedanken versunken. Immer schon hatte er eine sehr starke Vorstellungskraft, sah stets alles plastisch vor sich, was ein anderer erzählte oder was er in einem Text las. Manchmal war das sehr schön – jetzt war es quälend. Einerseits. Andererseits war es vielleicht sehr wichtig für sein Leben, sein Vorankommen, dass er das Gelesene am eigenen Leib zu spüren meinte. Nach dem Essen schlenderte er kurz durch den Garten. Der Himmel hatte sich rotgolden gefärbt – ein prachtvoller Anblick, eine Erholung für Pascals Gehirn ... danach ging er wieder auf sein Zimmer und las weiter bis spät in die Nacht hinein. Einer der Sätze, die ihn besonders beeindruckten war: „... dass man Menschen im Konzentrationslager alles nehmen kann, nur nicht: die letzte menschliche Entscheidung, sich zu den gegebenen Verhältnissen so oder so einzustellen. Und es gab ein „So oder so"!"

Das, so sagte sich Pascal, musste der freie Wille sein. Oder die innere Freiheit. Hatte die sein Opa auch gespürt? Oder kam man zu diesem Standpunkt nur durch das, was man als Opfer erleiden musste? Wieder so ein bedeutender Satz: „Die geistige Freiheit des Menschen, die man ihm bis zum letzten Atemzug nicht nehmen kann, lässt ihn auch noch bis zum letzten Atemzug Gelegenheit finden, sein Leben sinnvoll zu gestalten." Sein Leben sinnvoll zu gestalten … das wollte bestimmt jeder. Aber dass es Menschen gab, die es in einem KZ geschafft hatten – so wie Viktor Frankl – das nötigte Pascal den größten Respekt ab und stellte ihn vor die Frage, ob sein Leben sinnvoll war? Als Schüler hatte man noch nicht viele Möglichkeiten sich sinnvoll zu betätigen. Andererseits, warum sollte ihm das nicht gelingen? Denn es stimmte ja – jeder konnte einen Sinn finden, in jeder Situation, auch wenn es unter bestimmten Umständen kaum vorstellbar war. Sinnvoll sein Leben leben … Pascal legte das Buch für einen Augenblick zur Seite und dachte nach. Auch ihn drängte es danach, seinem Leben Sinn zu verleihen. Und er stimmte mit Frankl überein: Es musste auch im Leiden ein Sinn zu finden sein. Aber wie? Und welcher? Plötzlich, Pascal war schon fast am Ende des Buches angelangt, spürte er ein Brennen in sich … Bisher war es sein Plan, Sport zu studieren und Lehrer zu werden. Doch was er hier las … das war größer, unendlich viel größer und wichtiger als alles andere. Dem Leben und auch Leiden einen Sinn geben, anderen dazu verhelfen diesen Sinn zu finden. Diese Erkenntnis warf alle bisherigen Zukunftspläne über den Haufen. Warum sollte er nicht Psychologie studieren? Mit Schwerpunkt Logotherapie und Existenzanalyse, denn mit dieser Richtung konnte er praktisch und theoretisch am meisten anfangen, es war, als würden Frankls Gedanken und Erkenntnisse Seiten in Pascal zum Klingen bringen, die immer schon dagewesen waren, von denen er aber bisher nichts geahnt, nichts gewusst hatte. Vielleicht klang das kindisch, was ihm da durch den Kopf ging – dennoch hatte Pascal Feuer gefangen. Trotzdem wollte er erst dieses Buch zu Ende lesen. Noch zwanzig Seiten, das war zu schaffen. Vor allem was Dr. Frankl jetzt über die Lagerwache schrieb, war sehr interessant: dass nämlich die meisten unter diesen Männern abgestumpft waren im Lauf der Jahre, in denen sie als Zeugen und Beteiligte im Lager an der immer mehr steigenden Grausamkeit Anteil hatten. Ihr Gemütsleben war verhärtet. Manche lehnten den eigenen Sadismus ab, unternahmen jedoch nichts gegen den der Kollegen. Es gab aber auch andere, zum

Beispiel der Lagerführer in dem Lager, in welchem Dr. Frankl zuletzt war. Dieser hatte aus eigener Tasche heimlich Medikamente gekauft, um damit seine Lagerinsassen zu versorgen. Und so, schrieb Frankl, wäre nichts damit gesagt, ob einer zur Lagerwache oder zu den Lagerhäftlingen gehörte, denn es gab Lagerälteste, die die Häftlinge härter schlugen als die SS-Wachen. Menschliche Güte könne man bei allen Menschen finden, oft würden sich die Grenzen überschneiden. Man dürfe es sich nicht so einfach machen und sagen: diese sind Engel und jene sind Teufel. Als Wachposten oder Aufseher den Häftlingen gegenüber menschlich zu sein, sei eine Leistung und die Grausamkeit von manchem Häftling einem anderen gegenüber besonders verwerflich. Bestimmt ließ das KZ in die Abgründe der Menschen blicken – und im Menschen war nun einmal beides. Gut und Böse. Der letzte Satz dieses Kapitels berührte Pascal besonders: „Der Mensch ist das Wesen, das die Gaskammern erfunden hat; aber zugleich ist er auch das Wesen, das in die Gaskammern gegangen ist aufrecht und ein Gebet auf den Lippen".

Es war zwei Uhr nachts. Pascal stand auf, öffnete sein Fenster ganz weit und atmete die kühle Nachtluft ein, blickte in den Sternenhimmel. Alles war so ruhig und friedlich. Wie es der Mensch sein könnte. Doch lebten in ihm Himmel und Hölle gleichzeitig und manchmal brauchte es wohl viel Kraft sich gegen das Böse zu entscheiden. Soviel, dass manch einer aufgab und sich vielleicht treiben ließ mit dem Sog der Masse? Müde wandte er sich ab, legte sich auf das Bett, aber an Schlaf war nicht zu denken, weil ihn die Gedanken an Gut und Böse und die Wahl, die man stets zwischen diesen beiden hatte, wachhielten. Nachdem er etwa eine Stunde einfach nur so dagelegen hatte, stand Pascal wieder auf, blickte auf seinen Wecker und seufzte – das würde morgen wieder ein Tag werden, unausgeschlafen wie er war. Aber wenn er liegenblieb wurde der Druck schlafen zu müssen noch größer – das war also sinnlos. Was tun? Lesen? Ja, aber was? Er stand auf, ging an seinen Bücherschrank … aber was da stand hatte er alles schon durchgearbeitet. Es würde ihm helfen die Geschichte von jemandem zu lesen, der in einer ähnlichen Situation war wie er. Vielleicht wurde er im Internet fündig. Also drehte er seinen Computer auf und suchte. Unter „Hartheim" gab es zwar einige Literatur, doch dazu müsste er sie bestellen, bezahlen. Nicht nur, dass er sich im Moment nicht noch mehr Bücher leisten konnte, er wollte auch nicht warten – er brauchte jetzt, in diesem Augenblick etwas. Da kam ihm eine Idee – im sogenannten Altreich hatte es die Euthanasieanstalt Hadamar gegeben. Im Zuge seiner Recherchen war er einige Male auf diesen Namen gestoßen. Und Hadamar stand Hartheim leider in nichts nach. Er gab die Begriffe „Hadamar Kurzgeschichte" ein – und zu seiner Freude fand er sofort etwas:

„Das große Schweigen"

Ein Sommermorgen 2021. Die hysterische Stimme ihrer Großmutter noch im Ohr lief Daria zu ihrem Fahrrad und fuhr los, so schnell sie konnte. Sie vermochte sich keinen Reim auf den Anruf zu machen. Wie jeden Morgen hatte sie ihre Oma anrufen wollen. Die alte Dame war fast 99 Jahre alt, lebte immer noch alleine in ihrem Häuschen am Stadtrand. Doch bevor sie noch die Nummer wählen konnte, hatte Darias Telefon geläutet und als sie abhob hörte sie die panische Stimme, die immer nur sagte: „Ein Bier, es war doch nur ein Bier!"

„Oma? Ich verstehe nicht …"

„Es war doch ganz anders und nur ein Bier. Ein Bier, weil es ein heißer Sommer war!"

„Von was sprichst du?"

„Ich habe nur das eine Bier getrunken, dann bin ich heim. Was die anderen gemacht haben – ich kann doch nichts dafür!"

„Oma …"

„Lügen, alles Lügen! Wer ist das gewesen? Du musst herkommen und es wegmachen!"

„Was soll ich wegmachen?"

„Das Geschmiere an der Wand. Die Leute glauben ja alles, was sie lesen. Auf der Stelle kommst du her!"

Wie verrückt trat Daria in die Pedale, in höchster Sorge um ihre einzige noch lebende Verwandte. Sie bog um die letzte Kurve – und dann sah sie es, erschrak heftig, stieg viel zu stark in die Bremsen, beinahe wäre sie gestürzt.

Fassungslos starrte Daria auf die Hausmauer. „10.000 und ein Bier" stand da mit riesengroßen Buchstaben in roter Farbe geschrieben. Und darunter ein Hakenkreuz.

Ihr lief es kalt den Rücken herab. Und sie stand vor einem Rätsel, denn wenn ihre Großmutter eines nicht war, dann ein Nazi. Schmiererei hin oder her – zunächst musste sie sich um ihre Großmutter kümmern und so eilte Daria ins Haus. Drinnen empfing sie der vertraute

Geruch nach Malzkaffee und Bohnerwachs, es war angenehm kühl und dunkel. Stille. Noch mehr von Sorge getrieben, suchte Daria nach ihrer Großmutter und fand sie schließlich in der Küche sitzend, vor sich hinstarrend.

Sacht klopfte sie an die Tür: „Oma!"

Keine Reaktion.

„Oma?" – Daria trat einen Schritt näher. Die alte Frau hatte sich in ihr wollenes Schultertuch gehüllt, still liefen Tränen über ihre Wangen.

„Omilein, ich bin da!"

Erst jetzt schien sie die Großmutter zu bemerken und wandte ihr den Kopf zu.

„Hast du diese Schweinerei gesehen? Wer macht so etwas, Daria?" Die Stimme war nur ein Hauch, nicht einmal ein Flüstern. Sie umfasste die Hände ihrer Oma – sie waren eiskalt und trocken, die Haut wie Pergament.

„Ich weiß es nicht, Oma. Vielleicht ein paar betrunkene Jugendliche?"

„Aber warum an meinem Haus? Ich habe nie einer Menschenseele etwas Böses getan. Was werden nur die Leute denken?"

„Deine Nachbarn kennen dich doch, die denken bestimmt nichts Schlechtes von dir."

Schweigen.

„Kannst du es bitte wegmachen?"

„Ich fahre gleich in den Baumarkt und besorge Farbe."

„Musst du denn nicht zur Arbeit?"

„Ich rufe an und sage, dass du mich brauchst."

Nicken. Trotzdem hatte Daria ein ungutes Gefühl, sie wollte die alte Dame nicht allein lassen. Offensichtlich stand sie unter Schock.

„Bevor ich gehe, rufe ich Doktor Melzer an."

„Ich brauche keinen Arzt. Ich hasse Ärzte."

„Ich weiß, Omi, aber du hast einen Schock und ich werde dich so nicht allein lassen."

Nach einigem Hin und Her – wobei der Widerstand der Großmutter überraschend schwach war, telefonierte Daria mit dem Arzt, erzählte, was vorgefallen war. Keine Viertelstunde später war Dr. Melzer da und stellte wie erwartet fest, dass die Großmutter einen Schock erlitten hatte und möglichst nicht allein sein sollte.

„Am besten, Sie gehen für ein, zwei Tage in die Klinik, da kann man Sie richtig durchchecken und Sie können sich erholen."

„Nur über meine Leiche betrete ich eine Klinik. Das habe ich Ihnen schon ein paar Mal gesagt."

„Oma, Doktor Melzer hat aber recht, du siehst nicht gut aus."

„Ich habe schon Schlimmeres überstanden. Geh du und besorge die Farbe. Ich bleibe hier und gehe nirgends hin, das könnt ihr vergessen."

Nachdem alles Zureden nichts half, verließen Daria und Dr. Melzer das Haus – blieben aber noch einmal vor der Schrift an der Wand stehen.

„Da steckt viel Dummheit dahinter. Oder Hass", meinte der Arzt.

„Ja. Aber ich verstehe den Satz nicht … 10.000 und ein Bier … was hat das zu bedeuten? Haben Sie eine Idee?"

„Hat jemand etwas gegen Ihre Großmutter?"

„Sie meinen, ob sie Feinde hat? Nein. Sie kennen sie doch, sie ist die Friedfertigkeit selbst."

„Außer, wenn sie in die Klinik … Moment!"

„Was ist, was haben Sie?"

„Lassen Sie mich einen Augenblick nachdenken." Doktor Melzer setzte sich auf die Gartenbank, kramte sein Mobiltelefon heraus und gab etwas ein: „Bei dem Wort Klinik, da ist mir etwas eingefallen – obwohl … ich bin mir nicht sicher. Warten Sie bitte noch einen Augenblick … Hier! Hier ist es, ich wusste es doch! Aber was kann es da für einen Zusammenhang mit Ihrer Großmutter geben?"

„Ich weiß nicht, was Sie meinen."

„Sagt Ihnen der Name Hadamar etwas, Daria?"

„Hademar? Nein, das sagt mir gar nichts. Wer ist das?"

„Hadamar, nicht Hademar. Und es handelt sich dabei um keine Person. Es war eine Tötungsanstalt im Dritten Reich."

Daria sah den Arzt fassungslos an: „Eine Tötungsanstalt? … Was hat denn so eine schreckliche Einrichtung mit meiner Oma zu tun?"

„Das kann ich Ihnen nicht sagen, Daria. Hat Ihre Großmutter nie etwas in dieser Richtung erwähnt?"

„Nein. Ich höre diesen Namen zum ersten Mal und warum taucht er gerade jetzt auf?"

„Weil im Sommer 1941 das Zehntausendste Opfer in Hadamar umgebracht wurde. Es ist unvorstellbar, aber das Personal feierte das mit Bier."

Daria gefror das Blut in den Adern: „Die haben gefeiert, dass … „
– sie musste schlucken, die Vorstellung war zu entsetzlich: „Wie können Menschen so etwas nur tun?"

„Die Menschheit ist leider zu viel Grauenvollem fähig, das hat uns ja
die Geschichte gelehrt."

Schweigend saßen sie nebeneinander auf der Bank und starrten die
beschmierte Wand an.

„Darum also 10.000 und ein Bier", murmelte Daria.

Doktor Melzer erhob sich: „Ich muss jetzt zu meinem nächsten Patienten, werde aber heute Abend noch einmal nach Ihrer Großmutter
sehen … Wäre es denkbar, dass Sie ein paar Tage bei ihr wohnen, bis
sie sich von dem Schreck erholt hat? Ich weiß sie nur ungern allein."

„Von mir aus ist das kein Problem, aber Sie wissen ja, was für ein Sturkopf sie ist. Versuchen werde ich es, mal sehen, ob es mir gelingt."

Die beiden verabschiedeten sich voneinander, der Arzt stieg in seinen
Wagen und Daria auf ihr Fahrrad und sie fuhren in unterschiedliche
Richtungen los.

Sie musste eine halbe Stunde radeln bis sie endlich beim Baumarkt
angekommen war. Wegen der großen Hitze war wenig los und so fand
sie schnell einen Verkäufer, der sie beriet, welche Farbe sich am besten
eignete, um die rote Schrift zu überdecken. Zum Glück gab es diese in
genau dem Gelbton in dem Großmutters Haus gestrichen war. Daria
bezahlte und setzte sich aber noch in das kleine Cafè gegenüber und
bestellte sich einen Mokka. Erst musste sie verdauen, was sie da gehört
hatte. Sie kramte ihr Handy hervor und gab „Hadamar" in die Suchmaschine ein. Sofort wurde sie fündig und las: In den 1940ern wurden
in der Heil- und Pflegeanstalt systematisch Menschen mit Behinderungen und Menschen mit psychischen Erkrankungen getötet, später
auch Kinder und mehrere hundert sogenannte Ostarbeiter. Insgesamt
sollen bei den Tötungen im Rahmen der „Aktion T4" bis zu 14.500
Menschen ermordet worden sein. Die Ärzte und Pfleger töteten ihre
meist ahnungslosen Opfer in einer Gaskammer, durch Giftinjektionen
oder Nahrungsentzug. Die Leichen wurden anschließend im anstaltseigenen Krematorium verbrannt. Im Sommer 1941 soll die Euthanasie-Gruppe der Anstalt die Verbrennung ihres 10.000sten Opfers mit
einem Umtrunk gefeiert haben. Heute erinnert eine Gedenkstätte an
die Ermordung Schutzloser."

Es überstieg bei weitem Darias Fassungsvermögen, lag jenseits ihrer Vorstellungskraft – und zerriss ihr das Herz. Wie war es möglich, anderen Menschen so etwas anzutun? Und was hatte das alles mit ihrer geliebten Oma zu tun? Es gab nur eines – sie musste die alte Frau zur Rede stellen, die sich bisher immer geweigert hatte über die Zeit des Nationalsozialismus zu sprechen. Warum eigentlich? War an dieser Geschichte mit Hadamar doch etwas dran?

Als Daria dann ihrer Großmutter wieder gegenübersaß, nahm sie allen Mut zusammen und stellte die alles entscheidende Frage: „Was hast du mit Hadamar zu tun?" Die alte Frau erstarrte. Dann, die Stimme nur ein Hauch: „Du gehst jetzt besser."

„Aber du hast gesagt, dass du ein Bier getrunken hast. War das anlässlich des 10.000sten Opfers."

„Das geht dich gar nichts an. Und jetzt will ich allein sein."

Daria ging, lag jedoch die ganze Nacht wach und dachte über diese Ungeheuerlichkeit nach. Sie wollte am nächsten Morgen noch einmal mit Oma sprechen. Sie musste die Wahrheit erfahren. Doch es kam nicht mehr dazu. Am nächsten Morgen fand sie ihre Großmutter tot in ihrem Bett liegen. Sie würde ihr Geheimnis mit ins Grab nehmen.

Zurück blieb Daria – voller Fragen, auf die sie nie mehr eine Antwort bekommen würde."

Nachdem Pascal fertiggelesen hatte, schaltete er den Computer aus. Er war sehr müde, vermochte seine Augen kaum noch offen zu halten. Ob es sich bei dieser Geschichte um eine wahre Begebenheit handelte? Er hatte diesbezüglich keinen Eintrag gefunden. Wenn man von den Jahreszahlen ausging war es möglich. Aber war es auch wahrscheinlich, dass jemand die wahre Geschichte seiner Familie einfach so ins Internet stellte? Was wiederum dafür sprach, dass es sich um die Wahrheit handeln könnte, war die Tatsache, dass er keinen Namen der Verfasserin oder des Verfassers gefunden hatte. Nun, er würde auch nicht mit der Geschichte seines Opas hausieren gehen, das stand fest. Wirklich weitergeholfen hatte ihm das Gelesene nicht, denn es stand nicht geschrieben, wie die Enkeltochter weiter mit ihrem Wissen umgegangen war. Vielleicht doch nur Fiktion und der Autor oder die Autorin hatte auch nicht gewusst, wie man sich in solch einer Situation verhalten, wie handeln sollte. Hadamar … auch so ein unsäglich entsetzlicher Ort, wo bestimmt noch die verzweifelten Schreie in der Luft hingen ohne dass sie gehört wurden. Und ohne dass jemand diesen armen Seelen zu ihren Lebzeiten geholfen hätte … Kurz kam ihm der Gedanke auch in Sachen Hadamar zu recherchieren – aber wirklich nur kurz, denn gleichzeitig fragte er sich, ob er nun völlig übergeschnappt war? Er zerbrach ja schon an Hartheim, an seiner Situation, seinem Wissen – wollte er sich wirklich noch mehr beladen? Völlig erschöpft fiel Pascal nun doch in sein Bett. Die Stille der Nacht, die er sonst so befreiend und beruhigend fand, lastete heute Nacht schwer auf ihm. An etwas Angenehmes denken … ja, das war eine gute Idee. Aber an was? In letzter Zeit war ihm leider nicht viel Angenehmes widerfahren. Er dachte nach. Und beim Nachdenken über das Nachdenken – schlief Pascal endlich ein.

6.

Obwohl es eine sehr kurze Nacht war, fühlte sich Pascal seltsamer Weise am nächsten Morgen ausgeruht. Zwar etwas bleiern, aber doch wach. Hunger hatte er keinen, nach Unterhaltung stand ihm auch nicht der Sinn, darum machte er sich gleich auf den Weg in die Schule. Zu seiner Überraschung wartete Klaus an der Gartenpforte. Erst fuhren sie schweigend nebeneinander her – bis Klaus plötzlich sagte: „Pascal, ich habe da etwas im Internet gefunden. Das ist auf zweierlei Art interessant. Erstens habe ich eine Beschreibung der Aufgaben der Fahrer von Hartheim gefunden und zweitens stehen die da namentlich aufgelistet – und dein Großvater ist nicht dabei."
Pascal bremste scharf und stieg vom Rad: „Erzähl."
„Pass auf: Die Fahrer kamen alle aus Oberösterreich, vermutlich wegen der guten Ortskenntnisse. Denke ich mir halt. Ihre Aufgabe war es, die Opfer vom Hauptbahnhof in Linz oder aus anderen Tötungsanstalten abzuholen und ins Schloss zu bringen. Zuerst hat man da kleine Busse verwendet, die konnten direkt durch das Haupttor fahren. Danach haben sie allen Ernstes Mercedes-Omnibusse verwendet, die kamen von der Reichspost und als Tarnung behielt man auch die Kennzeichen der Reichspost bei. Mit den Bussen sind sie dann von der Westseite auf das Schloss zugefahren."
„Ja, das habe ich gelesen. Aber was haben sie noch getan?"
„Zu Beginn der Tötungsaktion hatten sie die Aufgabe, die Asche aus dem Krematorium, die die Heizer in Säcke füllten, zur Donau zu bringen und dort zu entleeren."

Pascal wurde blass. Busfahrer – damit hätte er sich vielleicht irgendwie arrangieren können. Aber das … das ging einen Schritt weiter. Und das war ein Schritt zuviel. Denn das bedeutete eindeutig und zweifelsohne, dass sein Großvater Bescheid gewusst und mitgeholfen hatte die Morde zu vertuschen.

„Pascal?"

„Ja … Da haben sie öfter Knochenstücke verloren. Aus denen hat die Bevölkerung kleine Pyramiden am Rand der Straße gebaut. Als Zeichen, dass sie Bescheid wussten."

„Echt jetzt? Wahnsinn. Dabei haben sie das nach kurzer Zeit eingestellt, weil sie Angst hatten, dass die Bevölkerung wegen der häufigen Fahrten Verdacht schöpft. Aber wenn die diese Pyramiden gebaut haben … dann wussten sie auch Bescheid. Jedenfalls sind sie dann dazu übergegangen die Asche in Gruben im Schlossgarten zu begraben."

„Haben das auch die Fahrer gemacht?"

„Das stand da nicht dezidiert. Aber es ist möglich. Auf jeden Fall habe ich nirgends den Namen deines Opas gefunden. Bist du dir auch wirklich sicher, dass das er auf diesem Foto war?"

„Absolut sicher, Klaus. Allerdings hat er gesagt, dass er nur ein paar Mal ausgeholfen hat."

„Komm, wir müssen weiterfahren. Also, angeklagt wurden die vier Fahrer, die ich im Netz gefunden habe. Einen fünften gab es auch, aber der ist vor Kriegsende gestorben."

„Wie kann es sein, dass mein Opa da nicht aufgelistet war?"

„Wenn er wirklich nur eingesprungen ist … oder nicht die ganze Zeit dabei war, ist er vielleicht durch die Akten gerutscht."

„Bei der berühmten deutschen Gründlichkeit?"

„Naja, sagen wir mal, dass er nur gefahren ist, wenn einer krank war oder so."

„Musste das nicht trotzdem wo festgehalten werden?"

„Frag mich etwas Leichteres. Wäre schön, wenn du mit ihm darüber reden könntest. Vielleicht ist er auch nur gefahren, wenn sie sich zum Feiern getroffen haben?"

„Ich komme wohl nicht drum herum noch einmal mit ihm zu reden … aber er wird nicht wollen. Das Gespräch am Grab meiner Oma war wohl das Äußerste, zu dem er bereit war."

„Mal sehen was passiert, wenn deine Eltern hinter die ganze Sache kommen. Die würden ihn doch bestimmt auch darauf ansprechen, oder?"

„Mein Vater auf jeden Fall. Bei meiner Mutter bin ich mir nicht so sicher. Die weckt nicht gern schlafende Hunde."

„Sorry, aber das ist feig."

„So ist sie aber. Konflikte liegen ihr gar nicht, vor allem in dem Ausmaß."

„Mal im Ernst – ich kann mir deinen Opa einfach nicht als sadistischen Nazischergen vorstellen."

„Ich ja auch nicht. Aber da ist und bleibt dieses Foto. Und ich will die Wahrheit wissen. Mein Opa ist 97. Einerseits widerstrebt es mir ihm das Leben schwer zu machen. Andererseits – wenn er sein Geheimnis mit ins Grab nimmt, werde ich mein Leben lang im Zweifel sein, wer er nun wirklich war."

„Meinst du deine Oma hat davon gewusst?"

„Ich weiß es nicht. Kann mir aber auch nicht denken, dass er es ihr erzählt hat. Sie hatte sehr hohe moralische Werte und der Nationalsozialismus war ihr ein Gräuel. Schwer vorstellbar, dass sie einen Mann geheiratet hätte, der so eine Vergangenheit hat."

„So schätze ich sie auch ein. Wir sollten in die Pedale treten, sonst kommen wir zu spät."

So verschärften sie ihr Tempo, wortlos fuhren sie bis zur Schule und betraten gerade noch rechtzeitig das Klassenzimmer.

Der Tag war unerträglich heiß, die Sonne heizte die Schule auf wie einen Backofen und alle stöhnten unter der Hitze. Es war schwer, dem Unterricht zu folgen. So beschlossen Pascal und Klaus nach der Schule wieder zum See zu fahren, um sich dort abzukühlen.

Der Großvater litt ebenfalls unter der Hitze, er musste seine Kreislauftropfen nehmen. Danach nahm er sich ein Glas kaltes Wasser und setzte sich auf die Bank vor dem Haus, die im Schatten stand. Er musste an das Gespräch mit Pascal auf dem Friedhof denken und fragte sich, warum er an jenem Tag so milde gewesen war. Vermutlich war es Almas Anwesenheit, die er gespürt hatte. Es hätte ihr bestimmt missfallen, wenn er seinen Enkel zur Schnecke gemacht hätte. Er verstand einfach nicht, warum Pascal sich so an dieser Idee festgebissen hatte. Zählte nicht nur die Gegenwart? Es gibt zwei Tage, an denen man nichts tun konnte.

Der gestrige und der morgige. Was auch immer in der Vergangenheit geschehen war – was hatte das alles mit dem Heute zu tun? War es denn nicht viel wichtiger, dass sie einander verstanden, dass er seine Werte an die jüngere Generation weitergegeben hatte? Dazu gehörten Moral, Anstand und Respekt. Nun ja, immerhin hatte Pascal auf dem Friedhof respektvoll mit ihm gesprochen. Nicht so unflätig wie beim ersten Mal. Das war einfach unerhört und nach wie vor fühlte sich der alte Mann im Recht. Auch glaubte er Pascal nicht, dass er nicht mit diesem Fremden über die leidige Affäre gesprochen hatte. Wer unterhielt sich denn einfach so über solche Themen? Ja, Fachleute untereinander, das schon. Pascal musste etwas gesagt oder angedeutet haben. Und natürlich hatte sich dieser Mann darauf gestürzt. Diese Psychologen waren doch alle gleich – wollten nur mit ihrem Wissen protzen und der Junge war in seinem Alter ja noch sehr beeinflussbar. Überhaupt! Woher sollte er denn wissen, was nach seinem Abgang weiter gesprochen worden war? Womöglich hatte Pascal die ganze Geschichte vor ihnen ausgebreitet, also auch vor den Nachbarn. Damit hätte der Großvater sein Gesicht verloren und es würde sich schnell in der Gemeinde herumsprechen. Na gut. Bitte. Sollten die Leute von ihm denken, was sie wollten! Er alleine kannte die Wahrheit. Und es war sein Leben. Was er getan oder nicht getan hatte, das ging niemanden etwas an. Keiner Seele hatte er in Hartheim ein Haar gekrümmt. Und solange war er gar nicht dort, dass er das gesamte Ausmaß dessen, was dort geschehen war, kennen konnte. Es wurden ja auch viele Unwahrheiten über diese Zeit erzählt. Oder dass man den Menschen in Mauthausen nicht glaubte, dass sie nicht gewusst hatten, was in dem Lager vorgegangen war. Lächerlich. Was dachten denn die Jungen heute? Dass die Einwohner Mauthausens am Sonntag einen Spaziergang entlang des Lagers gemacht hatten? Und wenn – waren die Menschen heute besser und weniger sensationslüstern? Man brauchte doch nur Radio zu hören – geschah wo ein Autounfall wurden die Einsatzkräfte durch Schaulustige behindert. Das war doch auch nicht richtig. Richtig ärgerlich konnte der Großvater bei diesen Gedanken werden. Ja, und wie hätten denn jene, die jetzt das Maul weit aufrissen, sich selbst in der bösen Zeit verhalten? Natürlich hatte eine Demokratie ihre Vorteile, andererseits – wenn man sich das Treiben der Politiker und Parteien ansah, da konnte einem ja nur übel werden. Damals wusste man genau, was erlaubt war und was nicht. Es gab klare Regelungen und Gesetze. Nicht so ein Gewäsch wie heute. Er war beileibe kein Freund und Anhänger Hitlers! Und was da mit den Juden geschehen war … Oder den politischen Gefangenen, nein, das war nicht rechtens. Über die Euthanasie konnte man aber diskutieren, jawohl. Er hatte doch diese Filme damals gesehen, in denen man der Bevölkerung gezeigt hatte, welch bemitleidenswerte Kreaturen diese Behinderten waren. Und was für ein Aufwand sich um sie zu kümmern – ohne dass es jemals Hoffnung auf Besserung ihres Zustandes gab. Das hatte ja auch Geld gekostet. Und Pflegebetten, die man für die verwundeten Soldaten gebraucht hatte.

Der alte Mann dachte sich immer mehr in Rage, maßlos konnte er sich über diese Themen aufregen. Und dann: Kaum ein Abend an dem nicht eine Sendung über die böse Zeit lief. Schuld an allem war doch nur Hitler! So sah es aus. Das war die reine Wahrheit. Und Hitler hatte ihnen keine Chance gelassen. Wer sich widersetzte, kam vor Gericht! Und das konnte schlimme Folgen haben, je nachdem, welchen Richter man erwischte. Es gab viele Todesurteile. Oder die Angeklagten kamen in ein Lager. Ja, das wollte er sehen, wie die heutige Jugend, die alles besser wusste, sich damals verhalten hätte, genau! Das würde er Pascal auch noch unter die Nase reiben. Wenigstens Maria war auf seiner Seite und böse auf ihren Sohn. Dass Gerd sich so heraushielt, darüber konnte er sich nur wundern.

Jetzt wurde ihm die Hitze zu viel und er beschloss wieder ins Haus zu gehen. Im Wohnzimmer war es kühler und hier wollte er nun ein Schläfchen machen. Und wenn die Zeit gekommen war, würde er seinen Sohn zur Rede stellen, warum der zu Hause nicht die Hosen anhatte, wie es sich für einen Mann gehörte.

So machte der alte Mann sein Nickerchen und diesmal träumte er von seiner Alma, weshalb er zwei Stunden später mit einem seligen Lächeln auf den Lippen erwachte. Jetzt erschien ihm die Welt weich und warm, er meinte die Stimme seiner geliebten Frau zu hören, die ihm zurief, der Kaffee wäre fertig. Ja, das Leben mit Alma war ein einziger Sommer gewesen – sie hatten viel geredet, gelacht und kaum gestritten. Alma hatte gewusst, wie man das Leben lebte und hatte dies an ihn weitergegeben. Der alte Mann erhob sich und ging in die Küche, kochte sich Kaffee und trank ihn heute aus Almas Tasse – so war sie ihm noch näher.

Zur selben Zeit kamen Pascal und Klaus völlig erhitzt vom schnellen Treten in die Pedale beim See an und warfen sich sofort ins Wasser – doch das war auch schon so aufgeheizt, dass es nur wenig Abkühlung brachte. Trotzdem tat es gut und erfrischte noch etwas. Wieder schwammen sie zu der kleinen Insel und Pascal erzählte Klaus von seiner nächtlichen Lektüre. Der fragte sofort, ob er sich das Buch ausleihen könnte? „Klar. Es liest sich auch viel leichter als zum Beispiel Freud. Ich sitze immer noch über „Das Ich und das Es". Ich sage dir, ich kann gerade mal einen Absatz lesen, dann muss ich darüber nachdenken und ihn noch einmal lesen. Am Ende habe ich dann trotzdem nichts verstanden. Frankl schreibt so, dass man es auch als Laie gut verstehen und nachvollziehen kann."

„Ja, Freud ist schon ganz schön kompliziert und anstrengend zu lesen. Aber ein kluger Kopf war er, das musst du zugeben."

„Auf jeden Fall. Aber ich wünschte, er hätte sich einfacher ausgedrückt. Ich meine so, dass man es als Otto-Normalverbraucher auch verstehen kann. Aber es ist gut, wenn ich mich jetzt damit auseinandersetze. Das wird mir bei meinem Psychologiestudium helfen."

„Was ist los? Du wolltest doch immer Sport auf Lehramt machen?"

„Hat sich alles letzte Nacht durch dieses Buch verändert."

„Das muss es ja wirklich in sich haben."

„Ja, hat es. Und was mich total getriggert hat, dass ist die Frage nach dem Sinn. Dass zum Beispiel auch im Leiden ein Sinn verborgen liegt."

„Im Leiden auch? Also, wenn jemand unheilbar krank ist oder so?"

„Ja, genau. Aber so weit bin ich noch nicht. Es gibt noch mehr Bücher von Viktor Frankl, die möchte ich nach und nach lesen. Die Logotherapie und Existenzanalyse sind auf jeden Fall mein Ding. Darum ist es auch wichtig für mich Freud zu verstehen. Er hat doch die Grundlage für alles andere geschaffen. Wobei ich denke, dass er vermutlich kein einfacher Mann war. Aber das ist ja oft bei großen Persönlichkeiten der Fall."

„Wusstest du, dass Freud auch ein Buch über Witze geschrieben hat."

„Ist nicht wahr?"

„Allerdings. Das ist echt gut. Wenn du willst, leihe ich es dir. Habe es mir damals gekauft als wir Freud durchgenommen haben."

„Okay. Ich bringe dir am Wochenende den Frankl und du gibst mir den Freud. Allerdings wird es etwas dauern, bis ich ihn lese. Ich muss erst einmal dieses Schlamassel in meinem Kopf und mit meinem Opa lösen."

„Dann bleib noch beim Ich und beim Es. Ich fand das damals sehr gut."

„Ich weiß nicht, mal sehen … Du, da fällt mir ein, wir haben doch letztes Jahr von … Ja, von Anna Freud einen Auszug aus einem Buch gelesen … Über Abwehrmechanismen war das, oder?"

„Stimmt. Es waren Textstellen aus „Das Ich und die Abwehrmechanismen"."

„Dann bestelle ich mir das. Freud war ein genialer Kopf, aber ich komme in dem Buch einfach nicht weiter."

„Ich bin ja immer noch beeindruckt, dass du Psychologie studieren willst. Habe ich auch mal überlegt, denn es würde mich sehr interessieren und eigentlich bin ich mir ganz sicher, dass ich genau das tun möchte. Aber wie ich das meinem Vater beibringe? Für ihn ist es in Stein gemeißelt, dass ich auch Jura studiere und dann bei ihm in der Kanzlei arbeite. Allerdings interessiert mich das nicht."

„Und es ist dein Leben, da musst du schon das machen, was dich wirklich interessiert."

„Hm. Ja … Mein Vater kriegt einen Infarkt, wenn ich ihm das sage."

„Das wirst du riskieren müssen."

„Stimmt. Um ehrlich zu sein, kann ich mir auch nicht vorstellen jeden Tag geschniegelt und gekämmt an einem Schreibtisch zu sitzen und Akten und Paragrafen zu wälzen. Schon bei der Vorstellung bekomme ich einen Knopf im Bauch und Atembeschwerden. Ja, du hast recht … es ist mein Leben und das will ich so gestalten, wie ich es für richtig halte. Mein Vater wird wohl eine Zeit lang sauer sein, aber ich kenne ihn, das legt sich schnell und er hat mich ja auch immer bei den Vorhaben, die mir wichtig waren unterstützt. Aber was werden deine Eltern sagen?"

„Nicht viel. Vermutlich werden sie sich wundern, aber ich hatte eh nie das Gefühl, dass sie von meiner Idee Sport zu studieren allzu begeistert waren."

„Ich finde, deine Eltern sind viel entspannter als meine."

„Ach, auch nicht immer, Klaus. Denk daran, wie sie mir in den letzten Wochen teilweise die Hölle heiß gemacht haben."

„Woher wissen sie eigentlich immer, welche Knöpfe sie bei uns drücken müssen, damit wir tun, was sie wollen?"

„Sie haben die Knöpfe angebracht."

Sie lachten beide aus ganzem Herzen. Eine Weile blieben sie noch auf den Felsen sitzen und plauderten über weniger schwere Dinge. Pascal spürte, wie dieses Stück Normalität ihm guttat. Klaus war nicht umsonst sein bester Freund und auch wenn sie einander blind verstanden, so gab es trotzdem niemanden, mit dem er sich so ausgelassen und gut unterhalten konnte. Schließlich wurde es Zeit nach Hause zu fahren, sie schwammen zurück, balgten sich noch eine Zeit lang lachend im Wasser ehe sie wieder auf ihre Räder stiegen.

Als Pascal nach Hause kam, fand er das Haus leer vor. Das war eine gute Gelegenheit etwas zu tun, was ihm seit Tagen durch den Kopf ging – er wollte Jörg anrufen und fragen, ob ihm noch etwas zu ihrem Gespräch eingefallen war. Er wusste seine Nummer nicht auswendig, aber vermutlich hatte seine Mutter sie im Telefonbuch notiert – sie hatte ein miserables Zahlengedächtnis. Namen und Gesichter merkte sie sich jahrelang, aber Zahlen waren für sie ein Buch mit sieben Siegeln.

Doch bevor er Jörg anrief, wollte er sich noch zurechtlegen, was er sagen wollte, denn er mochte nicht mit dem Finger auf seinen Großvater zeigen oder sich so weit aus dem Fenster lehnen, dass Jörg Verdacht schöpfte. Was also sollte er vorbringen? Da fiel ihm plötzlich ein Interview ein, das Frau Professor Schubert ihnen im Geschichtsunterricht gezeigt hatte ... es war eine Parallelsituation und wenn Jörg darauf eine Antwort wusste, so Pascals Schlussfolgerung, war diese durchaus auf seinen Opa anzuwenden.

Tatsächlich fand er die Nummer sofort, wählte sie und zu seiner Freude hatte er Jörg gleich am Apparat.

„Pascal! Das ist ja eine Überraschung. Was kann ich für dich tun?"

„Ich habe noch eine Frage, Jörg ... Ich habe im Unterricht ein Interview mit einer Aufseherin aus dem KZ Bergen-Belsen gesehen. Diese Frau hat ihre Version erzählt – zum Beispiel, dass sie ja gar nicht gewusst hätte, was im Lager vor sich geht, denn sie hätte in der Küche gearbeitet und die wäre nicht im Hauptlager gewesen. Dabei weiß man von Fotos und Plänen, dass die Küche mitten im Hauptlager war. Sie sagte auch, dass im Lager niemand gestorben wäre, die Menschen wären schon tot mit den Transporten angekommen und der Lagerkommandant hätte sie gar nicht aufnehmen dürfen. Sie erzählte, dass sie vor Gericht stand, weil sie eine Frau mit ihren Stiefeln totgetreten haben sollte – sie aber sagte: „Da habe ich lachen müssen." Nur zweimal in dem Interview schimmert etwas durch, von dem ich meine, dass sie die Wahrheit doch ganz genau weiß: Sie hat nach dem Krieg Bergen-Belsen besucht und sah da ein Foto von sich hängen, daraufhin bekam sie Angst und ist sofort wieder gegangen. Und auf die Frage, ob sie noch an diese Zeit denkt, sagte sie, dass sie manchmal nachts nicht schlafen kann und dann sagt sie sich genau das vor, was sie jetzt in dem Interview gesagt hat. Was ich nicht verstehe ist: Man weiß doch, was man getan hat – doch diese Frau war total überzeugt von ihrer Version, war fröhlich und hat nur gesagt, dass sie sich nicht schuldig fühlt, schuld wäre Hitler gewesen. Kannst du mir bitte sagen, was das ist oder wie man so ein Verhalten nennt?"

„Es ist auf jeden Fall eine schwere Persönlichkeitsstörung, deren Ausblendung der Realität und der realen Vergangenheit psychotische Dimensionen zeigt. Verdrängung ist die Basis aller solcher dazugehörigen Vorgänge, mit Verleugnung, Verschiebung et cetera. Wie nahe Erschrecken und Panik liegen, sieht man wohl auch am durchbrechenden Lachen. In mäßigem Ausmaß haben wir ja alle solche ähnlichen Abwehrmechanismen. Es gibt viel Literatur darüber, aber man fängt meist mit Anna Freuds Taschenbuch über „Das Ich und die Abwehrmechanismen" an."

„Ich danke dir, Jörg. Ich werde mir das Buch gleich bestellen."

„Darf ich dir auch eine Frage stellen, Pascal?"

„Ja?"

„Warum beschäftigt dich dieses Thema so sehr? Ich habe das Gefühl, dass dich etwas belastet, du es aber nicht aussprechen willst."

Pascal ging langsam in die Küche, öffnete den Kühlschrank und goss sich ein Glas Orangensaft ein.

„Pascal? Bist du noch dran?"

„Ja."

„Du möchtest nicht darüber reden … Und ich denke, der Grund ist, dass es mit deinem Großvater zu tun hat, oder?"

„Du hast den Nagel auf den Kopf getroffen … Aber … Naja, es ist nicht so, dass ich nicht darüber sprechen will. Ich bin einfach noch nicht so weit. Aber wenn der Zeitpunkt da ist … darf ich mich dann wieder bei dir melden?"

„Jederzeit. So, ich muss jetzt Schluss machen, ich habe gleich noch einen Klienten."

„Alles klar. Ich danke dir, Jörg."

„Jederzeit wieder. Auf Wiederhören."

„Auf Wiederhören."

Nachdenklich wanderte Pascal auf die Terrasse, setzte sich in einen der Liegestühle und sah sich um. Alles war so friedlich und schön. Die Blumen blühten in allen Farben, die Vögel sangen, in der Ferne bellte ein Hund. Er nahm noch einen Schluck Orangensaft.

So eine schöne Welt ... Aber ihre Schattenseiten waren gewaltig. Er meinte sich in einem Sog zu befinden, der ihn langsam abwärts zog. Zum Glück gab es Klaus und Jörg. Das war wenigstens ein Trost. Trotzdem hatte er das Gefühl auf einer tickenden Zeitbombe zu sitzen – und dieses Wochenende würde sie explodieren. Dessen war er sich gewiss. Aber vielleicht war das ganz gut so – damit wurde ihm gewissermaßen die ganze Sache und alle damit verbundenen Entscheidungen aus der Hand genommen. Auch wenn es schlimm werden würde, er verspürte Erleichterung, ja, eine große Befreiung. Dieses Problem war größer als er und einen Erfahrungsschatz im Umgang mit Geheimnissen dieses Ausmaßes hatte er nicht. Außerdem konnte ein gewaltiges Gewitter auch reinigend sein. Mit einem Mal war Pascal klar, dass er die Dinge einfach laufen lassen musste. Alles hatte eine eigene Dynamik und es machte wenig Sinn, sich gegen diese zu stemmen oder zu versuchen sie aufzuhalten.

Sein Blick schweifte wieder durch den Garten und blieb am Pfirsichbaum hängen. Wegen der anhaltenden Hitze waren die Früchte bereits reif und sahen rot und saftig aus. Er stand auf und ging zu dem Baum, pflückte sich einen Pfirsich ab. Als er hineinbiss, rann der süße Saft über seine Hand. Pascal setzte sich unter den Baum und lehnte sich gegen den Stamm. Während er andächtig den Pfirsich genoss, hörte er Mädchenlachen von der anderen Seite des Zauns. Verwundert sah er auf, denn er hatte ihre Stimme sofort erkannt ... Laura! Laura? War sie ... also, wenn er sich nicht verhört hatte, bedeutete dieses Lachen ... Laura war wieder da! Pascals Herz klopfte schneller, sein Magen zog sich zusammen, Glück, ehrliches und lange ersehntes Glück stieg in ihm auf. Sie waren zusammen aufgewachsen, ihre Eltern waren auch bei der Geburtstagsfeier seiner Mutter gewesen. Pascals Herz schlug jetzt bis zum Hals – keiner hatte ihm gesagt, dass sie wieder da war, ihre Eltern hatten bei der Feier auch nichts erwähnt ...

Laura war als Austauschschülerin in England. Sie hatte ihm gefehlt. Sehr. Viel zu sehr, als dass es Pascal einfach hätte abtun können und durch das Loch, dass sie durch ihr Fortgehen hinterlassen hatte, war ihm klar geworden, wie wichtig sie in seinem Leben war. Immer schon war! Sollte er einfach aufstehen und hinübergehen? Ja? Nein? Vielleicht? Er konnte sich einfach nicht entschließen, aus Angst aufdringlich zu sein.

Da hörte er ein Geräusch, wandte den Kopf – und nun blieb sein Herz stehen! Lauras strubbeliger Lockenkopf tauchte über den Zaunlatten auf … Ja, es war Laura! Sie winkte ihm zu: „Pascal!" Dann verschwand sie wieder, er hörte den dumpfen Schlag mit dem sie immer schon die drei Zaunlatten aus der Verankerung geholt hatte, sie schlüpfte durch das Loch und da stand sie. Pascal blieb der Mund offenstehen. Sie war in diesem einen Jahr sehr gereift und noch schöner, als er sie in Erinnerung hatte. Sie stand einfach da und sah ihn an, kam ein paar Schritte auf ihn zu: „Pascal?"

Der erhob sich langsam, konnte den Blick nicht von ihr abwenden. Wieder näherte sie sich ein paar Schritte, vorsichtig, wie ein scheues Reh – was eigentlich so gar nicht zu ihrem Naturell passte. Doch Pascal war wie mit der Erde verwachsen, unfähig auch nur die geringste Bewegung zu machen – sein Kopf war völlig leer. An seiner Schulter spürte er etwas. Es war ein Pfirsich. Reif und rot. Pascal pflückte ihn ohne hinzusehen. Laura kam noch näher … Und dann lief sie plötzlich los, auf ihn zu – und das Einzige, was er noch tun brauchte, war seine Arme für sie auszubreiten. Sie umarmte ihn ohne zu zögern und mit seinen Händen, die nur auf sie gewartet hatten, drückte er sie fest an sich.

Ihr Duft stieg ihm in die Nase, leicht und verführerisch. Sein Gesicht vergrub er in ihren Locken und so standen sie eine ganze Weile da und hielten einander fest.

Schließlich löste sie sich von ihm, sah ihm in die Augen.

Langsam hob Pascal die Hand mit dem Pfirsich und führte ihn an ihren Mund. Sie schloss die Augen, öffnete die Lippen, biss in die reife Frucht und der Saft rann über ihr Kinn, den Hals hinab. Pascal konnte sich nur mit Mühe zurückhalten, ihn nicht abzulecken. Doch frei und locker wie Laura immer schon war, bog sie den Kopf nach hinten und drückte sein Gesicht an ihren Hals. Pascal war völlig überrumpelt, ließ es geschehen, sie fuhr mit ihren Fingern durch sein Haar und flüsterte: „Es ist so schön, dich wiederzusehen." Dann drückte sie ihn weg, nahm seine Hand mit dem Pfirsich und führte sie wieder zu ihrem

Mund, biss so herzhaft hinein, dass beiden der süße Saft ins Gesicht spritzte. Sie lachten.

„Ich wusste gar nicht, dass du schon zurück bist."

„Ich wollte dich überraschen."

Sachte strich er eine Locke aus ihrem Gesicht: „Ist dir gelungen."

„Du hast mir so gefehlt."

„Tatsächlich? Merkwürdig ... "

„Was ist daran merkwürdig?"

„Dafür, dass ich dir so gefehlt habe - hast du kein einziges Mal geschrieben."

„Du doch auch nicht."

„Hör auf! Du weißt genau, dass ich dir am Anfang mehrmals geschrieben habe – als ich allerdings keine Antwort bekommen habe, habe ich es sein lassen."

„Machst du mir jetzt Vorwürfe oder was?"

„Nein. War nur eine Feststellung."

„Und wie geht es dir?"

„Geht. Und dir?"

„Ich habe ein tolles Jahr hinter mir, total interessante Leute kennengelernt."

„Schön für dich."

„Und mein Englisch ist jetzt perfekt."

„Freut mich."

Laura setzte sich, griff nach Pascals Hand und zog ihn zu sich ins Gras."

„Ich habe mich oft gefragt, wie es dir wohl geht. Was ist, hast du eine Freundin?"

„Nein."

„Warum nicht?"

„Hab eben keine. Und was ist mit dir?"

„Nichts ist mit mir. Die britischen Jungs ... naja, sie sind ganz nett, aber sie trinken gern einen über den Durst und dann fand ich sie nicht mehr so toll."

Pascal war bei diesen Worten unendlich erleichtert und ihm wurde klar, dass er es nicht ertragen hätte, wenn Laura ihm erzählt würde, sie hätte sich in England verliebt.

„Verstehe."

„Ich habe gehört, du hast Ärger mit deinem Großvater. Mama hat erzählt, du hast ihn einen Nazi genannt."

„Habe ich nicht."

„Geh, mir kannst du es doch sagen. Warum sollte er es denn behaupten, wenn es nicht stimmt?"

„Frag mich nicht, ich habe keine Ahnung."

„Das kaufe ich dir nicht ab."

„Dann nicht."

Sie schwiegen. Pascal pflückte noch zwei Pfirsiche vom Baum und reichte Laura einen.

„Eure Pfirsiche sind die besten, danke."

Stille. Eine der seltsamen Situationen. Pascal war verwirrt. Laura wiederzusehen, hatte Gefühle in ihm ausgelöst, die er noch vor einem Jahr nicht gehabt hatte … So wichtig sie ihm auch immer gewesen war – damals waren sie einfach Kumpels. Jetzt saß eine junge wunderschöne Frau vor ihm. Was ein Jahr ausmachen konnte …

„Du, hast du Lust mit mir zum See zu fahren? Es ist so heiß und ich würde gerne noch eine Runde schwimmen."

„Vom See komme ich gerade."

Laura stand auf: „Na, dann eben nicht", drehte sich um und marschierte schnurstracks Richtung Zaun. Pascal sprang auf: „Warte! Es ist eh noch so heiß … fahren wir."

Laura kam zurück und Pascal rechnete damit, dass sie jetzt sagen würde, dass sie keine Lust mehr hatte.

„Ich hole mein Fahrrad", wagte er einen weiteren Vorstoß.

„Kann ich mich hinten draufsetzen?"

„Zu faul um selbst zu fahren?"

„Zu heiß", antwortete sie. Aber er sollte sich abstrampeln … Trotzdem nickte er – sie war wieder da und das war das Wichtigste.

Fünf Minuten später fuhren sie durch die Ahornallee zum See. Laura hatte ihre Arme um seine Hüften gelegt und summte vor sich hin. Er fühlte die Wärme ihres Körpers … sie kam ihm weitaus heißer als die Sonne vor. Vor allem genoss er diese leichte Umarmung. Fest trat er in die Pedale und kurze Zeit später waren sie am See. Außer ihnen war niemand zu sehen und Laura lief sofort zum Ufer, schlüpfte aus ihren Schuhen: „Wunderbar, niemand hier. Da können wir nackt baden."

Pascal erstarrte innerlich. Nackt? Jetzt sollte er sie auch noch ganz ohne sehen … es war vorherzusehen, was das für eine Wirkung auf ihn haben würde, er spürte es ja jetzt schon – nur bei dem Gedanken daran … Doch Laura achtete gar nicht auf ihn. Ungeniert zog sie sich aus, stand nur mehr in Slip und BH da, blickte auf den See hinaus, während sie den Verschluss des BHs öffnete, aus dem Slip schlüpfte und sich ins Wasser stürzte. Pascal hatte nicht viel von ihr gesehen – aber dieser Rücken und ihr fester Po hatten ihn verzückt. Jetzt drehte sie sich im Wasser auf den Rücken und er konnte ihre Brüste sehen. Noch nie hatte sich ein Mädchen vor ihm ausgezogen und ihn derart angezogen. Was immer auch mit Laura in diesem Jahr geschehen war – sie war umwerfend und ihm war klar, dass diese Freundschaft ihre Unschuld verloren hatte.

„Jetzt komm schon! Oder genierst du dich?"

„Schwimm nur, ich komme gleich nach." Sie drehte sich wieder auf den Bauch, hastig entledigte sich Pascal seiner Kleidung und stürzte ins Wasser, froh, den ersten peinlichen Moment überstanden zu haben. Er kraulte zu ihr, dann schwammen sie friedlich nebeneinander her. Früher war hier Lös abgebaut worden, nachdem man das Werk stillgelegt hatte, war nach und nach dieser See mit dem herrlich blauen Wasser entstanden, so klar, dass Pascal deutlich Lauras Körper sehen konnte.

„Das hier habe ich vermisst, das kannst du mir glauben. Es ist der schönste See, den ich kenne … Du bist nicht sehr gesprächig, Pascal. Was ist los?"

„Nichts."

„Okay. Wenn du reden willst, dann sag es einfach." Damit tauchte sie ganz unter und glitt durch das glasklare Nass, schnell wie ein Fisch. Pascal beobachtet jede ihrer Bewegungen und sein Herz klopfte schneller. Man musste in diesem Fall kein Psychologe sein, um zu erraten, was in ihm vorging. Er hatte sich verliebt – rückhaltlos, tief und so heftig, dass ihm das Herz beinahe zersprang. In dem Augenblick als sie durch das Loch im Zaun gekommen war, gab es für Pascal keine Fragen mehr, nur ein Sehen. War das gut? Er kannte sie nun so lange, hatte gedacht, sie wären Vertraute, einfach Freunde. Aber jetzt war auf einmal alles anders. Zumindest für ihn. Wie ging doch noch dieses Lied? „Tausendmal berührt, tausendmal ist nichts passiert … " – und jetzt das …

Lauras Kopf kam wieder empor, sie schüttelte ihn heftig, Wassertropfen flogen: „Komm, lass uns zur Insel schwimmen!" Und ohne seine Antwort abzuwarten, peilte sie das kleine Eiland an, erreichte es als erste und kletterte ohne jede Scham aus dem Wasser auf den großen flachen Felsen und räkelte sich in der Sonne. Okay. Jetzt durfte er nicht kneifen, er nahm all seinen Mut zusammen und stieg ebenfalls auf einen der Felsen, fühlte ihre Blicke, sie lächelte, sagte aber nichts. Um das peinliche Schweigen zu durchbrechen, sagte Pascal: „Willst du das mit meinem Opa wirklich wissen? Es ist keine schöne Geschichte."

„Solange es die Wahrheit ist, interessiert es mich."

„Schwörst du mir, es niemandem zu verraten?"

„So schlimm?"

„Schwöre. Was auf dieser Insel gesagt wird, bleibt auf dieser Insel."

„Gut. Ich verspreche es dir."

Nachdem er die ganze Misere nun schon einmal vor Klaus ausgebreitet hatte, fiel ihm das Erzählen diesmal leichter. Zwar stockte er immer noch an den für ihn besonders schlimmen Momenten, aber er schaffte es, ihr alles zu sagen – was ihm plötzlich sehr wichtig war. Er wollte keine Geheimnisse vor Laura haben. Als er schließlich geendet hatte, drehte sich das Mädchen auf den Bauch und starrte vor sich hin.

„Laura?"

„Du hast es vielleicht nicht wörtlich ausgesprochen, aber alles läuft darauf hinaus, dass du doch denkst, dass er ein Nazi ist."

„Gewesen ist. Wenn überhaupt. Solange er mir nicht die Wahrheit sagt, bleibt diese Vermutung zwischen uns."

„Ja. Das verstehe ich. Trotzdem ist es möglich, dass er keiner war oder ist, sondern sich einfach nur nicht getraut hat nein zu sagen."

„Aber das könnte er doch zugeben."

„Würdest du ihm glauben?"

„Ich weiß nicht mehr, was ich ihm glauben kann und was nicht."

„Hm. Schwierig. Komm mal her zu mir."

„Warum?"

„Ich möchte dir etwas zeigen."

„Was denn?"

„Sei nicht so kompliziert, komm einfach. Oder denkst du, ich habe noch nie einen nackten Mann gesehen?"

Das mochte sein – aber sie war für ihn nicht irgendeine Frau, die da nackt herumlag. Sie war Laura. Seine Laura.

„Jetzt komm schon!"

Pascal gab sich einen Ruck und kletterte zu ihr auf den flachen Felsen. Sie sah ihn dabei nicht an, sondern auf das Wasser hinaus. Als er neben ihr saß, wandte sie sich ihm wieder zu, indem sie sich auf den Rücken legte. Und ohne ein weiteres Wort nahm sie seine Hand und legte sie auf ihren Bauch, der sich sacht hob und senkte. Mit dem Daumen der anderen Hand zeichnete sie seine Lippen nach.

Pascals Denken setzte aus und er beugte sich über sie: „Laura …"

„Mhm?"

„Laura …"

„Ja?"

„Laura, Laura, Laura …" – langsam näherte sich sein Mund dem ihren, doch kurz bevor sich ihre Lippen trafen – hielt er inne. Vorsichtig, als wollte sie ihn nicht verschrecken, kam Laura ihm das letzte Stück entgegen und sachte, wie der Flügelschlag eines Schmetterlings, berührten sich für ein paar Sekunden ihre Lippen. Laura lehnte sich wieder zurück und der leichte Anflug eines Lächelns huschte über ihr Gesicht. Sie sah ihm ganz ruhig in die Augen und flüsterte: „Küss …" – weiter kam sie nicht, denn Pascal legte seine Hand sanft auf ihren Mund, sie schloss die Augen, seine Hand streichelte ihr Gesicht – von ihm aus brauchte dieser Moment nie vergehen. Er sah ihre Schönheit, ihre Haut roch nach Wasser und Sonne, er beugte sich nun ganz über sie und dann küssten sie sich endlich unendlich vorsichtig und zärtlich. Seine Zunge berührte zart die ihre, Laura schlang ihren Arm um seinen Hals, presste sich an ihn und gab ihm den leidenschaftlichsten Kuss, den er je bekommen hatte. Die Sonne verschwand langsam hinter den Bäumen, doch sie bemerkten es nicht, waren versunken ineinander, gefesselt und gebannt vom Zauber des Augenblicks, der dennoch etwas Unschuldiges behielt. Pascal streichelte ihre Arme und Beine, wagte sich jedoch nicht weiter vor, wollte den Moment nicht ausnutzen, dafür war Laura ihm zu kostbar. Er öffnete seine Augen, bedeckte ihr Gesicht mit Küssen, ihre Hände wühlten in seinem Haar, wanderten über seinen Rücken – schließlich gab sie ihm einen leichten Klaps auf sein Hinterteil. Erschrocken fuhr er zurück: „Entschuldige …"

„Pst, küss mich noch einmal, dann müssen wir zurück."

Als sie zurückschwammen, wechselten sie kein Wort, beide waren in ihre Gefühle versunken, immer noch verzaubert von dem was geschehen war. Ohne Scheu stieg Pascal jetzt aus dem Wasser, zog sich an und wartete bis Laura fertig war. Hand in Hand gingen sie zu seinem Fahrrad und fuhren, immer noch schweigend, Richtung Dorf zurück. Kurz bevor sie Lauras Haus erreicht hatten, bremste Pascal und sie stiegen vom Rad, schlenderten nebeneinander das letzte Stück des Weges entlang.

„Sehe ich dich morgen wieder?"

„Notgedrungen. Ich bin deine Nachbarin."

„ … so habe ich es nicht gemeint."

„Ich weiß … es ist nur … alles so neu …"

„Ja. Für mich auch."

Laura hauchte einen Kuss auf seine Wange, lief zum Gartentor, drehte sich noch einmal um, ihre Augen versanken ineinander. Dann ging sie ins Haus.

Daheim angekommen hatte Pascal keine Lust mit seinen Eltern zu sprechen – er wollte den Zauber noch festhalten und nicht durch banale Worte zerreden. Doch der Hunger siegte und er ging in die Küche.

„Guten Abend, mein Schatz. Papa ist noch nicht da. Wo warst du?"

„Am See."

„Oh, herrlich, genau das Richtige bei diesem Wetter. Komm, lass uns essen, heute gibt es kalte Platte."

Pascal setzte sich und begann sich ein Brot mit Schinken, Käse, einem Salatblatt und Paradeisern zu belegen.

„Pascal?"

„Mhm?"

„Du wirkst irgendwie … verändert. Ist etwas passiert?"

„Nein." Warum wussten Mütter immer, wo sie gerade nachbohren mussten? Ach ja, die Druckknöpfe …

„Hast du gewusst, dass Laura wieder zurück ist?"

„Nein."

„Ja, sie ist eine richtige junge Dame geworden. Gestern Abend kam sie an. Du hast sie noch nicht gesehen?"

„Nein."

„Na, sehr gesprächig bist du heute ja nicht. Stimmt vielleicht doch etwas nicht?"

„Alles in Ordnung. Wie war dein Tag?"

„Langweilig. Zwei Schmerzpatienten und eine Mundhygiene. Naja, wer geht bei diesem Wetter auch gern zum Zahnarzt? Schule?"

„War gut. Ist noch Pudding da?"

„Ja, nimm dir. Ich nehme meinen mit ins Wohnzimmer, da ist ein Film, den ich unbedingt sehen will."

„Dann viel Spaß und gute Nacht."

„Gute Nacht, mein Schatz."

Während Maria ins Wohnzimmer hinüberwechselte, spürte sie zum ersten Mal ganz bewusst, dass ihr Sohn erwachsen wurde … Traurig und schön zugleich. Eigentlich veränderte er sich täglich mehr. Sie musste sich daran gewöhnen, dass sie es immer noch mit ihrem Sohn, aber nicht mit einem Kind zu tun hatte.

Als Pascal sein Zimmer betrat, drehte er kein Licht auf. Er ging ans Fenster und sah zum Nachbarhaus hinüber. Lauras Zimmer war zum ersten Mal seit einem Jahr wieder erleuchtet. Es war ein Licht, das ihm wertvoller war als jedes andere und er gestand sich ein, dass er sich wirklich rückhaltlos verliebt hatte.

Noch lange stand er einfach da und sah in die Nacht hinaus – bis sie ihr Licht löschte. Erst dann zog er sich aus und ging zu Bett.

7.

Als Pascal am nächsten Morgen zum Frühstück hinunter ging – stockte er, denn er hörte nicht nur die Stimmen seiner Eltern. Laura war da. Sie und seine Mutter unterhielten sich angeregt.

„Pascal, schau nur wer da ist! Ich habe mich so gefreut, komm, ich schenke dir Kaffee ein."

„Hallo Pascal!", schenkte ihm Laura ein verschmitztes Lächeln.

„Guten Morgen." Damit setzte er sich und machte sich sein Müsli.

„Was denn, ihr zwei? Mehr habt ihr einander nicht zu sagen – nach einem Jahr?"

Pascal dachte, dass es sehr viel zu sagen gäbe, beschloss aber still zu sein und einfach sein Müsli zu essen. Dabei fing er den Blick seines Vaters auf, der ihn aufmerksam musterte.

„Laura hat so ein aufregendes Jahr hinter sich, du musst dir alles erzählen lassen, Pascal", vermeldete Maria. Er nickte: „Gerne heute Nachmittag."

„Wir könnten zum See fahren, was meinst du?", fragte Laura.

„Gute Idee."

„Wann hast du aus?"

„15 Uhr."

„Dann treffen wir uns doch gleich beim See."

Das war Pascal lieber als vor der Schule. Er wollte Laura für sich allein haben, auf keinen Fall teilen. Sie war so hübsch, bestimmt würde sie auch anderen aus seiner Klasse gefallen. Und dann erst das große Hallo nach ihrer langen Abwesenheit …

Er hatte sein Müsli fertig gegessen und stand auf: „Ich muss los."

„Warte, ich komme mit – auf Wiedersehen."

Die Eltern nickten ihnen zu und sie verließen die Küche. Kaum waren sie um die Ecke gebogen, flüsterte Laura: „Ich habe etwas gefunden. Über Hartheim, hier, eine DVD. Da geht es um die Zeit, bevor das Schloss zum Museum umgebaut wurde. Da, steck sie ein.", dabei zog sie die DVD unter ihrem T-Shirt hervor.

„Das ist cool, danke. Wo hast du sie her?"

„Meine Eltern hatten sie mal gekauft. Das ist mir gestern eingefallen, nachdem ich zu Hause war."

Sie standen bei seinem Fahrrad, Pascal schulterte den Rucksack.

„Bis später, Laura."

„Ja, wir sehen uns beim See. Kommst du alleine?"

Er sah ihr in die Augen: „Auf jeden Fall. Was machst du heute?"

„Hartheim googeln. Du hast mich neugierig gemacht."

Wenn du mehr darüber wissen willst, kann ich dir ein sehr gutes Buch über das Schloss borgen."

„Oh ja!"

„Du kannst es dir aus meinem Zimmer holen. Liegt auf dem Schreibtisch."

„Jetzt gleich?"

„Wann immer du willst."

„Dann jetzt gleich. Bis später!", damit verschwand sie wieder im Haus und lief die Treppe zu Pascals Zimmer hoch, öffnete die Tür und blieb stehen. Hier hatten sie sich vor einem Jahr von einander verabschiedet. Das Zimmer war anders als damals. Keine Poster mehr an den Wänden, alles war ordentlich … und vor allem sog sie seinen Geruch ein. Er hatte sich verändert. Sie hatte sich verändert. Dass das so eine Wirkung auf sie beide haben würde, damit hatte sie nicht gerechnet … Sie ging zum Schreibtisch, entdeckte das Buch sofort, griff danach, wollte wieder gehen … doch bei seinem Bett stoppte sie, ging auf die Knie und schnüffelte an seinem Kissen. Herrlich! Sachte legte sie ihren Kopf darauf, strich über die Decke. Pascal …

Deutschunterricht. Und heute bekamen sie die Aufsätze zurück. Professor Schubert war nicht in bester Stimmung: „So viele Themenverfehlungen hatten wir selten, meine Damen und Herren! Hier, Robert, das ist ein glatter Fünfer. Warum schreibst du in den höchsten Tönen über ein Computerspiel, in dem man nur Menschen abschlachtet? Wir haben über die Millionen Toten der beiden Weltkriege gesprochen – ich hatte schon erwartet, dass ihr sensibel genug seid, um euch das zu Herzen zu nehmen.

Marie, ebenfalls ein Fünfer! Du schreibst über Schönheitspflege und ... egal, was hat das mit Krieg und Frieden zu tun? Jenny, fünf. Peter fünf. Leo ebenfalls und Gerhard auch. Jonas, bei dir ging sich gerade noch ein Vierer aus. Aber auch nur, weil ich einen guten Tag hatte. Klaus, zwei. Und hier habe ich den einzigen Einser: Pascal, die Geschichte ist mir sehr zu Herzen gegangen, sie ist schlimm, weil sie so realistisch ist ...", so ging es weiter, es gab noch drei Fünfer, eine Menge Vierer und zwei Dreier. Pascal aber freute sich, denn die Geschichte hatte ihm wirklich am Herzen gelegen. Klaus, der neben ihm saß, war ebenfalls zufrieden und schrieb auf einen Zettel: „Gehen wir nachher was trinken?" Antwort Pascal: „Ich kann nicht. Habe ein Date." Überrascht sah ihn Klaus an, schrieb: „Warum weiß ich davon nichts, alter Geheimniskrämer?"

„Erzähle ich dir am Samstag."

„Du kommst aber wirklich?"

Pascal zögerte kurz, schrieb dann aber: „Ja."

„Großvater?"

„Nichts neues."

„Okay, wir reden am Samstag."

„Passt."

Sie konzentrierten sich wieder auf Professor Schubert, die noch einige Klassenkameraden auseinandernahm. So sauer war sie schon lange nicht. Aber auch die schlimmsten Stunden nehmen mal ein Ende und immerhin war nächste Woche die letzte Schulwoche. Zwei lange Monate Ferien lagen vor ihnen wie ein weißes Blatt Papier, bereit von ihnen bemalt zu werden. Pascal rechnete sich im Stillen seinen Notendurchschnitt in Deutsch aus. Zweimal hatte auch er in diesem Jahr bei Arbeiten danebengehauen, aber der Einser, den er jetzt bekam, könnte ihn vor einem „Befriedigend" als Gesamtnote bewahren. Somit würde sein Zeugnis aus Einsern und Zweiern bestehen – Mathematik und Latein wackelten da noch seiner Ansicht nach, aber er hoffte das Beste. Er versuchte sich zu konzentrieren, doch wanderten seine Gedanken wie Wolken durch seinen Kopf. Laura ... sein Großvater ... seine Eltern, die morgen nach Hartheim fuhren ... und wieder Laura ... Nach den Gesprächen mit Klaus war Laura die Person, die ihm am meisten Auftrieb gab. Waren sie jetzt zusammen? Es war möglich, dass es für Laura aus der Intensität des Augenblicks entstanden und nicht mehr als eine Sommerromanze war. Das machte ihn nervös, doch sie jetzt schon zu fragen, ob sie ein Paar waren, kam ihm zu früh vor. Wenigstens entkam er morgen der Heimkehr seiner Eltern. Er durfte nur nicht vergessen, das Handy zu Hause zu lassen. Bestimmt würden sie ihn anrufen und diesem Ansturm fühlte er sich nicht gewachsen. Er war aufgewühlt und spürte, dass er Abstand brauchte. Irgendwohin fahren, egal wo. Nur eine Zeit lang die Hand von der heißen Herdplatte nehmen, sich um nichts kümmern oder sorgen. Aber so war er nicht gestrickt, er kannte sich zu gut und wusste, dass er hierbleiben und die Geschichte durchstehen würde. Auch wegen Laura wollte er nicht weg. Laura ... Das Läuten der Schulglocke riss ihn aus seinen Gedanken.

Als er nach der Schule losfahren wollte, spürte er eine Hand auf seiner Schulter, drehte sich um. Klaus.

„Wer ist die Glückliche?"

„Morgen."

„Sag mir wenigstens, wer es ist."

Schweigen.

„Komm, spann mich nicht so auf die Folter. Die aus der sechsten Klasse, die dich immer so anhimmelt?"

„Wer?"

„Emilia heißt sie, glaube ich."

„Kenne ich nicht."

„Die mit den blonden langen Haaren, die Kleine ... Okay, sie ist es nicht."

„Nein ... Sie ist wieder zurück, Klaus."

„Was? Laura?"

„Ja, Laura."

Klaus lächelte: „Das war schon lange fällig."

„Wie meinst du das?"

„Du und Laura – das war mir immer klar. Oder sagen wir so: Ich habe damit gerechnet."

„Warum?"

„Morgen."

Pascal nickte ihm zu, schwang sich aufs Rad und schlug den Weg zur Allee ein. Er hatte es nicht eilig, darum blieb er kurz vor dem See stehen und setzte sich unter einen Baum unweit der Straße. Er spürte die Furchen der Rinde in seinem Rücken, fühlte sich mit dem Baum verbunden. Das gab ihm Kraft. Der Wind fuhr ihm durchs Haar und er sah, wie sich die Ähren vor ihm wiegten. Leben war Bewegung. Stagnation bedeutete den Tod. Er war mit seinem Problem zu lange auf der Stelle getreten. Lauras Rückkehr hatte ihn wieder in Bewegung gebracht. Er dachte daran, wie sehr sie ihm gefehlt hatte und dass er sie vermutlich schon länger liebte als ihm bewusst war. Vermutlich hatte er ihre Abwesenheit gebraucht, um zu verstehen, was sie ihm bedeutete. Seine Vertraute, seine Freundin – seine Liebste? Und Opa? Mit einem Mal dachte er, dass es vielleicht gar nicht so wichtig war den alten Mann davon zu überzeugen, dass er unrecht gehandelt hatte. Pascal lag vielmehr daran seine komplizierte Persönlichkeitsstruktur zu verstehen. Was brachte es ihm, wenn er seinen Großvater dazu bekam sich schlecht zu fühlen? Was geschehen war, war nicht mehr rückgängig zu machen. Und er würde niemals eingestehen, dass er genau gewusst hatte, was er tat und warum. Selbst jetzt noch musste ihm das klar sein, auch wenn man mit 97 sicherlich das eine oder andere wirklich vergessen oder so abgespalten hatte, sodass der bewusste Zugang verwehrt blieb. Mittlerweile hielt Pascal alles für möglich. Die Seele war ein weites Land – um eine Anleihe bei Schnitzler zu nehmen.

Trotzdem. Er vergrub das Gesicht in seinen Händen. Müde. Das alles machte ihn müde und einsam. Er riss eine Ähre ab und aß die Getreidekörner, mochte ihren erdigen Geschmack. Aber jetzt musste er weiter, er wollte Laura nicht zu lange warten lassen. Fünf Minuten später war er am See, Laura lag auf einer Decke und schlief in der Sonne. Leise trat er zu ihr, ihre Lippen waren leicht geöffnet, eine Hand lag auf ihrem Bauch, der sich ruhig und gleichmäßig hob und senkte. Vorsichtig, um sie nicht zu wecken, ließ Pascal sich neben ihr auf der Decke nieder, stützte sich auf dem Ellenbogen auf, sah sie einfach nur an und war glücklich. Er mochte es wie wild ihre Locken sprangen, wickelte eine ihrer Haarsträhnen um seinen Finger. Mit einem Mal fühlte er sich auch müde, legte sich nun ganz neben sie, schloss die Augen und schlief ein.

Als Laura erwachte und Pascal neben sich liegen sah, überkam sie zum ersten Mal wirklich das Gefühl wieder daheim zu sein. Pascal – das bedeutete Freundschaft, Vertrautheit und das Aufkeimen eines völlig neuen Gefühls, das sie ihm gegenüber bisher nie empfunden hatte. Sie beschloss ihn weiterschlafen zu lassen, legte behutsam ihren Kopf auf seine Brust. Spürte, lauschte seinem Herzschlag, sog seinen Geruch ein, schloss die Augen und genoss diesen jungen, schönen Mann mit allen Sinnen.

Kurz darauf erwachte Pascal von dem Gewicht auf seiner Brust, als er sah, dass es Lauras Kopf war schlug sein Herz schneller. Er legte seinen Arm um sie, streichelte ihre von der Sonne gewärmte Haut. Laura genoss seine Zärtlichkeit, richtet sich aber nach einigen Minuten auf, beugte sich über Pascal, um ihm einen Kuss zu geben. Dann setzte sie sich neben ihn.

„Pascal, ich habe nachgedacht."

„Worüber?"

„Über deinen Großvater. Ich meine … ich kann deine Gedanken und Gefühle nachvollziehen. Du brauchst eine Antwort und wer weiß, wie lange du noch Zeit dazu hast ihm Fragen zu stellen. Es gibt zwei Möglichkeiten. Die eine ist, noch einmal mit ihm zu sprechen. Und die andere ist, dass du nach seinem Tod seine persönliche Habe durchgehst. Vielleicht findest du da eine Spur. Allerdings ist dann keiner mehr da, der dir deine Fragen beantworten kann."

„Ich weiß. Aber ich will ihn nicht aufregen. Und ich glaube nicht, dass er meine Fragen beantworten wird."

„Ich war heute in Eferding in der Buchhandlung. Sie hatten das Buch von Anna Freud über die Abwehrmechanismen auf Lager, ich habe es dir mitgebracht. Lies es und sprich danach mit ihm. Es ist nicht besonders dick und ich finde die Sprache gut verständlich."

„Das ist sehr lieb von dir, danke. Wieviel bekommst du?"

„Nichts."

„Das geht doch nicht."

„Alles geht. Nimm es einfach an. Ich möchte dir bei deiner Suche beistehen – sofern dir das recht ist."

Er zog sie an sich und küsste sie: „Mehr als recht."

„Wer weiß noch davon?"

„Nur Klaus."

„Ja, das dachte ich mir. Was meint er dazu?"

„Konnte es auch nicht glauben. Morgen übernachte ich bei ihm, da wollen wir reden."

„Morgen? Ich wollte euch einladen – eine kleine ‚back home again' Party."

„Weißt du, ich kann morgen unmöglich zu Hause sein, wenn meine Eltern von Hartheim zurückkommen. Zu deiner Party würde ich gern kommen, Klaus bestimmt auch. Aber um ehrlich zu sein … ich ziehe es vor, die Flucht vor meinen Eltern zu ergreifen. Ich lasse sogar mein Telefon zu Hause, damit sie mich nicht mit Fragen bombardieren können. Wenn ich am Sonntagnachmittag nach Hause komme, haben sie sich vielleicht schon beruhigt und wir können reden."

„Pass auf, dann verschiebe ich mein Fest einfach auf Sonntagnachmittag. Ich will nicht ohne dich feiern. Kommst du?"

„Auf jeden Fall. Aber … ich … wie soll ich sagen?"

„Gerade heraus."

„Wir beide … ist das, ich meine, sollen die anderen davon wissen?"

„Im Moment finde ich es so schön, dass wir alleine sind, nur wir beide. Lassen wir es auf uns zukommen. Und jetzt lass uns ins Wasser gehen, es ist unendlich heiß."

Nachts versuchte Pascal sich auf Anna Freuds Buch zu konzentrieren. Es war zwar einfacher zu verstehen als die Schriften ihres Vaters, aber von leicht konnte keine Rede sein. Außerdem wanderten seine Gedanken immer wieder zu Laura. Dankbar war er und glücklich – was sie anging. Verzweifelt und zerrissen, wenn er an Opa dachte. Wieder fühlte er sich der ganzen Situation nicht mehr gewachsen. Und er hatte auch nicht das Gefühl bei seinen Recherchen weiter voranzukommen. Zwar sammelten sich immer mehr Informationen und Wissen in seinem Gehirn, doch meinte er, dass es bald platzen müsste, weil er einfach nicht zu einer Lösung, zu keiner Verhaltensposition kam. Immerhin war er nun mit seinem Wissen nicht mehr allein. Laura und Klaus. Seine beiden Stützen, Freunde und Vertraute. Eigentlich unglaublich was man alles gleichzeitig fühlen und empfinden konnte … Liebe und Verzweiflung, Freude und Trauer. Um nur ein paar der Gefühle zu nennen, die in ihm tobten.

Wenn er diesen Gedanken weiter verfolgte, kam er automatisch wieder auf seinen Großvater. Vielleicht waren auch in ihm damals die unterschiedlichsten Emotionen gekreist. Was war letztendlich für seine Entscheidung ausschlaggebend? Gute Bezahlung? Angst? Wie schön wäre es, den alten Mann einfach fragen zu können. Doch nach der neuesten Erkenntnis, dass sein Großvater auch dabei war, als die Asche und die Knochenreste heimlich beiseite geschafft wurden … Das war mehr als Pascal ertragen konnte. Es brachte ihn soweit zu denken, dass er nichts mehr mit diesem Mann zu tun haben wollte. Großvater hin oder her. Es war zu viel. Es war einfach alles zu viel.

Zweifelnd betrachtete er das Buch in seiner Hand. Bisher hatte er nur verstanden, dass man durch Es – Durchbrüche, die man Fehlhandlungen nannte, Einblicke in das Unbewusste bekam. Diese Durchbrüche konnten immer dann auftreten, wenn die Wachsamkeit des Ichs durch irgendwelche Umstände eingeschränkt oder abgelenkt waren. Sich versprechen oder vergessen waren solche Fehlhandlungen. Könnte seine Wut bei dem ersten Gespräch mit Opa so eine Fehlhandlung hervorgerufen haben? Wenn ja … Wenn, wenn, wenn! Pascal hatte genug von den „Wenns". Er wollte nicht mehr lesen, sich und seine Gedanken nicht mehr verstecken. Die Wahrheit sah doch so aus: Er konnte noch hunderte Bücher lesen – in Geist und Seele seines Großvaters konnte er trotzdem nicht blicken. Wütend knallte er das Buch auf den Fußboden, verpasste ihm einen Tritt, sodass es in eine Ecke flog. War es jetzt soweit eine Entscheidung zu treffen? Hatte er genug Material zusammengetragen? Reuig stand er auf und holte das Buch wieder. Was konnte Anna Freud dafür? Es war genug für heute. Er wollte schlafen, morgen mit Klaus sprechen und dann noch einmal mit Laura. Die Reaktion seiner Eltern auf Schloss Hartheim und den Film, den sie sehen würden abwarten – dann musste eine Entscheidung her. Er wollte und konnte so nicht weitermachen. Eine klare Position beziehen und seine Liebe genießen. Ja, es war an der Zeit.

Müde. Er war so, so müde. Woran sollte er denken, um einschlafen zu können? Bei dem Gedanken an Laura schlug sein Herz so schnell, dass er meinte, es müsste ihm aus der Brust springen. Und dachte er an Großvater, taten sich solche Abgründe auf, dass er Angst hatte hineinzufallen. Schlafen. Bitte, endlich wieder gut und ruhig schlafen.

Samstag. Maria und Gerd standen früh auf, frühstückten auf der Terrasse. Er schenkte ihnen beiden gerade die zweite Tasse Kaffee ein, als Maria laut dachte: „Pascal ist wieder mehr er selbst. Und weißt du seit wann?"

„Seit Laura wieder da ist."

„Ist dir das auch aufgefallen?"

„Schatz, man müsste schon blind und taub sein um nicht mitzubekommen, wie es zwischen den beiden knistert."

„Meinst du? Ich weiß nicht. Sie kennen sich schon so lange, warum sollte plötzlich wie ein Blitz die Liebe einschlagen?"

„Ein Jahr ist lang und beide haben sich sehr verändert."

„Ja schon - aber ich will nicht, dass sie Pascals Herz bricht."

„Ich habe mir immer schon gedacht, dass die beiden ein schönes Paar wären. Lass sie es also versuchen."

„Meinst du da läuft schon etwas?"

„Ja."

„So schnell?"

„Worauf sollen sie denn warten, Liebes? Sie sind jung, sie sind verliebt. Außerdem ist sie ja nicht Pascals erste Freundin."

„Ach, diese Maria, an die denkst du jetzt. Die ständig hier angerufen hat, nachdem Pascal mit ihr schlussmachte. Die ist mir auf die Nerven gegangen."

„Unserem Sohn offensichtlich auch, sonst hätte er sie nicht verlassen."

„Eine aufregende Zeit für ihn."

„Und für uns. Wir sollten langsam los. Unsere Führung beginnt um zehn Uhr."

„Ja. Pascal schläft heute bei Klaus."

„Ich weiß. Lass uns fahren."

Kurz darauf kamen sie in Hartheim an. Man musste ja nicht lange nach dem Schloss suchen, war es doch schon von weitem sichtbar. Den hohen Rauchfang gab es nicht mehr und auch sonst sah man von außen dem gut renovierten Bau nicht an, welche Geschichte er hatte. Das änderte sich für Gerd aber, als sie eintraten. Sofort wusste er, was sein Sohn mit der bedrückenden Atmosphäre gemeint hatte. Ihm war, als würden die tausenden Toten noch anwesend sein, als hingen ihre gequälten Seelen an dem alten Gemäuer fest. Gerd wusste, dass man nach dem Hochwasser 1954 hier Menschen einquartierte, die alles verloren hatten. Er fragte sich, ob er es geschafft hätte hier zu leben? Andererseits – wenn man nichts mehr besaß, war den Menschen nichts anderes übrig geblieben. Man hatte nicht immer die Wahl. Oder doch? Konnte das Außen so stark sein, dass es einem Entscheidungen abnahm?

„Gerd, das ist ein schönes Schloss."

„Spürst du sie nicht?"

„Wen?"

„Die Toten."

Sie blieb stehen und schloss die Augen, lauschte in sich hinein: „Naja, man spürt schon, dass hier einiges geschehen ist. Aber wie spürt man Tote?"

„Ich habe das Gefühl als wären die Ermordeten noch hier, als würden sie hier festhängen. Es ist sehr bedrückend, Pascal hatte recht."

Sie waren zuerst um das Schlossgebäude herum gegangen. Den alten Holzschuppen, in dem die Busse geparkt und die Opfer ausgestiegen waren, gab es nicht mehr. An seiner Stelle stand nun ein symbolischer Neubau. Glas- und Metallplatten ersetzten die Bretterwand und auf den Glasplatten lasen sie die Namen der Orte, von denen die Transporte ausgegangen waren. Sie erfuhren, dass die Ermordeten zuerst in den Auskleideraum geführt wurden. Die Nazis hatten einen Bretterverschlag errichtet und auch diesen bei den Rückbaumaßnahmen entfernt. Heute war er mit Stahlpaneelen nachempfunden und im ersten Arkadenfeld hatte man mithilfe dieser Paneele einen Barcode errichtet der die Zahl 1940 darstellte. Im ehemaligen Auskleideraum selbst war eine Dokumentation, in der bestimmte Opfer und Täter beschrieben wurden, eingerichtet. Maria mochte diesen Raum nicht und wollte weiter, doch Gerd hatte Interesse sich die Beschreibungen genauer anzusehen und bat sie vorauszugehen.

Später folgte er ihr in den damaligen Untersuchungsraum. Hier fand er seine Frau still sitzend und vor sich hinstarrend. Genau dazu war der Raum auch gedacht – als Gedenkraum. Hier konnte man für die 30.000 Opfer beten, ihrer gedenken. Gerd setzte sich neben Maria, sie nahm seine Hand und flüsterte: „Du hast recht. Man spürt sie."

Lange blieben sie hier, fühlten Trauer, Entsetzen, aber auch Frieden. Seltsamerweise. Die Namen der Opfer waren auf Glasplatten eingeritzt. Ein Computerprogramm hatte eine zufällige Reihenfolge erstellt. So konnte gar nicht erst der Gedanke aufkommen, dass jemand eine willkürliche Reihung und Bewertung der Menschen vorgenommen hatte. Außerdem waren persönliche Gegenstände hier ausgestellt, die man im Zuge einer Grabung an der Ostseite des Schlosses gefunden hatte. Das machte die Stimmung bedrückender und die Präsenz dieser Menschen noch deutlich fühlbar, vor allem realer. Es waren nicht mehr nur Namen, hier war ihr Besitz – zumindest das, was davon übrig war und das war sehr persönlich. An der erwähnten Ostseite des Gebäudes hatte man auch Knochenreste und Krematoriumsasche gefunden. Man setzte sie 2009 in einem Sarkophag bei.

„30.000 Menschen, Maria. 30.000 mal Leben, Lieben, Lachen. Alle vernichtet. Es ist so unfassbar."

„Wenn man diese Gegenstände sieht … es macht diese armen Menschen so greifbar. Bitte lass uns weitergehen."

Sie folgten dem Steg, der im ehemaligen Untersuchungsraum seinen Anfang nahm und der sie in die weiteren Räume führte. So hatte man den Zustand der Räume erhalten. Sie kamen in die Gaskammer. Hier hatte man also die Menschen zusammengepfercht und ermordet, darum war an diesem Ort die Atmosphäre am dichtesten. Bilder tauchten in Gerd auf, Bilder, so schrecklich. Vergast zu werden war kein schmerzloser Tod. Es war qualvoll. Maria wurde übel, sie musste sich an Gerd festhalten und er führte sie weiter den Steg entlang in den Technikraum, in dem die Gasflaschen gestanden hatten. Von diesem Ort ging es unmittelbar weiter in den Leichenraum, wo die Toten gelagert worden waren. Der Fußboden war gefliest. Und Gerd hatte gelesen, dass man Wasser auf den Boden geleert hatte, um die Ermordeten besser dahin schleifen zu können.

Nun kam, wie nicht anders zu erwarten war, das Krematorium. Hier endete der Steg. Und hier waren die toten Körper verbrannt worden. Natürlich hatten die Nazis auch den Ofen entfernt. Seine Position wurde von einem von der Decke hängenden Scheinwerfer genau gekennzeichnet. Dieser Anblick war besonders stark und einprägend und machte, obwohl man keinen Ofen sehen konnte, das Grauen noch greifbarer.

Gerd sah, wie blass Maria geworden war und nahm sie an der Hand. So verließen sie gemeinsam den Raum, den sie niemals vergessen würden und gingen weiter, um in anderen Räumlichkeiten Informationen zur Nazi-Euthanasie und die Rolle, die Schloss Hartheim dabei gespielt hatte zu betrachten.

Und dann – sahen sie den Film.

Pascal und Klaus lagen im Gras, tranken kalte Cola und sahen in den strahlend blauen Himmel.

„Wann es wohl mal wieder regnet? Sieh dir das an – wie trocken alles ist, sogar das Gras wird schon braun."

„Es wird regnen, Klaus, vermutlich wenn wir Ferien haben."
Sie lachten.
„Du und Laura. Erzähl."
„Sie ist wieder da und sie hat sich im letzten Jahr … verändert zu sagen, klingt blöd. Sie ist anders. Sie ist kein Kind mehr."
„Du auch nicht."
„Nein."
„Und?"
„Scheint so, wir haben das beide gleichzeitig erkannt."
„Wie gesagt, es überrascht mich nicht."
„Das hast du gesagt."
„Ich habe immer schon gedacht, dass ihr beide das perfekte Paar abgeben würdet. Vor allem … naja, sie war damals ziemlich eifersüchtig, als du mit Maria zusammen warst."
„Echt jetzt?"
„Fix. Ist dir das nie aufgefallen?"
„Naja, sie hat kein gutes Haar an Maria gelassen – ich muss allerdings zugeben, dass sie mit allem Recht hatte. Maria war wie eine Klette."
„Das habe ich dir auch gesagt. Sie ist süß – aber völlig verdreht."
„Weniger verdreht als lästig. Nach einem Monat hatte ich das Gefühl keine Luft mehr zu bekommen. Wenn wir uns nicht gesehen haben, hat sie ständig angerufen. Sogar meine Eltern waren genervt und die regen sich nicht so schnell auf."
„Ich weiß. Und die arme Laura musste das mitansehen. Wenn du nicht da warst, hat Maria so getan, als wärt ihr so gut wie verlobt. Da ist ihr Laura aber ein paar Mal ganz schön über den Mund gefahren."
„Das habe ich nicht gewusst. Warum hast du mir das nie erzählt?"
„Ich mische mich nicht in deine Liebesangelegenheiten ein, Pascal. Bei aller Freundschaft, aber das geht mich nichts an. Außerdem war ich mir sicher, dass es nicht lange halten wird und damit hatte ich ja dann auch Recht. Und ich habe gehofft, dass du irgendwann erkennst, dass deine große Liebe nur einen Gartenzaun weiter wohnt."
„Meine große Liebe … ist sie das?"
„Sag du es mir."
„Pfff …"
Klaus lachte und gab seinem Freund einen sanften Stoß: „Ihr passt gut zusammen. Lief schon etwas?"
Schweigen.

„Also ja. Mir kannst du es ja wohl sagen. Du weißt, ich halte dicht."

„Ja, es war was. Aber ich bin mir nicht sicher, wie ernst sie es meint."

„Laura ist keine, die einen zum Spaß an der Nase rumführt. Lass dich einfach drauf ein und genieß es."

Pascal nahm einen großen Schluck Cola.

„Klaus …"

„Ja?"

„Ich kann nicht mehr. Mir ist alles … ich weiß auch nicht, aber keine Ahnung, wo mir der Kopf steht. Auf der einen Seite Laura und auf der anderen mein Großvater. Ich lese und lese … Laura hat mir dieses Buch von Anna Freud besorgt. Bis jetzt geht es hauptsächlich um Penisneid. Und ich denke nicht, dass es das ist woran mein Großvater leidet."

„Wie weit bist du?"

„Seite 60."

„Wieviel Seiten hat es?"

„171."

„Dann musst du dich durchkämpfen."

„Ich will nicht mehr, ich bin es leid und ich habe echt keine Kraft mehr. So viel Infos habe ich gesammelt, dass mir der Kopf platzt. Und trotzdem … es bringt mich nicht weiter. Das heißt – so kann man das auch nicht sagen. Was du mir erzählt hast, ich meine das von den Aufgaben der Fahrer. Mensch, wenn er nur Busfahrer gewesen wäre, okay, das hätte mir nicht gefallen und gut finde ich es auch nicht. Aber dass er mitgeholfen hat die Asche zu beseitigen, das bedeutet für mich, dass er noch stärker und tiefer involviert war, als wir angenommen haben. Damit ist ganz klar, dass er wusste, was da abgegangen ist."

Klaus drehte sich auf den Bauch und sah Pascal an: „Ja, das ist wahr. Der ganze Müll, den er dir da erzählt hat, von wegen Kraftstoffherstellung für U-Boote … das ist doch das, was die SS auch den Hartheimern erzählt hatte. Vielleicht bist du soweit."

„Was meinst du damit?"

„Ich meine, dass du schon Position bezogen hast. Ich kenne dich, du denkst lange und genau nach, bevor du etwas unternimmst. Das ist gut so. Aber wenn du ehrlich zu dir selbst bist, hast du schon einen Entschluss gefasst, oder?"

„Ich bin mir noch nicht sicher wie dieser Schluss aussieht, weißt du. Eigentlich wollte ich abwarten, was meine Eltern morgen sagen."

„He, komm, du kannst deine Entscheidungen auch ohne sie treffen. Ich meine, für deinen Vater liegt die Sache noch einmal anders. Er ist sein Sohn. Ich finde das macht es noch ärger, wenn der eigene Vater …"

„Ja, schon. Aber war Großvater nun ein Nazi oder nicht?"

„Er sagte doch, er wäre dienstverpflichtet worden."

„Ja, aber ich weiß nicht mehr, was ich ihm noch glauben kann. Wenn ich ehrlich sein soll … okay, er könnte dienstverpflichtet worden sein. Doch ich habe dir auch erzählt, dass andere ausgestiegen sind – ohne dass sie deshalb bestraft wurden. Das hätte er also auch tun können. Ich schaue ihn an, ich denke an ihn und frage mich: Wer ist dieser Mann?"

„Immer noch dein Großvater. Auch wenn er Dreck am Stecken hat."

„Du verharmlost es."

„Tue ich gar nicht."

„Dann sag mir, was du an meiner Stelle tun würdest."

Klaus drehte sich wieder auf den Rücken und dachte nach.

„Und?"

„Ich denke an meinen Großvater … wenn er … verdammt. Man kann doch seine Gefühle nicht einfach abschalten. Ich wäre schon gewaltig sauer und enttäuscht."

„Das bin ich auch. Aber was würdest du tun?"

„Ganz ehrlich?"

„Ja, bitte."

„Wenn sich herausstellen würde, dass er ein Nazi war, der das getan und gewusst hat … Also, wenn der Fall wie bei deinem Opa liegen würde – ich könnte ihn nicht mehr ansehen. Ich würde seine Gegenwart nicht ertragen."

„Du würdest dich also abwenden – ohne genau zu wissen, was ihn tatsächlich dazu bewogen hat zu tun, was er getan hat?"

„Ja. So hart das klingt. Wenn er mir erzählt hätte, von sich aus und viel früher, was er getan hat und warum … das wäre auch hart, aber dann würde er dazu stehen. Und vielleicht könnte ich es begreifen. Aber so? Nein, das würde ich nicht aushalten."

„Ich halte es auch nicht aus."

„Dann musst du die Konsequenz ziehen."

„Ich möchte es noch mit Anna Freud versuchen und abwarten, was meine Eltern sagen. Und einmal will ich noch mit Opa sprechen, ihm die Möglichkeit einräumen, die Wahrheit zu sagen. Und dann fälle ich meine Entscheidung."

„Das wird hart. Aber ich bin da, wenn du mich brauchst."

„Danke, Klaus."

„Hast du mir das Buch mitgebracht, das von Frankl?"

„Ja, ist in meinem Rucksack."

„Dann lass uns raufgehen und ich gebe dir das Buch über Witze von Freud. Und ich habe Lust eine Runde zu zocken."

„Ich auch."

„Dann komm."

„Er geht nicht an sein Handy, Gerd! Ich habe es jetzt fünfmal versucht, aber er geht nicht ran!"

„Wenn er bei Klaus ist, hat er es vielleicht auf lautlos geschalten."

„So ein Unsinn. Ich sage dir, was los ist. Er hat gewusst, was wir sehen werden. Deshalb wollte er auch nicht mitkommen – wollte nicht dabei sein, wenn wir es erfahren. Er hat es gewusst, Gerd! Gewusst! Die ganze Zeit über und er hat uns kein Wort gesagt! Zumindest mit dir hätte er sprechen müssen – es ist immerhin dein Vater!"

Gerd schwieg und versuchte sich krampfhaft auf den Verkehr zu konzentrieren. Er stand unter Schock. Und plötzlich verstand er das Verhalten seines Sohnes in den letzten Wochen. Wie hätte er selbst denn in dieser Situation reagiert? Der Junge war überfordert, das war klar. Und deshalb hatte er das Gespräch mit Jörg gesucht. Das war wohl weniger gefährlich als mit den eigenen Eltern … Verdammt – hatte Pascal so wenig Vertrauen zu ihm?

Seine Frau sprach aus, was er gerade dachte: „Warum hat er uns nicht eingeweiht? Hat er denn gar kein Vertrauen zu uns?"

„Ich glaube …"

„Was, Gerd?"

„Ich glaube, er wusste nicht, was er tun sollte. Und er hatte Angst, wie wir reagieren würden. Und um ehrlich zu sein – ich würde es nicht glauben, wenn ich es nicht mit eigenen Augen gesehen hätte."

„Ich glaube es immer noch nicht. Das muss eine Verwechslung sein. Dein Vater hätte doch nie bei so etwas mitgemacht. Und überhaupt: Er hätte uns davon erzählt."

Gerd dachte nach.

„Sag etwas, Gerd!"

„Was soll ich denn sagen, Maria? Das auf dem Foto war mein Vater, da habe ich nicht den geringsten Zweifel. Und dass er nicht davon erzählt hat ... wahrscheinlich hat nicht einmal meine Mutter davon gewusst. Bestimmt hat er sich geschämt. Oder wusste, dass er Unrecht getan hatte und ... Ach, ich habe keine Ahnung. Ich muss immer nur an seinen Auftritt an deinem Geburtstag denken. Wie er sich da aufgeregt hat. Jetzt verstehe ich das natürlich. Er hat sich wie jemand benommen, den man auf frischer Tat ertappt hat und der trotzdem alles abstreitet. Angriff als beste Verteidigung. Denke ich. Wissen kann ich es nicht. Im Moment weiß ich gar nichts mehr ... Wer ist mein Vater? Der liebevolle Ehemann, Vater und Großvater oder ein Ex-Nazi?"

„Warum geht Pascal nichts ans Telefon?"

„Das interessiert mich nicht. Ich muss mit dem klarkommen, was ich gesehen habe."

„Wir fahren jetzt zu Klaus und stellen Pascal zur Rede! Auf der Stelle!"

„Verstehst du nicht, dass unser Sohn zu seinem besten Freund geflüchtet ist? Vor uns! Weil er Angst hat, was wir zu ihm sagen werden. Und ich bin mir sicher, dass er die ganze Zeit hin und her gerissen war, was er tun soll."

„Was er tun sollte? Das kann ich dir sagen – er hätte uns erzählen müssen, was er herausgefunden hat. So aber hat er alles an Großvater ausgelassen und wir stehen da wie die Idioten, weil wir von nichts wussten!"

„Hättest du ihm geglaubt? Ich meine, ohne das Foto gesehen zu haben? Ich nicht, ganz ehrlich. Und das hat er gespürt. Du weißt, wie sensibel er ist, Pascal spürt so etwas."

„Hör auf ihn in Schutz zu nehmen! Es ist unfassbar! Wie konnte er uns so für dumm verkaufen!"

„Gib nicht Pascal die Schuld, an dem was mein Vater getan hat."

„Das mache ich doch gar nicht."

„Doch!"

„Nein! Unser Sohn hat kein Vertrauen zu uns! Was sind wir nur für eine Familie!"

Gerd bremste, fuhr auf den Pannenstreifen und blieb stehen, sah seine Frau an: „Hör auf, Maria! Ich verstehe jetzt Pascals Verhalten. Wen ich nicht verstehe – das ist mein Vater. Und ich bitte dich, hör auf, auf unseren Sohn loszugehen. Gönn mir eine Atempause. Ich muss das erst verkraften, was ich jetzt weiß."

„Und was ist mit mir? Auf mich nimmt keiner Rücksicht!"

„Es ist auch nicht dein Vater oder Großvater. Du hast eine ganz andere Beziehung zu ihm. Und das ist gut so. Aber für mich … kannst du dir nicht vorstellen, wie ich mich jetzt fühle. Mir hat es den Boden unter den Füßen weggezogen und ich bin im freien Fall …"

„Wir fahren jetzt sofort zu Klaus und stellen Pascal zur Rede!"

„Nein."

„Ich will aber!"

„Maria, es geht jetzt nicht darum, was du willst oder nicht. Gib mir Zeit. Und lass mich allein mit Pascal reden."

„Du willst mich ausschließen! Wahrscheinlich seid ihr euch dann einig was Großvater angeht und mich willst du außen vorlassen."

Gerd sagte kein Wort mehr, startete den Wagen und reihte sich wieder in den Verkehr ein. Neben ihm schluchzte Maria in ihr Taschentuch und fühlte sich von aller Welt alleingelassen. Wie konnte Pascal sie so ins offene Messer laufen lassen? Sie verstand die Welt nicht mehr. Und Gerd war ihr auch keine Hilfe. Ihr Schwiegervater, ein Nazi! Und sie hatte ihm noch die Stange gehalten, sich lächerlich gemacht in ihrem naiven Glauben an das Gute.

„Hör auf, Pascal die Schuld zu geben. Und sag jetzt nicht, dass du das nicht tust. Ich weiß, dass du es machst."

„Aber …"

„Bitte, hör auf damit. Ich bringe dich jetzt nach Hause und dann fahre ich zu meinem Vater. Ich muss mit ihm sprechen."

„Du wirst ihn nur aufregen."

„Ich habe nicht vor auf ihn loszugehen. Ich will nur wissen, warum er in Hartheim dabei war und nie ein Wort darüber verloren hat. Und wenn du mich fragst, das ist genau das, was auch Pascal versucht hat. Darum die vielen Bücher und der Streit zwischen den beiden."

„Meinst du das wirklich?"

„Sonst würde ich es nicht sagen."

„Nein. Das würdest du nicht." Sie legte ihre Hand auf sein Knie: „Entschuldige. Aber ich bin einfach außer mir."

„Ich auch."

Schweigend fuhren sie bis nach Hause, vor das Haustor. Dort ließ Gerd seine Frau aussteigen.

„Bitte, Liebling, reg ihn nicht auf. Sprich ruhig mit ihm."

„Ich weiß, was ich tue. Und du lass bitte Pascal in Ruhe. Wir reden dann morgen mit ihm, wenn sich die Wogen etwas bei uns geglättet haben. Versprichst du mir das?"

„Also gut." Damit stieg Maria aus und Gerd machte sich auf den Weg zu seinem Vater.

Langsam ging sie auf das Haus zu, schloss auf und ging zunächst in Pascals Zimmer. Auf dem Schreibtisch lag sein Mobiltelefon und sie wusste sofort, dass er es absichtlich zurückgelassen hatte, so gut kannte sie ihn ja doch. Sie setzte sich auf sein Bett und dachte nach. Gerd hatte recht, der Junge war mit der Situation überfordert und hatte deshalb geschwiegen. Dass er sich nun dem ersten Ansturm entziehen wollte, war nur zu verständlich. Was sollte er ihnen auch sagen? Bestimmt war er selbst verzweifelt genug, ohne dass seine Eltern ihm Vorhaltungen machten. Das war bestimmt auch nicht der richtige Weg. Ihn traf ja tatsächlich keine Schuld und wie hätte sie reagiert, wenn er ihr von dem Foto erzählt hätte? Wenn Maria ganz ehrlich zu sich selbst war – sie hätte ihm keinen Glauben geschenkt und sich mit ihm gestritten. So sah es leider aus und Pascal wusste das. So wie sie ihn, kannte er sie sehr gut. Und seinem Vater sagen, was dessen Vater getan hatte? Maria wusste, wie sehr Pascal an seinem Großvater hing. Auch seine Welt war völlig auf den Kopf gestellt worden, so wie jetzt die ihre.

Sie stand auf, trat ans Fenster und sah in den Garten, erinnerte sich an ihre Feier vor einer Woche und an die bebende Wut des alten Mannes. Vermutlich hatte er sich von Pascal ertappt gefühlt, noch dazu, wenn dieser ihn zur Rede gestellt hatte. Dann das Gesprächsthema zwischen Jörg und ihrem Sohn … alles Hinweise und Großvater hatte sie richtig zu deuten gewusst. Und natürlich war es nicht in seinem Sinne, wenn bekannt wurde, was er getan hatte. Aber warum? Er war all die Jahre so ein gütiger, liebevoller Mann. Man konnte zu ihm gehen, wenn der Schuh drückte, immer hatte er ein offenes Ohr und einen weisen Rat zur Hand. Auch Maria konnte sich nicht vorstellen, dass ihre verstorbene Schwiegermutter etwas von seiner Stelle als Fahrer in Hartheim gewusst hatte. Aus ihrer Einstellung zum Nationalsozialismus hatte sie nie einen Hehl gemacht.

Was sie jetzt brauchte, das waren eine Dusche und ein Glas Wein. Dann würde sie auf Gerd warten. Entweder wurde es ein sehr kurzes Gespräch zwischen den beiden Männern oder sie würden die ganze Nacht reden. Es gab Vieles, das es auszusprechen galt. Und ob es da mit einer Nacht getan war … das konnte sie sich eigentlich nicht vorstellen. Gerd … nein, in seiner Haut mochte sie jetzt auch nicht stecken. „Vater?"

Der alte Mann saß in der Küche, trank langsam seinen Nachmittagskaffee als sein Sohn nach ihm rief.

„Hier in der Küche, Gerd! Wie schön, dass du vorbeikommst. Setz dich. Kaffee?"

„Bleib sitzen, Vater, ich mache mir einen. Wie geht es dir?"

„Nun, ein wenig einsam. Ihr macht euch rar in letzter Zeit."

„Warte, ich setze mich gleich zu dir."

„Warum sehe ich euch nicht mehr?"

„Ich hatte viel zu tun letzte Woche."

„Trotzdem hast du früher immer Zeit gefunden mich zu besuchen. Und wenn es nur kurz war. Und Pascal sehe ich gar nicht mehr. Wohl wegen der Flausen die der Junge im Kopf hat."

Gerd holte tief Luft: „Es sind keine Flausen, Vater."

„Wie meinst du das?"

Sein Sohn setzte sich zu ihm, nahm einen Schluck Kaffee, legte seine Hände auf die Tischplatte. Sofort nahm sie der alte Mann in die seinen: „Sag mir was du meinst."

„Vater … Maria und ich … also, wir waren heute in Schloss Hartheim."

„Hat sie also ihren Kopf durchgesetzt, deine Frau. Was für ein Unsinn sich so etwas anzusehen. Seid doch froh, dass diese böse Zeit vorüber ist."

„Man darf nicht vergessen, was damals geschehen ist."

„Und warum nicht, bitteschön? Warum soll man das Grauen in Erinnerung behalten?"

„Damit es nicht wieder geschieht."

„Na, wenn du meinst, das ist zu etwas nütze, bitte. Ich nehme Abstand davon mich damit auseinanderzusetzen."

„Einmal wirst du es bitte noch tun müssen. Für mich, Vater."

„Ich habe keine Lust. Nicht einmal für dich. Du kannst dir ja nicht vorstellen, was das für eine Zeit war. Das kann dir kein Geschichtsunterricht und kein Film oder was auch immer vermitteln."

„Nein. Das nicht. Darum geht es auch nicht."

„Um was dann?"

Jetzt war es so weit, es hatte auch keinen Sinn es noch weiter hinauszuzögern. Und Gerd war es gewohnt Probleme anzupacken.

„Es geht um dich und um mich. Und um die Wahrheit."

„Welche Wahrheit?"

„Du hast mir nie erzählt, dass du Fahrer in Hartheim gewesen bist. Warum nicht?"

„Fängst du auch mit diesem Unsinn an? Hat es Pascal also geschafft euch alle gegen mich aufzuhetzen!"

„Nein. Das hat er nicht getan. Er hat kein Wort gesagt und er wollte auch nie wieder einen Fuß in das Schloss setzen. Ich kenne meinen Sohn so gut, wie du mich kennst. Ich habe beobachtet, wie er sich zurückgezogen hat, immer schweigsamer wurde. Und er wollte nicht sagen warum. Aber er besorgte sich Literatur über Hartheim. Und Psychologie. Da wusste ich, dass etwas vorgefallen sein musste. Etwas, das ihn traumatisiert hat."

„Der Junge ist ein Weichling."

„Er ist sensibel und er hat tapfer über das dicht gehalten, was er in Hartheim gesehen hat. Über das, was wir, Maria und ich, heute gesehen haben."

Sein Vater schwieg und Gerd wartete, bis er wieder bereit war zu sprechen.

„Wenn du jetzt auch mit diesem Foto anfängst, werfe ich dich aus meinem Haus."

„Ich habe das Foto gesehen und das bist einwandfrei du, der da neben dem Bus mit den bemalten Fenstern stand. Hat man dich zu dieser Arbeit gezwungen?"

„Mich hat nie jemand zu etwas gezwungen. Es muss sich um eine Verwechslung handeln."

Gerd schüttelte bedauernd den Kopf: „Nein. Es besteht kein Zweifel. Ich bin auch nicht gekommen, um dir Vorwürfe zu machen. Das wäre zu einfach und woher kann ich wissen, dass ich damals nicht genauso gehandelt hätte? Wie du richtig sagst – man kann jemanden, der diese Gräuel nicht selbst erlebt hat, kaum einen Eindruck davon vermitteln. Wie denn auch? Aber ich hätte gerne gewusst, wie du zu dieser Arbeit gekommen bist?"

Er entdeckte Schweißtropfen auf der Stirn seines Vaters, was ihn beunruhigte: „Ich bin auch nicht gekommen, um mit dir zu streiten. Was zwischen dir und Pascal passiert ist, ist schlimm genug. Aber reden können wir doch. Ich dachte, dass wir immer über alles gesprochen haben. Warum nicht darüber?" Gerd sprach so sanft als irgend möglich. Und das, obwohl er am liebsten laut geschrien hätte vor lauter Verzweiflung. Doch damit würde er nichts erreichen. Er lehnte sich zurück, nahm noch einen Schluck Kaffee und ließ seinem Vater solange Zeit bis dieser wieder sprechen konnte: „Ich bin dienstverpflichtet worden. Das ist alles."

„Aber das hättest du uns doch erzählen können. Wie war das genau?"

„Wie soll es schon gewesen sein? Ich bekam ein Schreiben, dass ich mich dann und dann im Schloss einfinden soll und die Stelle als Busfahrer anzutreten habe. Das habe ich auch gemacht, zu gefährlich in jener Zeit zu widersprechen."

„Und dann?"

„Nichts. Ich bin Busfahrer gewesen. Und aus. Habe die Patienten von A nach B gebracht. Mehr nicht. Naja, manchmal gab es Ausflüge des Personals von Hartheim, da habe ich dann auch am Steuer gesessen. Aber das war es dann auch schon."

„Und die Vergasungen?"

„Was für Vergasungen?"

„Der Mord an den Patienten und so weiter. Das hast du doch sicher mitbekommen."

„Von Vergasungen weiß ich nichts."

„Wie ist das aber möglich? Du hast die Menschen hingefahren und danach sind sie verschwunden. Und kurze Zeit nach ihrer Ankunft kam schwarzer Rauch aus dem großen Rauchfang."

„Da hat man die alten Lumpen verbrannt, die sie anhatten."

„Ich weiß ja nicht wie lange du dort als Fahrer warst – aber ist es nicht komisch für dich und deine Kollegen gewesen, dass ihr immer nur Leute hin- und nie weggebracht habt? Habt ihr euch nicht gefragt, was mit den Patienten geschehen ist? Oder mit den KZ-Häftlingen, den Zwangsarbeitern?"

„Was weiß denn ich? Ich durfte ja nicht rein ins Schloss. Die hat man dann sicher woanders hintransportiert, in eine andere Anstalt, wenn in Hartheim kein Platz mehr war. Ich habe ja nicht Tag und Nacht vor dem Tor gestanden und aufgepasst."

„Und was war mit der Asche?"

„Was meinst du denn damit?"

„Die Fahrer der Busse haben nachts die Asche und Knochenreste der Ermordeten zur Donau gefahren und hineingekippt."

„Nein."

„Aber Kollegen von dir haben das ausgesagt."

„Die haben gelogen. Das ist alles eine große Geschichtslüge, Gerd. Dass Pascal so etwas glaubt – bitte, der ist ja nicht recht gescheit. Aber du? Da erwarte ich mir schon mehr Vernunft. In Hartheim wurde Treibstoff für die U-Boote hergestellt. Und das ist die Wahrheit."

„In einer Pflegeanstalt? Das kannst du doch nicht wirklich glauben."

„Es geht nicht darum, was ich glaube. Es geht um das, was ich weiß. Du hast wirklich keine Ahnung. Ich habe doch keine Asche gefahren oder so etwas Unsinniges. Ich war Busfahrer. Meine Fracht waren lebendige Menschen."

Gerd trank nachdenklich seinen Kaffee: „Hat Mutter von diesem Kapitel deiner Vergangenheit gewusst?"

„Lass deine Mutter aus dem Spiel."

„Du bist nicht bereit darüber zu sprechen, nicht wahr?""

„Wir haben doch gesprochen."

„Aber ich werde das Gefühl nicht los, dass du viel für dich behältst."

„Es ist mein Leben. Was ich dir erzählt habe, ist die Wahrheit."

„In deinen Augen."

„Was soll das? Was meinst du damit?"

„Kann es sein, dass du dir deine eigene Wahrheit zurechtgelegt hast, weil du das, was wirklich geschehen ist zu schlimm empfunden hast? So schlimm, dass du es verdrängen musst?"

„Das ist eine Frechheit! Wie sprichst du zu mir? Das ist alles Pascal! Er hat diese Lügen über mich verbreitet und ihr glaubt sie auch noch! Du solltest mich doch wirklich besser kennen als dieser Rotzlöffel!"

„Hör auf so über Pascal zu sprechen! Ihn hat diese Geschichte zerrissen, er ist verzweifelt, weil er nicht weiß, wie er sich verhalten soll."

„Wie es sich seinem Großvater gegenüber gebührt. Alles andere ist nur Wichtigtuerei."

„Nein! So ist er nicht, Vater – und das weißt du auch."

„Du glaubst deinem Sohn mehr als mir?"

„Noch habe ich ja nicht einmal mit ihm gesprochen. Ich wollte erst mit dir reden und deine Sicht der Dinge hören."

„Oh, wie gnädig, na, ich danke schön für so eine ‚Freundlichkeit'!"

„Vater, bitte …"

„Ich bin nicht willens dieses Gespräch weiterzuführen. Geh jetzt. Solch einen Besuch brauche ich nicht, da bin ich lieber allein."

„Aber ..."

„Geh jetzt! Auf der Stelle! Und komm wieder, zusammen mit deinem Sohn, wenn ihr wisst, wie ihr euch zu benehmen habt!"

„Du hast nie mit uns darüber gesprochen, weil du Angst hattest, dass Mutter dich dann verlässt. Und nun stehen wir vor diesen Tatsachen und sollen sie einfach schlucken – diese Brosamen, die du mir gibst?"

„Hinaus! Und wage es nicht noch einmal mit diesem Thema anzukommen oder deine Mutter in diesen Schmutz hineinzuziehen."

„Vater ..."

„Geh jetzt – ich bin müde."

„Willst du morgen mit uns Mittag essen?"

„Um mich von euch zerrupfen zu lassen und mich rechtfertigen zu müssen? Lieber hungere ich."

„Wie du meinst – aber lass das jetzt bitte nicht zwischen uns stehen. Du hättest deinen Vater bestimmt auch danach gefragt, wenn ..."

„Hinaus!"

Um den Alten nicht weiter aufzuregen ging Gerd. Aber wohl war ihm nicht dabei, seinen Vater so zurückzulassen. Gleichzeitig war ihm bewusst, dass dieser nicht einen Millimeter von seiner Geschichte abweichen würde. So gut kannte er ihn. Und nun quälte ihn dieselbe Frage, die vermutlich Pascal die ganze Zeit beschäftigte: War sein Vater ein Nazi? Zumindest gewesen?

Langsam und gedankenverloren fuhr er nach Hause, wo er von Maria mit den Worten: „Was hat er gesagt?" empfangen wurde. Doch Gerd winkte ab, ihm war jetzt nicht nach einem Gespräch. Er begab sich ins Schlafzimmer und legte sich auf das Bett, verschränkte die Arme hinter dem Kopf, schloss die Augen. Sehnsucht überkam ihn. Nach seiner Mutter. Und nach Pascal. Wie sehr hatten sie ihm Unrecht getan ... aber er verstand nun, warum er ihnen nichts von seiner Entdeckung erzählt hatte. Und, so musste er zugeben, er hätte es tatsächlich nicht geglaubt, wenn er nicht selbst dieses Foto gesehen hätte. In dieser Sekunde hatte er gemeint in einen bodenlosen Abgrund zu stürzen. Freier Fall durch die Fragmente seines Lebens. Ein Leben, das anscheinend auf einem erlogenen Fundament stand. Und damit wackelte alles, einfach alles. Gerd merkte nicht, dass Maria das Schlafzimmer betrat. Erst als sie sich an ihn schmiegte, schrak er zusammen. Er fühlte sich wie ein weidwundes Tier. Doch Marias Wärme tat ihm gut und er legte den Arm um sie. Es würde noch etwas dauern bis er ihr berichten konnte, wie das Gespräch verlaufen war. Doch schon ihre Anwesenheit hatte etwas Tröstliches.

8.

Laura erwachte vom Zwitschern der Vögel. Überrascht stellte sie fest, dass sie über dem Hartheim-Buch eingeschlafen war, voll bekleidet. Auch ihre Nachttischlampe brannte noch. Sie hatte bis spät in die Nacht in dem Buch gelesen, als sie auf der vorletzten Seite war, schien sie schließlich eingeschlafen zu sein. Sie stand auf und zog sich aus, schlüpfte in kurze Shorts und ein Shirt. Dann setzte sie sich auf den Bettrand und las die beiden letzten Seiten. Als sie damit fertig war, schloss sie bedächtig das Buch. Nachdenklich ging sie zum Fenster – früher Morgen. So früh, dass es noch dunkel war, nur der Himmel blaute schon. Pascal war bestimmt noch nicht zu Hause. Sicher hatten er und Klaus die halbe Nacht vor dem Computer verbracht. Lächelnd sah sie zu seinem Fenster hinüber. So nah … plötzlich so nah, viel näher, als sie es sich zu erträumen gewagt hatte, in dem Augenblick als sie ihn wiedersah. Laura setzte sich wieder auf das Bett. Solange diese unselige Geschichte mit seinem Großvater nicht geklärt war, konnte er nicht ganz zu ihr gehören. Sie wusste doch wie sensibel Pascal war. Sie wollte, musste etwas tun. Und mit einem Mal hatte sie eine Idee. Eine verrückte, wahnwitzige Idee, der völlige Irrsinn und bestimmt würde ihr jeder davon abraten – aber möglicherweise stieß sie damit auf des Pudels Kern.

Leise öffnete sie ihre Zimmertüre – augenscheinlich schliefen ihre Eltern noch, so konnte sie ungesehen hinausschleichen. Was sie vorhatte, durfte keiner wissen. Im Schutz der aufkeimenden Dämmerung huschte sie über den Friedhof, bemerkte erst jetzt, dass sie vergessen hatte ihre Schuhe anzuziehen. Egal – jetzt oder nie. Wenn sie jetzt umkehrte oder zu viel nachdachte, würde sie sich selbst von ihrem Vorhaben abbringen und das wollte Laura auf gar keinen Fall, also lief sie weiter. Ein paar Minuten später stand sie vor dem Haus des Großvaters, beobachtete es – da! Die Haustür öffnete sich, schnell duckte sich Laura, damit der alte Mann sie nicht sehen konnte. Er hielt eine Tasse

Kaffee in der Hand und setzte sich auf die Bank vor dem Haus. Oft war sie mit Pascal hier gewesen und deshalb wusste sie, dass er da jetzt einige Zeit sitzenbleiben würde. Das war ihre Chance! Geduckt lief sie den Zaun entlang an die Hinterseite des Hauses. Wie erwartet standen alle Fenster offen. Kein Wunder, da es morgens noch angenehm kühl war. Ein Blick in die Runde – niemand da … so schnell sie konnte stieg sie durch das Wohnzimmerfenster im Erdgeschoss und hastete in den ersten Stock. Hier stand, wie sie ganz genau wusste, eine alte Truhe … das Heiligtum des Großvaters. Niemals durften sie als Kinder hineinsehen und wenn sie hier spielten, hatte er stets den Schlüssel abgezogen und in der Hosentasche verwahrt. Sie lauschte. Hörte nichts. Gut. Sie eilte ins Schlafzimmer – was für ein Glück! Der Schlüssel steckte und sie öffnete die Truhe. Der Geruch der Vergangenheit schlug ihr entgegen. Und es roch nach Lavendel. Zuoberst lag eine alte Militärdecke. Als sie diese anhob – da lag eine Uniform. Mit bebenden Fingern zog sie ihr Handy aus der Tasche und machte ein Foto – da fiel ihr ein, dass sie nicht auf lautlos gestellt hatte! Das holte sie sofort nach. Dann hob sie die Uniform heraus, darunter lag eine Kiste, ebenfalls aus Holz. Sie packte sie und kippte den Inhalt kurzerhand auf dem Bett aus. Alte Fotos und Papiere. Keine Zeit sie näher anzusehen. Sie legte eines nach dem anderen zurecht, machte ein Foto mit dem Handy. Eines, noch eines – oh Gott, so viele Fotos … egal, die Papiere waren wichtiger. Also nahm Laura sich diese vor, las gar nicht was darauf stand, das konnte sie später zu Hause tun, wenn sie die Fotos auf ihren Computer geladen hatte. Schnell, nur schnell! Ihre Hände zitterten. Noch fünf Papiere, vier, drei zwei – da hörte sie ein Husten vom Erdgeschoss. In fieberhafter Eile warf sie alles zurück in die Kiste, stellte sie zurück in die Truhe. Da! Er kam die Treppe herauf! Die Uniform auf die Kiste, Decke darüber, Deckel schließen. Und jetzt? Sie musste sich verstecken, irgendwo! Aber wo? Das alte Ehebett war so niedrig, da passte sie nicht darunter. Schrank? Zu unsicher. Es blieben ihr nurmehr Sekunden und ein Mutanfall – sie stürzte zum Fenster, Gott sei Dank, da war die Regenrinne! Da! Er war oben angekommen – Laura erklomm das Fensterbrett, griff nach der Rinne – betete, dass diese ihr Gewicht tragen würde und schwang sich aus dem Fenster. Keinen Augenblick zu früh, denn in diesem Moment betrat der Großvater das Zimmer und legte sich auf sein Bett. Er hatte wieder nicht geschlafen – wie auch, wenn man ihn ständig so aufregte?

Müde schloss er die Augen, nicht ahnend, dass das, was er für den Schatten der Gardine hielt, der schmale Körper Lauras war, der an der Regenrinne hing. Sie kam nicht vor und nicht zurück. Lange würde sie sich nicht mehr halten können, ihre Kräfte schwanden. Einfach loslassen? Zu gefährlich, bestimmt würde sie sich alle Knochen brechen ... wieder zurück ins Zimmer? Was, wenn der Alte sie entdeckte? Dann war die Hölle los, das war ihr klar. Dennoch war es der einzige Weg, denn das Metall schnitt in ihre Handflächen, schmerzte, ihre Arme zitterten bereits. Mit einem Bein tastete sie nach dem Fensterbrett, fand Halt, nahm Schwung, die Rinne löste sich, Laura konnte gerade noch nach dem Fensterrahmen fassen und sich ins Zimmer ziehen, als hinter ihr mit lautem Krachen die Regenrinne auf dem Kiesweg aufschlug. Sie sah wie der Alte zusammenschreckte, schnell verbarg sie sich hinter dem Vorhang, wagte kaum zu atmen.

„Was war denn das?", hörte sie seine Stimme und er kam ans Fenster, sah hinunter, sah die Rinne da unten liegen: „Wie gibt es denn so etwas? Fällt einfach vom Dach! Einfach so." Er beugte sich weit aus dem Fenster und blickte nach oben, Laura merkte, dass er sich in ihre Richtung bewegte und schnell wie der Wind drehte sie sich aus dem Vorhang und floh zur Türe hinaus, während sie den alten Mann murmeln hörte: „Kann doch nicht einfach so vom Dach fallen!"

Sie rannte die Treppe hinunter, froh, dass sie keine Schuhe trug und ihr leichter Schritt nicht zu hören war. Unten an der Haustür lauschte sie wieder – da sah sie die Füße des Großvaters, der sich offenbar anschickte die Treppe wieder herabzusteigen und sich die Bescherung anzusehen. Wie der Blitz stürzte Laura aus dem Haus, fiel über die Regenrinne und schlug der Länge nach auf dem Boden auf – Schmerz! Himmel, tat das weh! Mühsam verbiss sie sich einen Schrei – beide Knie waren aufgeschlagen und obwohl es höllisch brannte, stand sie sofort auf und lief hinter das Haus, denselben Weg zurück, den sie gekommen war. Tränen liefen über ihre Wangen, weil die Knie so schmerzten, doch sie schaffte es bis zum Friedhof, kletterte noch über die Mauer – erst dann wagte sie sich in den Schatten zu setzen und zu verschnaufen. Offensichtlich hatte niemand sie gesehen, denn sonst hätte es ein Rufen und ein großes Hallo gegeben. Au, das tat aber auch weh! Sie benötigte ein paar Minuten, um sich zu sammeln. Das Brennen hörte nicht auf und würde auch nicht besser werden, wenn sie weiter hier herumsaß. So schleppte sich Laura langsam nach Hause und verarztete ihre Wunden, legte sich auf ihr Bett – ihr Herz schlug immer noch heftig, es dauerte, bis sie sich beruhigt hatte. Dann stand sie mühsam wieder auf, humpelte zu ihrem Computer und sendete ihm alle Fotos, die sie vorhin gemacht hatte. Und während zum ersten Mal jemand Licht im Dunkel des Lebens des alten Mannes sah, stand er noch immer fassungslos mit seiner verbogenen Regenrinne in der Hand vor dem Haus und verstand die Welt nicht mehr. Ein Vogel konnte doch nicht so schwer sein?

Laura begann nun die Papiere zu lesen und vor ihr tat sich ein Abgrund auf. Je mehr und je länger sie alles betrachtete, umso klarer wurde ihr, dass sie die Antworten auf Pascals Suche gefunden hatte. Die Frage war allerdings, ob er diese hören wollte? Und was würden er und seine Familie sagen, wenn sie erfuhren, dass Laura einfach in das Haus des alten Mannes eingedrungen war? Sie wollte auch nicht von Pascal verlangen, dass er Geheimnisse vor seinen Eltern hatte. Wenn sie so etwas schon tat, dann musste sie auch dazu stehen. Obwohl es wahrscheinlich Ärger geben würde. Zumindest wenn sie an Pascals Eltern dachte. Sie griff wieder nach ihrem Handy und wollte Pascal eine SMS schreiben – er sollte, bevor er nach Hause ging, bei ihr vorbeikommen. Gerade als sie auf Senden drücken wollte, fiel ihr ein, dass er gesagt hatte er würde sein Telefon zu Hause lassen. Sie löschte die Nachricht wieder. Es blieb ihr also nichts anderes übrig, als wachsam vor dem Haus zu warten bis er nach Hause kam. Dann wollte sie ihm zeigen, was sie entdeckt hatte. Nachdem sie ihren erstaunten und besorgten Eltern erklärt hatte, sie wäre beim Joggen gestürzt, schnappte sie sich einen Liegestuhl, Eistee, ein Buch und setzte sich in den Vorgarten. Hier war es schattig und angenehm warm. Seufzend betrachtete Laura ihre Wunden. Es tat wirklich weh, aber sie hatte auch großes Glück gehabt. Wäre die Regenrinne nur ein paar Sekunden früher abgerissen … nicht nur hätte Pascals Großvater sie entdeckt, ihre Verletzungen wären weitaus schlimmer gewesen. Jetzt war sie müde, satt vom Frühstück und außerdem war sie um halb fünf aufgestanden – ein kleines Schläfchen wäre jetzt angenehm. Außerdem war sie sicher, dass Pascal nicht einfach an ihr vorbeilaufen würde. Laura stand noch einmal auf, holte sich einen kleinen Hocker und legte ihre Beine darauf. So ließ es sich besser aushalten und Laura schlief ein.

Als Pascal sich auf den Heimweg machte, war es bereits nach 15 Uhr. Er und Klaus hatten bis in die frühen Morgenstunden Musik gehört, geredet und Computerspiele gespielt. Nach einem ausgedehnten Frühstück hatten sie sich noch einmal hingelegt, danach Mittag gegessen und waren noch eine Runde im See geschwommen. Klaus vermied die tiefergehenden Themen, denn er spürte, dass Pascal wirklich am Ende seiner Weisheit war und einfach einmal nur ein paar unbeschwerte Stunden verleben musste. So lachten sie viel, alberten herum und amüsierten sich königlich. Pascal fühlte sich pudelwohl, aber schließlich musste er nach Hause. Die Stunde der Wahrheit war gekommen und er hatte nicht vor, sich davor zu drücken. So verabschiedete er sich von Klaus, versprach ihm Bescheid zu geben, wie sich die Dinge weiter entwickeln würden und radelte los. Schnell. Er wollte es hinter sich bringen. Er bog in seine Straße ein, gleich würde das Unwetter über ihn hereinbrechen … da sah er Laura in einem Liegestuhl sitzen. Pascal bremste scharf ab und stieg vom Rad, lehnte es an den Gartenzaun. Sachte öffnete er die Tür und betrachtete das schlafende Mädchen. Ihr Kopf lag auf ihrer linken Schulter, die Lippen leicht geöffnet, atmete sie ruhig und gleichmäßig. Aber was war denn das? Wie sahen denn ihre Knie aus? Das tat ja schon beim Hinsehen weh! Was hatte sie bloß gemacht? Pascal setzte sich neben sie ins Gras, wollte sie nicht wecken. Nur ansehen. Die fein geschwungenen Wimpern, die weichen Lippen, die zarte Bräune auf ihrer Haut. Sie war einfach wunderschön … Da schlug Laura die Augen auf und sah ihn an: „Wie schön, dass du hier bist, Pascal. Ich wusste, du würdest nicht an mir vorbeifahren."
„Hi. Deine Knie sehen schlimm aus – was hast du um Himmels Willen gemacht."
„Ich war in geheimer Mission unterwegs … und hatte verdammtes Glück, dass die Sache nicht schlimmer ausgegangen ist."
„In geheimer Mission? Was meinst du damit?"
„Hier können wir nicht reden, es darf niemand wissen. Gehen wir auf mein Zimmer."
Pascal musste ihr beim Aufstehen und Treppensteigen helfen, aber schließlich hatten sie es geschafft, Laura verschloss ihre Zimmertür, legte ihre Arme um seinen Hals und sie küssten sich lange und innig.
„Jetzt erzähl, Laura, was ist passiert?"
„Ich hoffe, du wirst nicht sauer, wenn ich es dir sage."

144

Fragend sah er sie an und sie zog ihn zu sich auf das Bett. So saßen sie einige Augenblicke, Laura rang nach Worten – schließlich gab sie sich einen Ruck und sagte: „Es wird dir nicht gefallen, was ich herausgefunden habe, aber ich kann dir jetzt Antworten auf deine Fragen geben. Vielmehr – ich kann dir etwas zeigen, das deine Fragen bis zu einem gewissen Punkt beantworten wird. Was du allerdings daraus machen wirst … sollst – das weiß ich nicht."

„Mach es nicht so spannend – außerdem, wovon genau sprichst du?"

„Von deinem Großvater."

„Laura, was hast du getan? Warst du bei ihm?"

Sie nickte.

„Wann? Und warum? Du hast ihm doch keine Vorwürfe gemacht?"

„Ich habe gar nicht mit ihm gesprochen."

„Ich verstehe nicht …"

„Okay – erschlag mich nicht, aber … er saß auf der Bank vor dem Haus und ich bin von der Rückseite ins Wohnzimmer eingestiegen."

„Du hast was gemacht?"

„Naja, man könnte auch sagen, dass ich bei ihm eingebrochen bin."

„Laura, was hast du getan?"

„Mir ist eingefallen, dass er diese alte Truhe hat … du weißt schon, wir wollten als Kinder immer wissen, was sich darin befindet, aber er hielt sie stets verschlossen vor uns. Und ich habe mir überlegt, was da wohl drin sein kann, wenn er solch ein Geheimnis darum macht. Also habe ich beschlossen reinzusehen."

Pascal wurde blass: „Du bist in das Haus eingebrochen und hast in der Kiste gewühlt? Laura! Hast du etwas daraus mitgenommen? Das wird er doch bemerken! Er ist alt, aber nicht blöd."

„Ich habe nichts und doch alles mitgenommen."

„Ich kapier es nicht. Kannst du bitte aufhören in Rätseln zu sprechen?"

„Es ist ganz einfach. Der Schlüssel steckte an der Truhe, ich habe sie aufgemacht. Obenauf lagen eine alte Militärdecke und irgendeine Uniform. Und in einer Kiste darunter waren Fotos und Schriftstücke. Die habe ich abfotografiert."

„Und das hat er nicht bemerkt? Stell dir vor, er wäre ins Zimmer gekommen!"

„Ist er auch."

„Oh Gott …"

„Ja, das habe ich mir auch gedacht."

„Was hast du getan?"

„Ich bin durchs Fenster, habe mich an der Regenrinne festgehalten."

„Jetzt ist mir alles klar ... Sie ist abgerissen. Deshalb die aufgeschlagenen Knie."

„Nicht ganz. Ich hing da am Fenster und er hat sich niedergelegt. Ich dachte schon, ich falle runter, es war so anstrengend! Als er im Bett lag, bin ich wieder auf das Fensterbrett – in dem Moment ist die Rinne abgerissen und ich habe mich hinter dem Vorhang versteckt."

„Und dann?"

„Er kam natürlich ans Fenster und hat rausgesehen, irgendwie bin ich an ihm vorbei, aus dem Zimmer, die Treppe runter und wollte aus dem Haus. Dabei bin ich über die Regenrinne gestolpert und habe mir die Knie verletzt. Er hat mich aber nicht gesehen, bin über die Friedhofsmauer abgehauen."

„Hat dich sonst jemand gesehen?"

„Niemand."

„Bist du dir sicher?"

„Ja."

„Du hast echt Glück gehabt, du hättest dir den Hals brechen können. Warum machst du so einen Unfug?"

„Weil ich nicht mehr länger mitansehen kann, wie du dich quälst."

Pascal streichelte sanft ihr Wange: „Du bist verrückt."

„Aber das hast du doch schon immer gewusst."

„Das mag ich ja so an dir. Aber ... was ist auf den Fotos, die du gemacht hast?"„Ich habe sie auf den Computer gespielt, du kannst sie dir ansehen. Wenn du das wirklich willst."

„Was meinst du damit?"

„Naja, Pascal ... wenn du das gesehen hast, gibt es kein Zurück mehr. Das muss dir klar sein."

Er überlegte nur wenige Sekunden: „Zeig sie mir bitte."

Laura ging zu ihrem Schreibtisch, fuhr den Computer wieder hoch und öffnete die entsprechende Datei: „Komm."

Pascal wollte – und zögerte nun doch. Die Antworten auf seine Fragen ... wollte er der Wahrheit ins Gesicht sehen? Würde er sie ertragen?

„Ich muss", dachte er und stand auf. Laura überließ ihm den Platz am Schreibtisch und er öffnete die Fotos. Schon nach dem dritten war ihm klar, worauf Laura da gestoßen war. Das Foto zeigte, dass sein Groß-

vater bereits 1937 in die Nationalsozialistische Partei eingetreten war ...
zwei Jahre vor dem Anschluss! Nun hatte er es schwarz auf weiß – sein
Großvater war ein Nazi ... Gewesen? Immer noch? Er merkte, dass
ihm wieder schlecht wurde und er griff nach Lauras Hand. So hatte
er die Kraft das nächste Foto zu öffnen. Es zeigte seine Einberufung
zum Dienst als Busfahrer in Schloss Hartheim. Was das anbelangte,
hatte der alte Mann also nicht gelogen. Und wenn er ein Nazi war ...
nun, dann war er vermutlich auch mit der Euthanasie einverstanden.
Das lag irgendwie auf der Hand. Pascal brauchte nicht mehr zu sehen.
Vielmehr wollte er nicht. Zur Sicherheit fragte er Laura, ob es noch
etwas gab, was er sehen musste. Sie nickte, klickte eines der letzten Fotos an. Es zeigte ein amtliches Schreiben von 1941 – die Einberufung
des Großvaters an die Front. Deshalb war er vermutlich nicht auf der
Liste im Internet zu finden, weil er nicht bis zum Ende der Gräuel in
Hartheim war. Drei Fragen waren beantwortet. Die nächste stellte er
Laura: „Ich weiß nicht, was ich sagen soll ... er war wirklich ein Nazi.
Ist er es heute noch?"
„Ich denke, dass viele, gerade an der Front, bald eines Besseren belehrt wurden und dass ihnen die Nazi-Großkopfigkeit schnell vergangen ist. Und ich kann mir durchaus vorstellen, dass das bei deinem Opa
der Fall war."
„Kann sein. Oder auch nicht. Wenigstens hat er nicht gelogen, was
die Einberufung zum Dienst anging. Laura ... Danke. Von sich aus
hätte er das nie eingestanden. Nun weiß ich es. Aber was fange ich mit
diesem Wissen an? Ich kann es unmöglich meinen Eltern sagen, denn
sie würden fragen, woher ich diese Informationen habe – und ich will
dich da nicht mit hineinziehen."
„Das ist lieb. Aber ich habe mir das genau überlegt ... Naja. Nachdem
ich wieder hier war. Wenn es sein muss, stehe ich dafür ein. Entscheide
es situativ, wenn du mit ihnen redest."
„Du bist dir sicher? Kann sein, dass sie dann sauer auf dich sind."
„Ja, ich bin mir sicher. Denn so kann das nicht weitergehen."
Pascal drehte sich zu ihr, vergrub sein Gesicht an ihrem Bauch und
atmete ihren Duft ein. Das beruhigte ihn etwas. Laura streichelte über
seinen Rücken, fuhr ihm zärtlich durchs Haar.
„Eine Frage noch."
„Ja?"
„Konntest du mit dem Anna Freud Buch etwas anfangen?"

„Ein wenig. Hauptsächlich ging es um Penisneid, Kastrationsängste und Ödipuskomplex. Keine Ahnung inwieweit das etwas mit Opa zu tun hat. Aber ich habe durch das Buch verstanden, wie mächtig das Ich, das Über-Ich und das Es sind. Und dass bei einer Bedrohung durchaus unterschiedliche Abwehrmechanismen zum Tragen kommen. Bei Opa ist das mit Sicherheit so. Sein Über-Ich weiß genau, was falsch und was richtig war, aber er darf es nicht zulassen, denn sonst würde er sich so schuldig fühlen, dass er es vermutlich nicht aushalten würde."

„Jetzt, wo du das gelesen hast … was empfindest du da für ihn?"

„Es ist komisch … irgendwie tut er mir leid. War er so eine schwache und labile Persönlichkeit, dass er unbedingt Führung brauchte? Gleichzeitig fühle ich mich abgestoßen."

„Pascal, er war jung – wer weiß, was für Fehler wir noch machen werden auf dem Weg zum Erwachsenwerden?"

Plötzlich bekam Pascal Angst. Er rang sich gerade deshalb die Frage ab: „Glaubst du, dass ich ein Fehler bin? Ich meine, wir beide …" Sie verschloss seinen Mund mit einem Kuss und flüsterte: „Nein, du bist alles andere als ein Fehler. Deshalb gibt es auch kein Fest heute. Ich will für dich da sein, wenn du mit deinen Eltern gesprochen hast. Geh jetzt, bring es hinter dich. Und wenn du mein Geständnis brauchst, ruf mich an, dann komme ich sofort hinüber."

Sie küssten sich noch einmal.

Pascal drückte Laura fest an sich: „Danke." Dann ließ er sie los, schloss die Tür auf, drehte sich noch einmal zur ihr um. Sie sah, wie blass er war und lächelte ihm aufmunternd zu.

Pascal ging. Als er sich seinem Haus näherte, öffnete sich die Tür. Da stand sein Vater. Sehr blass und müde sah er aus. Pascal erwartete Vorwürfe, doch sein Vater breitete nur die Arme aus und drückte ihn an sich. Gemeinsam schweigend kochten sie Kaffee und setzten sich auf die Terrasse, wo Maria schon auf sie wartete. Jeder schien darauf zu warten, dass jemand anderer das Eis brach und das erste Wort sagte. Schließlich beschloss Pascal diesen Schritt zu tun: „Ihr wisst es jetzt also."

Seine Eltern nickten.

„Ich denke, euch geht es jetzt nicht anders als mir in den letzten Wochen."

Wieder nur ein Nicken. Dann ergriff Gerd das Wort: „Wir haben die ganze Nacht geredet und können auch verstehen, warum du uns nichts gesagt hast. Das war sicherlich sehr schwer. Aber ich an deiner Stelle hätte mein Herz auch nicht ausgeschüttet …"

Nachdenklich, alle drei.

„Was machen wir jetzt?", fragte Maria.

„Er ist mein Vater und er war immer gut zu mir. Zu uns. Ich kann mich nicht erinnern, dass das einmal anders gewesen wäre. Und ich liebe ihn. Man kann nicht ungeschehen machen, was er getan hat. Aber ich weiß nicht, wie sinnvoll es ist, einem 97jährigen Mann jetzt das Leben zur Hölle zu machen. Er wird es nicht einsehen oder verstehen – weil er seine eigene Sicht der Dinge hat."

„Hat er das, Papa? Hat er nicht einfach das angenommen und nachgesagt, was andere vorgaben?"

„Vielleicht."

„Papa …"

„Ja?"

„Ich will kein weiteres Geheimnis zwischen uns haben, darum sage ich euch jetzt etwas – es macht die Sache nicht besser oder leichter. Eigentlich im Gegenteil. Aber wenn wir schon bei der Wahrheit sind, dann ist es wichtig, dass ihr auch das wisst."

„Sag alles, was du weißt."

„Okay. Ist nicht leicht. Opa war ab 1937 Mitglied der Nationalsozialistischen Partei. Es stimmt, dass er nach Hartheim einberufen wurde, aber er war nur bis 1941 dort. Danach schickten sie ihn an die Front."

Sein Vater sah ihn fassungslos an, ebenso seine Mutter.

„Woher weißt du das?"

„Ich konnte einen Blick auf die Papiere werfen, die er oben in seiner Truhe hat."

„Aber wie ist das möglich? Er hat noch nie jemandem gezeigt, was in dieser Truhe ist. Du hast heimlich hineingesehen, oder?"

„Ja und nein."

Maria war verwirrt: „Das verstehe ich nicht, erkläre es genauer."

„Mama, ich kann nur sagen, was ich gesehen habe."

„Aber wie … ich meine, wie kam es dazu?"

Pascal wand sich, denn es widerstrebte ihm, Laura in die Sache miteinzubeziehen.

Plötzlich sagte eine Stimme hinter der großen Rosenhecke: „Ich habe hineingesehen und Fotos gemacht."

Die drei schraken zusammen, drehten sich um und Laura stand vor ihnen, etwas rot im Gesicht, aber durchaus aufrecht und mutig: „Es tut mir leid, dass ich mich einmische, aber ich habe gesehen, wie Pascal die ganze Sache zu Herzen geht. Ich wollte nur helfen."

„Mein Vater hat dich in die Truhe schauen lassen?"

Laura schüttelte verneinend den Kopf, wurde noch röter im Gesicht.

„Du hast heimlich hineingesehen. Wie hast du das gemacht?"

„Ihr seid nicht böse, wenn ich es erzähle?"

„Kommt darauf an, was genau du getan hast."

Laura schwieg.

„Setz dich", sagte Pascal. Doch sie blieb stehen.

„Falls ihr mich vor die Türe setzt, ist es besser, wenn ich es mir vorher nicht bequem mache."

Gerd schüttelte den Kopf: „Niemand wirft dich hinaus – vermutlich weißt du jetzt Dinge … nun, uns brennt das Thema auf der Seele und wenn du etwas dazu beitragen kannst, ist uns vielleicht geholfen. Also bitte, nimm Platz."

Maria stand auf: „Ich hole dir vorher noch eine Tasse Kaffee."

„Danke."

Es kostete Laura sichtlich Überwindung, aber schließlich rückte sie mit ihrer Geschichte heraus, genauso wie sie diese kurz vorher Pascal erzählt hatte. Nachdem sie zu Ende gesprochen hatte, herrschte wieder einmal Schweigen.

„Du hast die Dokumente gesehen, Pascal?", fragte Gerd und sein Sohn nickte: „Leider ja. Oder Gott sei Dank, denn damit ist für mich wenigstens ein Punkt der Geschichte geklärt. Opa wäre nie damit herausgerückt, dass er bei der Partei und somit ein Nazi war."

Maria hatte Tränen in den Augen: „Ich kann es nicht fassen … dieser liebe, gütige Mann …"

„Mama, ich glaube, dass wir uns damit abfinden müssen, dass er beides war … ist. Damals ein Nazi und danach … ich weiß nicht, vielleicht hat sich seine Meinung im Krieg ja geändert."

„Ich bin mir da nicht so sicher, Pascal. Dann hätte er ja darüber gesprochen. Einen Irrtum kann man zugeben. Es hätte in meinen Augen seinen Charakter sogar noch aufgewertet, wenn er eingestanden hätte, eine Zeit lang auf diesen Irrsinn hineingefallen zu sein. Aber da er das nie getan hat … nun, ich frage mich, ob er das alles heute auch noch glaubt?"

Gerd rutschte unruhig auf seinem Sessel hin und her: „Das ist eine Möglichkeit. Die andere ist, dass er Angst hat es zuzugeben. Vielleicht fürchtet er sich vor unseren Reaktionen, dass wir ihn dann nicht mehr lieben. Und wenn er zugibt, Unrecht getan zu haben, nun, dann stellt das sein ganzes Leben in Frage und das würde ihn bestimmt völlig aus der Bahn werfen."

„Du sprichst von Reaktionen, Papa. Wie sollen wir jetzt reagieren?"

„Laura, kann ich mir zunächst diese Dokumente bitte ansehen?"

„Wir können gleich rübergehen."

So marschierte die Dreierformation ins Nachbarhaus, Pascal blieb allein zurück, tief in Gedanken ging er zum Pfirsichbaum und lehnte sich gegen den Stamm. Was nun? War er jetzt am Ende seiner Suche angekommen? Da sein Opa also ein Nazi war, war es auch logisch, dass er die Euthanasie befürwortete. Oder hatte es auch Nazis gegeben, die die Aktion T4 nicht gut fanden? Wahrscheinlich. Aber wenn jemand mitmachte, solange bis er von außen abberufen wurde, dann war das doch irgendwie eine Zustimmung. So zumindest sah er das. Pascal streckte seine Hand aus und strich sacht über einen Pfirsich. Dessen Wärme und Weichheit hatten für ihn etwas Beruhigendes. Was also änderte sich nun für ihn? Er konnte den Kontakt zu seinem Großvater abbrechen – und damit den alten Mann zutiefst verletzen. Konnte er ihn so nehmen wie Opa nun einmal war, mit allen Licht- und Schattenseiten? Wer wusste denn schon, wie lange er noch zu leben hatte und er war ihm auch immer ein guter Großvater gewesen. Pascal hatte so viel von ihm gelernt, so viel Spaß gehabt und Liebe empfangen. Er spürte, dass ihm Tränen in die Augen stiegen. Konnte es ein Liebesdienst sein, seinem Opa zu verzeihen und ihn zu begleiten bis er für immer die Augen schloss? Musste man sich Liebe verdienen? Eine sehr philosophische Frage, ja. Und bei all dem Guten, das er von seinem Großvater erfahren hatte, hätte sich dieser auch Liebe verdient. Blieb aber noch die Tatsache, dass er an einem der schrecklichsten Verbrechen der Geschichte beteiligt war. Wie konnte jemand so kalt und so liebevoll gleichzeitig sein? Und war es Kälte? Natürlich hatte der alte Mann gewusst, was im Schloss vor sich ging, Pascal zweifelte nicht eine Sekunde daran. Nicht mehr. Die Seele war ein weites Land, was wusste man denn schon, was in einem anderen vor sich ging, ihn oder sie zu dieser oder jener Tat veranlasste? Eines stand fest – von Opa würden keine Antworten mehr kommen, das war Pascal nur allzu klar. Er durfte nicht antworten – aus den Gründen die sein Vater vorhin beim Kaffee genannt hatte. Doch wie sollte er dem Mann weiter ins Gesicht sehen, ohne stets an seine Taten denken zu müssen? Busfahrer, das hätte schon gereicht, aber die Sache mit dem Abtransport der Asche … sie einfach in die Donau zu schütten und mal eben zu hoffen, dass es niemand bemerkt. Er musste ja auch die Knochenpyramiden gesehen haben. Was das wohl für einen Eindruck auf ihn gemacht hatte? Und wer hatte der Leitung der Anstalt davon erzählt, sodass man deshalb dazu überging die Asche beim Schloss zu vergraben? Das musste nicht zwingend Opa gewesen sein, konnte auch ein anderer Fahrer getan haben.

Und Oma? Hatte sie gewusst was sich in der Kiste befand? Vermutlich nicht, denn Pascal erinnerte sich, dass sie öfter den Kopf über die Geheimniskrämerei ihres Mannes geschüttelt, ja manchmal sogar darüber gelacht hatte.

Angst vor Liebesverlust ist ein starkes Motiv seine dunklen Seiten zu verbergen. Die finstere Vergangenheit sowieso.

Da hörte er Stimmen – seine Eltern und Laura kamen wieder zurück, deshalb ging Pascal auf die Terrasse. Seine Mutter hatte offensichtlich geweint und sein Vater hatte ebenfalls rote Augen. Laura hatte ihren Arm um Marias Schulter gelegt und sprach tröstend auf sie ein. So saßen sie wieder alle um den Tisch herum und waren in Gedanken versunken. Da fiel Gerd noch etwas ein: „Pascal, wem außer Laura hast du noch davon erzählt?"

„Nur Klaus. Aber der hält dicht."

„Das hättest du nicht tun sollen!"

„Mama, mit irgendjemandem musste ich reden, sonst hätte ich es nicht mehr ertragen. Und Klaus ist mein bester Freund, ich weiß, dass ich mich auf seine Verschwiegenheit verlassen kann."

„Wie hat er denn darauf reagiert?"

„Er war betroffen und hat sich ausgemalt, wie er in meiner Lage reagieren würde. Aber so sicher war er sich da wohl auch nicht als er sagte, er würde den Kontakt zu seinem Großvater abbrechen für den Fall, dass der ein Nazi gewesen wäre."

„Ja, das sagt sich leicht, wenn man nicht selbst betroffen ist. Also, auf sein Stillschweigen können wir uns aber verlassen?"

„Auf jeden Fall."

„Ich möchte nicht, dass mein Vater auf einmal von den Leuten geschnitten und geächtet wird, verstehst du?"

„Ich habe eine Frage", schaltete sich Laura ein.

„Ja?"

„Ich denke gerade – wenn man etwas Böses getan hat und dafür bestraft wird … kann das nicht auch eine erleichternde Wirkung haben? Weil das Versteckspiel dann endlich aufhört."

„Das hätte vor Jahren geschehen müssen, nicht jetzt wo er 97 ist. Es wundert mich sowieso, dass er damals weder verhaftet noch verhört worden ist. Hast du wirklich alle Papiere fotografieren können oder war da noch etwas?"

„Nein. Ich habe alle erwischt. Es war sehr knapp, aber ich habe es geschafft."

„Gerd, was wirst du nun tun? Was werden wir tun?"

Gerd ergriff Marias Hand: „Ich meine, jeder von uns muss für sich eine Entscheidung treffen. Er ist mein Vater und ich werde mich nicht von ihm abwenden. Aber eines ist mir auch klar – ich werde Hilfe brauchen, um darüber hinwegzukommen. Vielleicht suche ich einen Psychologen auf. Allein kann ich da nicht durchgehen."

„Geh zu Jörg, Papa. Der ist richtig gut."

„Hast du ihm auch davon erzählt?"

„Nein. Meine Fragen an ihn waren wirklich allgemeiner Natur. Ich habe aber auch schon überlegt, ob ich zu ihm gehen soll."

Maria erhob sich: „Ich brauche jetzt einen Schnaps. Sonst noch jemand?" Nur Gerd wollte, Laura und Pascal entschieden sich für Cola. Nachdem alle versorgt waren, tagte der Familienrat weiter und es schien ganz selbstverständlich, dass Laura dabei war.

„Laura, wissen deine Eltern Bescheid?"

„Nein, Maria. Niemand. Ich finde, das geht auch nur euch etwas an. Meine Einmischung war schon eine Art Grenzüberschreitung. Aber wie gesagt, ich wollte Pascal helfen."

„Papa, was sollen wir tun?"

„Was willst du tun?"

„Ich glaube, dass es keinen Sinn hat, Opa jetzt zu schneiden und ich kann auch nicht einfach aufhören ihn zu lieben. Er war immer für mich da … ich muss ihn, so denke ich, mit seiner Geschichte annehmen. Aber ich werde auch Hilfe brauchen."

„Ihr werdet alle drei Hilfe benötigen. Warum geht ihr nicht gemeinsam zu diesem Jörg?"

„Ja, Schatz, Laura hat recht. Wir werden jemanden brauchen, der uns auf diesem Weg begleitet. Dein Vater wird das nicht sein und ich bin auch dagegen ihm den Rücken zuzukehren. Wir würden dadurch nichts verändern."

Gerd holte sich eine seiner Zigarren und steckte sie an. Er rauchte selten – entweder wenn er sehr aufgebracht oder sehr zufrieden war: „Würde Jörg mit Sabine über das, was wir ihm erzählen, sprechen?"

„Das darf er doch als Therapeut nicht, Liebling."

„Ich weiß, aber bei uns ist es ja ein spezieller Fall. Und so sehr ich Sabine auch mag – die Verschwiegenste ist sie nicht."

„Also Gerd, wie kannst du so etwas sagen? Sie ist meine beste Freundin … Naja, zugegeben, sie redet gerne … Wenn dir nicht wohl bei dem Gedanken ist, dann können wir auch zu jemand anderem gehen."

„Nein, Jörg ist sehr gut in seinem Fach. Lasst uns einen Termin mit ihm vereinbaren."

„Ich frage mich gerade … wie war das eigentlich nach dem Krieg? Ich meine, da waren doch viele Nazis, die Soldaten haben schlimme Dinge erlebt – ganz zu schweigen von denen, die das KZ überlebt hatten – dann diese ganzen Arisierungen … Gab es da so etwas wie Aufarbeitung?"

Gerd schüttelte den Kopf: „Nein, nach meinem Wissen nicht. Niemand hatte etwas – außer Hunger und vielleicht gerade mal ein Dach über dem Kopf. Die Leute wollten wieder etwas besitzen, Sicherheit war ihnen wichtig. Die einzige Konstante war die Familie. Und das auch nicht immer. Da wurde viel geschwiegen und verschwiegen. Die Männer wollten zu einem Großteil nicht erzählen, welche Schrecken sie im Krieg gesehen hatten. Die Frauen hatten daheim sozusagen den Laden geschupft – aber dann, vor allem in den 50ern, kehrten sie wieder an den Herd zurück und übernahmen erneut die ‚typischen' Frauenpflichten. Was während des Krieges geschehen war, stand oft zwischen den Menschen und viele Ehen gingen auch auseinander. Heute spricht man ja offen über die posttraumatische Belastungsstörung, aber damals hatte man noch keine Worte dafür was das war, was die Soldaten, die Häftlinge und so weiter so verändert hatte. Ich erinnere mich auch, dass bei mir im Geschichtsunterricht noch gelehrt wurde, dass Österreich ein Opfer der Nazis war – erst später begann man mit der Aufarbeitung und sprach laut aus, dass viele Nazis waren und den Anschluss befürworteten. Was mich nicht wundert, denn wenn man sich die historischen Aufzeichnungen, also die Fotos und Filme ansieht, als Hitler auf dem Wiener Heldenplatz den Anschluss erklärte … da wimmelte es ja nur so von Menschen und viele jubelten. Das Schweigen der Eltern und Großeltern über die Nazizeit war für viele Kinder und später Enkelkinder ein Thema."

„So, wie für uns … Die Frauen mussten sicher sehr tapfer sein. Und wenn sie dann Witwen waren … ich meine, es kamen ja viele Männer nicht aus dem Krieg zurück. Es gab mehr als eine Million Soldatenwitwen. Also viele alleinstehende Frauen und wenig Männer."

„Da kam dann der Begriff der ‚Onkelehe' auf. Da lebten die Frauen dann in wilder Ehe mit neuen Männern, denn wenn sie wieder geheiratet haben, verloren sie ihre Witwenrente."

„Ich bin mir sicher, Papa, dass diese Frauen dann moralisch verurteilt wurden, oder?'"

„Ja, das wurden sie. Und das wo sie alles verloren hatten und sich mit allem Mut und viel Kraft ein neues Leben aufzubauen versuchten, nachdem alle ihre Träume durch den Krieg zunichte gemacht worden waren."

Maria nickte: „Ich glaube, damals waren alle sehr durcheinander und man hatte eigentlich nichts mehr auf das man sich verlassen konnte. Das mag ich mir gar nicht vorstellen – in einem Land und zu einer Zeit zu leben, wo Krieg herrscht und dann diese ständige Angst, dass euch etwas passieren könnte. Solche Angst zehrt bestimmt sehr an der Psyche."

Langsam lösten sie sich von diesem bedrückenden Thema, auch wenn sie alle wussten, dass es sie noch lange begleiten würde – über den Tod des Großvaters hinaus. Gern hätte Pascal Lauras Hand gehalten, wusste aber nicht, ob es ihr recht war, darum unterließ er es. Sie allerdings schien damit kein Problem zu haben, denn kurze Zeit darauf legte sie ihre Hand in die seine.

Später brachte er sie den kurzen Weg nach Hause.

„Wie geht es dir jetzt?"

„Besser. Ich hasse es Geheimnisse vor meinen Eltern zu haben. Vor allem solche. Aber was meinen Opa angeht … Ich weiß auch nicht … ich liebe ihn. Doch ich werde auch nicht darüber hinwegsehen können, dass er in Hartheim beteiligt gewesen ist."

„Was bedeutet das?"

„Dass ich ihn nehmen muss, wie er ist, aber nicht gutheiße, was er getan hat. Das werde ich niemals gutheißen können. Aber ich kann auch nichts tun. Was denn auch? Was du heute über Bestrafung gesagt hast … das hat schon etwas für sich. Man fühlt sich dann doch besser, wenn man Mist gebaut hat und es gibt Konsequenzen."

„Pascal, ich denke, für deinen Großvater ist es Strafe genug, dass ihr alle drei Bescheid wisst. Ich glaube, er wäre gerne mit seinem Geheimnis gestorben."

„Warum hat er dann aber die Truhe aufgehoben? Ihm muss doch klar gewesen sein, dass wir sie nach seinem Tod öffnen würden. Dann wäre seine Vergangenheit auch offen vor uns gelegen."

„Hm. Stimmt. Vielleicht wollte er auch, dass ihr es irgendwann erfahrt – aber eben erst, wenn er nicht mehr da ist."

„Glaubst du?"

„Frag mich etwas Leichteres. Was weiß man schon, was in einem anderen vorgeht … Ich denke gerade … was dein Vater erzählt hat … von den Ehen, die kaputt gingen und so. Das waren vielleicht so junge Leute wie wir. Oder ein wenig älter. Da hat man sich verliebt und dann kommt die Einberufung, der Mann muss in den Krieg und auf einmal waren die Frauen für alles zuständig. Bedenke doch einmal, wie die Nazis die Rolle der Frau als Mutter verklärt haben, die waren es doch nur gewöhnt zu Hause zu sein, die Kinder und den Haushalt zu versorgen und auf einmal sind sie für alles zuständig. Die Erhaltung und Ernährung der Familie, mit den Kindern lernen, Behördengänge und so. Das mussten diese Frauen doch erst einmal lernen. Und dann kamen die Männer aus dem Krieg zurück – sofern sie ihn überlebt haben – und auf einmal sollen sie wieder raus aus der Selbständigkeit und das Heimchen am Herd spielen. Ich weiß nicht, ob ich das könnte."

„Mhm. Und bedenk mal, die wussten ja auch nicht, was der andere all die Jahre getan hat. Die Männer haben vielleicht auch Frauen und Kinder ermordet, waren Vergewaltiger oder so. Und die Frau daheim hatte sich vielleicht einen Tröster zugelegt, damit sie nicht so allein war. Das erzählst du deinem Partner ja auch nicht unbedingt."

„Nein, denke ich auch nicht. Und dann die Fälle, wo sich die Familie jahrelang nach dem Ehemann und Vater gesehnt hat und dann kamen die nie wieder zurück. Das ist entsetzlich. Allein die Angst, dass ihm etwas passiert und du kannst nicht bei ihm sein, kannst nichts tun als immer weiterzumachen, zu arbeiten und zu funktionieren. Da haben die Frauen sicherlich davon geträumt wieder einen Partner zu haben. Und dann kommt er nicht wieder."

„Oder kommt wieder und ist ein völlig Fremder, weil er zu viel erlebt hat und nicht mehr derselbe Mensch ist wie vor dem Krieg."

„Die Frauen waren sicher auch nicht mehr dieselben. Da standen sich dann zwei Fremde gegenüber."

„Oder einer von beiden hat in einem KZ gearbeitet und dann kommt raus, was da alles verbrochen wurde. Da siehst du ja deinen Partner oder deine Partnerin auch mit anderen Augen."

„Auf jeden Fall. Und den Kindern haben sie bestimmt nichts davon erzählt … wie dein Opa. Dann müssen Kinder und Enkelkinder die Vergangenheit ihrer Familie aufarbeiten, aber eben oft ohne die Hilfe derer, die dabei gewesen sind. Meine Oma hat zum Beispiel erzählt, aber das musst du für dich behalten, dass sie sogar überlegt hat sich scheiden zu lassen, weil mein Großvater so verändert aus dem Krieg zurückkam. Sie waren ja erst kurz verheiratet, da wurde er eingezogen und sie hat sich jahrelang auf seine Rückkehr gefreut. Zurück kam aber nicht der strahlende junge Mann von damals, sondern ein gebrochener und irgendwie … vernichteter Mensch und das obwohl er kein Nazi war. Er wollte auch nicht über das sprechen, was er gesehen und erlebt hat, aber er war eben total verändert. Hat viel geschwiegen und dann wieder nur rumgebrüllt. Einmal, da war meine Oma mit Mama schwanger, hat er sie sogar geschlagen. Da hat sie ihre Sachen gepackt und ist zu ihren Eltern zurück."

„Wirklich? Dein Opa? Das kann ich mir kaum vorstellen."

„War aber so. Nach drei Tagen stand er dann vor der Tür und hat gebettelt, dass sie zu ihm zurück kommt, aber sie wollte nicht. Dass er verzweifelt war und keine Arbeit hatte, das konnte Oma verstehen, aber nicht, dass er es an ihr ausließ. Erst nach einem Monat hat sie wieder mit ihm gesprochen und ist nur unter der Bedingung zurückgekommen, dass er sich behandeln lässt, wegen seiner offensichtlichen Störung. Das hat er dann auch getan und sie haben endlich begonnen miteinander zu sprechen, ganz ehrlich und aufrichtig. Das hat geholfen, sie haben sich besser verstanden und seine Wutanfälle hörten auf."

„Wie haben sie ihn denn behandelt?"

„Das weiß ich nicht, Oma hat es nicht erzählt. Vielleicht mit Medikamenten, keine Ahnung."

„Wenn man all das, was wir jetzt wissen, bedenkt, dann macht es mir Angst, dass es immer mehr Menschen gibt, die rechtes Gedankengut in sich haben. Wir haben aus der Geschichte nichts gelernt, oder?"

„Geschichte wiederholt sich – das sagen doch viele."

„Das dürfte sie aber nicht – nicht so eine Geschichte. Sie ist zu schlimm."

„Ja … Aber weißt du, jetzt wo nurmehr wenige leben, die diese Zeit miterlebt haben … also, wo die Menschen sterben, die direkt betroffen waren, jetzt trauen sich die Rechten wieder ihre Ansichten laut zu äußern. Die mahnende Generation stirbt. Das finde ich schlimm."

„Das ist es auch."

Sie waren bei ihrem Gartentor angelangt, Laura lehnte sich an den Zaun und betrachtete Pascal eingehend.

„Was geht in dir vor, Laura?"

Sie blieb stehen und sah ihn lange an: „Das fragst du noch? Spürst du es nicht?" – und küsste ihn.

Langsam zog der Sommer dahin. Die Zeugnisse waren verteilt worden und Pascal hatte gut abgeschnitten, er war zufrieden. Vorsichtig näherten er und seine Eltern sich dem Großvater an, der zunächst sehr misstrauisch war. Man konnte förmlich spüren, dass er nur darauf wartete, dass sie über ihn herfallen würden. Doch als genau das nicht geschah, entspannte er sich. Es gab wieder gemeinsame Essen und kleine Ausflüge. Sie waren eine Familie. Nach außen hin war alles gut, doch wie es in Pascal und seinen Eltern aussah, war eine andere Sache. Sie gingen tatsächlich einmal zu Jörg und Gerd berichtete, was alles in den letzten Wochen geschehen war. Aber auch Jörg konnte ihnen nichts anderes sagen, als das, was sie sich ohnehin gedacht hatten: dass der alte Mann nicht von seiner Version der Geschehnisse abrücken würde und dass sie ihn nur so nehmen konnten wie er war. Mit allem was er war. Man konnte die Zeit nicht zurückdrehen. Vor zehn oder fünfzehn Jahren hätte man vielleicht noch mit dem Großvater diskutieren können, doch auch das glaubte Jörg nicht so recht: „Seine Angst vor Bestrafung muss sehr groß gewesen sein. Zuerst, dass seine Frau dahinterkommt und ihn verlässt. Oder dass die Justiz seiner doch noch habhaft würde. Doch ich vermute, er hatte das Glück, dass in Hartheim alle Unterlagen vernichtet worden waren – bis auf die Hart-

heimer Statistik. Somit war sein Name ausgelöscht. Und später hatte er dann bestimmt Sorge, dass ihr dahinterkommt. Der Druck, unter dem er gestanden hat, muss enorm gewesen sein. Dann ist sein Alptraum wahr geworden – aber ihr seid immer noch da, habt ihn nicht verlassen. Das wird ihn Ruhe finden lassen. Ihr könnt nur immer wieder darüber reden – miteinander. Und so einen Weg finden, die Situation zu nehmen wie sie ist. Wäre er ein Fremder, dann wäre es einfacher. Ihr könntet ihm aus dem Weg gehen, den Kontakt abbrechen. So aber …
Er war euch immer ein guter und liebevoller Vater und Großvater habt ihr gesagt. Das darf man auch nicht beiseiteschieben. Nach meiner Erfahrung kann man die Liebe zu einem Elternteil oder den Großeltern nicht einfach abdrehen."

Das war genau das, was die drei auch empfanden. Einerseits stieß sie Opas Vergangenheit ab, sie konnten aber auch nicht vergessen, was er ihnen all die Jahre gewesen war. Nein, Liebe ließ sich nicht so einfach abdrehen, vor allem wenn man wusste, dass dem anderen nicht mehr viel Lebenszeit beschieden war. Ratlosigkeit – das war das vorherrschende Gefühl und Jörg bestätigte ihnen, dass das wohl noch einige Zeit so sein würde, bis auch sie wieder Ruhe fanden. Klaus und Laura waren in dieser Zeit eine große Stütze für Pascal. Sie sagten nichts, wenn er plötzlich – eben noch gut gelaunt – still wurde und sich zurückzog. Sie sagten nichts, aber sie hörten ihm genau zu, wenn er ihnen sein Herz ausschüttete. Sie taten das einzige, dass sie wirklich tun konnten: für ihn da sein.

Lauras Knie verheilten langsam und sie konnten wieder mit dem Fahrrad zum See fahren. Das Leben kam ihnen unendlich und wunderschön vor, alles lag noch vor ihnen. Ein Schuljahr noch, dann Matura und alle drei wollten studieren. Die Welt stand ihnen offen. So fühlten auch Laura und Pascal, wenn sie allein waren. Alles wurde inniger zwischen ihnen und sie fühlten: Das hier war mehr als eine Sommerliebelei. So war es auch gut, dass Laura im Herbst in die Parallelklasse gehen würde, denn sie brauchten beide auch ihren Freiraum.

Ja, der Sommer zog dahin mit seinen Seen und herrlichen Gerüchen, mit Grillfesten, Lagerfeuern, langen Abenden, nachts nackt baden. Mit lesen und reden und lachen. Der Sommer war eine eigene Welt, alles war so frei und gut, sie nutzten jeden Augenblick und genossen jede Sekunde. Tankten auf für die dunkle Jahreszeit.

Als der Sommer zuneige ging, hatten sich Pascal und Laura ganz gefunden. Manchmal war es so schön, dass es weh tat. Denn so herrlich alles war – so vergänglich war es auch.

9.

Im Herbst, genauer gesagt im November, schloss der alte Mann für immer seine Augen. Es war ihm geschenkt, dass er abends friedlich einschlief und nicht mehr aufwachte. Nachdem Gerd bis zum Abend nichts von seinem Vater gehört hatte, fuhr er auf dem Heimweg bei ihm vorbei. Die Haustür war verschlossen. Da wusste er es. Mit dem Reserveschlüssel sperrte er auf, lief hinauf ins Schlafzimmer – und fand ihn da liegen mit einem entspannten Gesicht. Das war ein kleiner Trost. Gerd setzte sich auf das Bett seines Vaters und nahm die erkaltete Hand in die seine. So manches hätte er ihm noch gern gesagt, hatte es jedoch vermieden, so als hatte er gespürt, dass die Zeit seines Vaters nur noch knapp bemessen war. Tränen liefen über seine Wangen und er konnte sich nicht losreißen. Jetzt war er ein Waisenkind, trotz seines Alters. Seine Eltern ziehen zu lassen war das Schwerste, das einem Kind in seinem Leben bevorstand. Schon der Tod seiner Mutter hatte ihn arg mitgenommen. Jetzt war es noch einmal geschehen – und irgendwie anders. Vielleicht weil er nun die zwei Gesichter seines Vaters kannte. Seine Augen glitten durch den Raum und blieben bei der alten Truhe hängen. Ihr Inhalt war kein Geheimnis mehr. Er würde sie gleich mitnehmen, wenn er nach Hause fuhr, den Inhalt genau durchsehen und dann verbrennen, was seinen Vater so belastet hatte. Nicht weil er Angst hatte, dass es jemand zu Gesicht bekam. Aber Feuer hatte in seinen Augen eine reinigende Wirkung und er wollte nicht ständig, wenn ihm diese Papiere in die Hände fielen, an die dunkle Seite seines Vaters erinnert werden. Er ließ die Hand los und wählte die Nummer des Dorfarztes, der sofort zu kommen versprach. Auch würde er die notwendigen weiteren Schritte veranlassen, die in so einem Fall notwendig waren. Während er wartete, rief Gerd bei sich zu Hause an. Pascal war am Telefon und er sagte nur: „Opa ist tot. Er ist heute Morgen wohl nicht mehr aufgewacht."
Am anderen Ende der Leitung war es still.
„Pascal?"

Und mit tränenerstickter Stimme antwortete sein Sohn: „Wir kommen sofort, Papa."

Nur wenige Minuten später waren Maria und Pascal da, nahmen Gerd in die Mitte, hielten sich aneinander fest. Sie weinten, weinten um einen alten Mann dessen Zeit nun gekommen war und der seine Geheimnisse mit ins Grab nahm. Sie hatten gedacht ihn zu kennen, doch das Leben hatte sie eines anderen belehrt. Schweigend standen sie vor dem Bett und jeder hing seinen persönlichen Erinnerungen mit dem Großvater nach. Die Haustür knarrte und Dr. Schuster kam die Treppe herauf, trat ein: „Mein Beileid. Ich nehme an, das Herz wollte nicht mehr. In seinem Alter nur natürlich. Hatte er Beschwerden in letzter Zeit?"

Gerd verneinte und der Arzt trat näher: „Er sieht sehr friedlich aus. Der Tod hat ihn im Schlaf überrascht." Langsam zog er die Decke über das Gesicht des Großvaters und Pascals Hand drückte krampfhaft die seines Vaters. Es war der letzte Blick, den er auf den alten Mann werfen konnte. Und wollte. Ein Weg war zu Ende. Aber vergessen würden sie den Großvater bestimmt nicht.

Wenig später war der Leichenwagen da. Als sie den alten Mann hinaustrugen, fielen Pascal noch einmal die Worte Viktor Frankls ein: „Der Mensch ist das Wesen, das die Gaskammern erfunden hat; aber zugleich ist er auch das Wesen, das in die Gaskammern gegangen ist aufrecht und ein Gebet auf den Lippen".

Sein Großvater hatte beides in sich getragen und die freie Wahl gehabt. Wie jeder Mensch.

Quellen:

Tom Matzek „Das Mordschloß", Verlag Kremayr & Scheriau
Viktor E. Frankl „… trotzdem Ja zum Leben sagen: Ein Psychologe erlebt das
Konzentrationslager", Verlag Penguin Verlag
Anna Freud „Das Ich und die Abwehrmechanismen", Verlag Fischer Taschen-
buch

Katharina Kutil ist Schriftstellerin, freischaffende Regisseurin und Schauspielerin in Österreich und Deutschland. 1970 in Wien geboren, wo sie auch heute lebt. Ihren Berufen gilt ihre ganze Leidenschaft. Privat liest sie viel und gerne, liebt Tiere und die Natur. Sie erhielt einen/den Preis des Literaturwettbewerbs vom Lions Club Hamburg Moorweide 2017. Außerdem wurde sie Preisträgerin im DramatikerInnen Wettbewerb „Text in Szene" 2015 mit „Nicht gesellschaftsfähig". Sie publizierte zahlreiche Bücher u.a. in der Rosa Blau-Krimireihe im Brighton Verlag.

Webseite der Autorin
http://www.diekutil.com/autorin.html

Veröffentlichungen:

Dreihundertfünfundsechzig plus eins. Ein literarischer Kalender, 200 Seiten, Brighton Verlag 2018, 19,90 €

Der Kuss der Tosca. Krimistunde, 70 Seiten, Brighton Verlag 2017, 9,90 €

Kurze Geschichten von kleinen und großen Gemetzeln, 180 Seiten, Brighton Verlag 2016, 15,90 €

Rosa Blau beißt sich durch, 150 Seiten, Verlag Bibliothek der Provinz, 2012, 15 €

Rosa Blau – Krimireihe:

Oidweibasummer, 180 Seiten, Brighton Verlag 2016, 15,90 €

Land unter, 160 Seiten, Brighton Verlag 2017, 16,90 €

Die Bienenkönigin, 180 Seiten, Brighton Verlag 2018, 16,90 €

Still ist der Wald, 212 Seiten, Brighton Verlag 2019, 16,90€

Die Ostroute

Erzählungen

Andreas Erdmann, Marko Ferst, Monika Jarju u.v.a.

256 Seiten, Edition Zeitsprung, 2014

Der Band beginnt und endet mit einer Erzählung über Wölfe. In der einen werden sie gnadenlos verfolgt, in der anderen sorgt ein Rudel weißer Tundrawölfe für arktische Jagdszenen. Andernorts kommt eine Ostroute ins Spiel. Wir erfahren mehr über das Schicksal eines jungen Rauschgiftkuriers im Iran, wie über seinen Lebensweg der Stoff der Stoffe richtet. Ein Ostseesturm sorgt für eine risikoreiche Segeltour. Von allerlei sonderbaren Abwegen weiß die Erzählung „Genervtes Anstehen für Liebe" aus Bulgarien zu berichten. Zur Sprache kommen die Erfahrungen von Heimkindern in der frühen Bundesrepublik. Grenzübertritte zwischen Ost und West und deren Folgen sind im Blick zweier anderer Beiträge. Wie man ganz legal schwarzfährt, erläutert Johannes Bettisch. Was passiert, wenn man ganz unerwartet von seinem chinesischen Firmenpartner zum Tanz aufgefordert wird?

Der Band enthält Erzählungen von Ali Amini, Johannes Bettisch, Andreas Erdmann, Marko.Ferst, Elisabeth Hackel, Karin Heinrich, Monika Jarju, Tengis Khachapuridse, Norbert Klatt, Christine Koch, Carmen Mayer, Heide Rabe, Hans Sonntag, Dimil Stoilov, Lore Tomalla, Günter Wirtz, Gisela Witte und Angelika Zöllner.

Still ist der Wald

Rosa Blau Krimi Band 4

Katharina Kutil

212 Seiten, Brighton Verlag 2019

Rosa Blau kehrt in die Stille des Waldviertels zurück - und das hat einen einzigen Grund: Es soll endlich zum Showdown mit Leni kommen. Nach den zwei Jahren ihrer Abwesenheit trifft sie einige Bekannte wieder – doch nicht alle sind froh, dass Rosa zurückgekommen ist. Wird es ihr gelingen, Leni nach Wolfsegg zu locken? Wie zwei Raubtiere pirschen die beiden einstigen Freundinnen durch die stillen Wälder. Und Rosa macht ihrem Leander ein folgenschweres Geständnis.

Webseite der Autorin
http://www.diekutil.com/autorin.html

Brandts Schuld

Erzählung

Rainer Daus

116 Seiten, 2020

Der Lokführer Maximilian Brandt, 57 Jahre alt, beginnt seinen freien Tag mit dem Besuch des städtischen Friedhofs, auf dem sein Vater begraben liegt. Er hatte ihn gehasst. Um seine Mutter, die an Demenz erkrankt ist, kümmert sich Brandt regelmäßig. Jedoch erkennt sie ihren Sohn nicht mehr. Ein guter Freund, der Künstler geworden ist, zeigt ihm, ein sinnvolles und anderes Leben ist möglich, auch wenn man im Beruf ausgemustert wurde. Immer wieder wird Brandt mit seiner eigenen Vergangenheit konfrontiert. Die vielen Verfehlungen im eigenen Leben steigen aus der Erinnerung auf, angestoßen durch äußere Anlässe. An einem Abend plant Brandt eine Prostituierte in Köln aufzusuchen, doch es kommt alles ganz anders. Im Zentrum dieser Erzählung stehen die Versuche, wie persönliche Schuld von sich gewiesen wird. Wie viel ist Schicksal und was eigene Verantwortung?

Leseprobe, Inhalt: www.literaturpodidum.de
Kontakt und bestellen: daus.r@t-online.de

Wege zur ökologischen Zeitenwende

Reformalternativen und Visionen für ein zukunftsfähiges Kultursystem

Franz Alt, Rudolf Bahro, Marko Ferst

340 Seiten, Edition Zeitsprung

Die ökologische Krise droht der menschlichen Zivilisation eine Richtstatt zu bereiten. Würden wir sämtliche Energie, die wir nicht einsparen können, über Solartechnik, Wasserkraft, Windkraft und aus Biomasse gewinnen, hätten wir schon ein gutes Stück Zukunft gesichert. Mit einer globalisierten Wettbewerbs-ökonomie, die auf permanentem Wachstum fußt und einen Pol auf Kosten des anderen Pols entwickelt, wird die Todesspirale nicht aufzuhalten sein. Gerechte gesellschaftliche Verhältnisse im globalen Maßstab sind nötig. Der erforderliche ökologisch-soziale Strukturwandel müßte umfassender sein als alle vorhergehenden Umwälzungen und Reformen in der Menschheitsgeschichte. Die eigentliche Chance für eine ökologische Rettungspolitik erwächst aus dem geistigen Lebensniveau der Gesellschaften. Jede Veränderung beginnt im Menschen, hat dort ihren Vorlauf. Wir brauchen ein ökologisches Kultursystem, das auf Herz und Geist gebaut ist.

Leseproben: www.umweltdebatte.de
Bestellung: marko@ferst.de